妙理与高情

南宋词学思想研究

谷卿 著

浙江古籍出版社

图书在版编目（CIP）数据

妙理与高情：南宋词学思想研究 / 谷卿著. -- 杭州：浙江古籍出版社, 2025.8
（有学）
ISBN 978-7-5540-2799-8

Ⅰ.①妙… Ⅱ.①谷… Ⅲ.①宋词－诗词研究－南宋 Ⅳ.① I207.23

中国国家版本馆 CIP 数据核字（2023）第 226312 号

有学

妙理与高情：南宋词学思想研究

谷　卿　著

出版发行	浙江古籍出版社
	（杭州市环城北路 177 号　电话：0571-85068292）
网　　址	https://zjgj.zjcbcm.com
责任编辑	孙科镂
封面设计	吴思璐
责任校对	吴颖胤
责任印务	楼浩凯
照　　排	大千时代（杭州）文化传媒有限公司
印　　刷	浙江新华印刷技术有限公司
开　　本	880mm×1230mm　1/32
印　　张	7.875　插页 2
字　　数	197 千字
版　　次	2025 年 8 月第 1 版
印　　次	2025 年 8 月第 1 次印刷
书　　号	ISBN 978-7-5540-2799-8
定　　价	56.00 元

如发现印装质量问题，影响阅读，请与本社市场营销部联系调换。

有學

序

赵维江

十三年前，安庆师范大学的孙维城教授向我推荐他的得意弟子谷卿，当时颇有些惊喜，觉得这是一位十分理想的学习中国古典文学的才子！高中时曾在一次全国性的作文比赛中获得总冠军，本科时已出版了一部文集和一部关于书法的论著，诗词文皆可做，还能书画篆刻，特别是他的书法峻爽娴雅，当时已小有名气。这样的学生，无论在应试型的中、小学，还是在专事"标准化"知识讲授而忽略人文素养培育的大学中文系，都是十分稀缺的，应属于"另类"。所以，当今通行的忽略个性的人才选拔考试，也很难让他们跨过门槛。谷卿在暨南大学五年，硕博连读，我没有要求他一心只读专业书，也没有给他太大的压力，而是鼓励他转益多师，继续在诗词和其他艺术领域深造。广州是一座传统文化积蕴深厚的城市，这对谷卿的成长和发展很有助益。几年中，其艺文修养不断提升，还拜师学了古琴。不过我也有点担心，这样做会不会影响他学位论文的撰写呢？后来发现这忧虑是多余的。毕业时，他交上了一份让人满意的作业，就是这部著作的前身，同名的学位论文。

谷卿取得博士学位后，我觉得他应该到一个人文资源和氛围更为丰厚的文化环境和学术机构中去增加见识、历练能力与展示才学。

幸运的是，地处首都的中国社会科学院和中国艺术研究院，慧眼识才，接纳了这位学养和志趣于当下"论文至上"之时宜不大合拍的年轻学人，使他有机会在人文荟萃的京城开展博士后研究并成为专职的文化艺术研究者。一晃八年，无论按照体制的评估指标，还是依据于同行评价及社会口碑，他的成绩都让人感到欣喜和慰藉。

这些年，谷卿研究与创作的主域界已从文学转移到了艺术，于书画用功尤勤，已形成了自己独特的风格，是一位有影响的青年书画家、批评家，其作品被认为有着浓郁的文人气息。应该说，他书画创作与批评方面的进益，离不开其文学功底的滋养。同样，研究文学，特别是中国古典诗词，也十分需要研究者艺术修养的泽惠。谷卿关于南宋词学思想的研究是一个很有说服力的例证。这部书稿经过八年的沉淀，作者重新修订，有不少改进。我这里想指出的是，谷卿的艺术实践和对艺术的理解，在他考察南宋词学思想时，显然提供了诸多的资源和启迪，从而形成了独特的观照视角和思辨方式。

作为本书的作者，谷卿没有把词当成一种诗体形式在文学视阈中寻绎其创作观念和人们对它的看法，而是将其置于当时艺文世界的整体序列和历史发展的长河中，去俯瞰和追索它所呈现和蕴涵的观念形态及其对于传统承绪、潜移与变异的内在逻辑。在书中，与书、画、乐等艺术形式的比较是作者论词的重要角度，但这种比较不限于表层的一般比照，而是将不同艺术形式间的关联性作为立论的前提和论证过程中的思考维度。作者将文学思想史理解为"审美化的心灵史"，以消解文学与艺术间人为的学科壁垒。这种思考的向度，与中国文化传统的"游艺"说是相通的。《论语·述而》载孔子语："志于道，据于德，依于仁，游于艺。"其中所游之"艺"，汉儒解为工具性的技艺（六艺），宋元理学家则着眼于它"玩物适情"（朱熹语）的审美心理功用，元初刘因就直接讲："诗、文、字、画，今所谓艺。"

这种"游艺"新解,实为宋元文人士大夫阶层生活艺术化及与此相联系的心理内省化和审美雅致化的思想凝结。"游艺"虽有"志道"的道德指向,但诗、文、字、画本身则都有着非功利性的游乐性质,故"游艺"即心灵审美化的过程。明乎此,便不难理解,宋元时期词坛"复雅"风气与书画的"文人化"趋向,实质上同为那个时代文化精英阶层"游艺"观念掀起的思想浪潮。如果研究者能够像航拍器那样俯瞰从不同河道汇聚而来的文艺潮流,就会清楚地看到它们如何相互冲撞、相互融通而又相从而流的态势。本书作者正是从这样一个高度上去观察研究对象,去发现它与传统的联系和新变的迹象与意义。

本书这方面最精彩的论述,当是关于"清空"的新释。这一概念自张炎《词源》作为词体审美理想之鹄的而标举之后,一直是历代词学家不断诠解却又众说纷纭的热点话题,作者没有将其作为单纯的文学概念来考察,而是置之于那个时代整个文艺发展的链条上,尝试将其"代入批评史和艺术史开放的对话系统中,找寻其观念参照和思想渊源",对于与此相关的"疏密""意趣""骚雅""逸"等概念所包含的繁简兼美、抒情化倾向、主体人格追求等思想,给予了富于创意的诠释,从而阐明"清空"作为词学范畴的美学意义。此外,词与乐由合而分的过程,也始终是本书追踪词学观念嬗变的一个窗口。可见,开放性视阈、比较的目光及关联性思维,在词学思想的研究中,有助于在更为广阔和深刻的社会文化及哲学层面对这些观念形态进行全方位的和形而上的把握,以看清"庐山真面目"。

文学思想研究最根本的任务是思想的追索,发掘和鉴别思想的资源与品质,建构起思想的体系。本书从词之文学史与词之批评理论史这两条脉络入手,对南宋一朝有关词学的思想资料进行全面深入的梳理和辨析,进而将多呈碎片或隐没形态的关于词的思考变得清晰而有序。这一研究思路和理论建构的努力，也是本书最值得关注之处。

论述首先以"本体论"发端，讨论思想体系中关于词体"正""变"这一最基本命题；接下来就有关词之品质与风格的主张，探讨思想形成的外部因素——社会政治、文化的作用；第三章考察和描述思想的呈现"形态"——题序、评点、词话、笔记等文本载体的文体特征和内容倾向，发掘其形式的"意味"；第四章的考察对象，从文本层面转向操作层面，探求"表现"内在的思想驱动力；最后，作者从哲学的范畴层面，拈出"清空"一语，对南宋词学思想的本质精神进行辨析和抽象，论证其作为文化语符的象征性所指，从而为这一段民族心灵的审美旅程画上句号。全书五章的内容构成了一个相对完整的立体的理论体系，从自在属性到社会属性，从物质形态到主体实践，从现象的认识到范畴的确立，作者对于南宋这个词之"盛世"人们关于词的思考、感悟，包括隐含在作品中的情意趋向，进行了全面的考察，给予学理上的阐释和概括，发现并梳理出其思想的脉络与结构，并对其达到的高度和价值作出估量和评判。

这是作者精心构建的一座由思想材料砌成的极富思辨色彩的象牙塔，理论上环环相扣，逻辑的链条十分清晰。在对思想的探讨中也让我们看到了思想研究者的"思想"。但是，这种近乎完美的思想体系，显然也给论述带来了风险。作者也意识到："就一段跨越近两个世纪的历史时期内词学思想所作的研究，几乎类似于一种'再造传统'的过程。"这对于一个年轻学者来讲，无疑具有很大的挑战性。虽然如此，就总体而言，本书力图"在已有的材料中找寻出能够产生共振或相斥者，由此建立一种逻辑链条"的尝试是成功的。在研究过程中，作者坚持独立思考，内外通观，考论相济，新见频出，同时也指出了前人一些看法或有偏颇。除了上述研究理念和理论建构方面的特点之外，这部著作在研究方法层面也有几点值得称道：

一是在词作文本的细读中体悟词心，追溯创作动因，发现词学观念变化的潜流。关于思想，历来有一种误解，认为思想只是理性的认识，特别是呈理论形态的观念。就文学而言，这种说法排除了对作品文本的考察，显然不足为训。实际上，作品的题材、主旨、语言风格乃至表现手法等，无不蕴含着作者关于文体的价值观和方法论，它可能处于感性状态，甚至隐于潜意识中。从作品中发现思想，对于理论资源匮乏的词学尤为重要。本书在这方面做得十分出色，其中对于辛弃疾创作"以文为词"思想的阐释，尤见创意。作者借助传统诗学中"兴象"说，对辛词大量的"用事"进行辨析，发现其中诸如"蛾眉""女娲"等典事的叙写，包括一些非意象的行为、事迹的陈述，往往贯穿全篇，完全不同于一般意义上的用典。作者认为，这种情况实为以"事"起兴，其背后所隐含的是词人备受排挤、壮志难酬的生活遭际和强烈的事功之心，寄托的是词人生命的意义和追求，在此基础上提出了"兴事"的概念。作者在研读姜夔、吴文英、王沂孙等人词作的基础上，对"工"而"深"的咏物词所蕴藏的词坛审美情趣变化的剖析，也颇有启发性。这些探讨，对于南宋词学思想都应有着增殖性意义。

二是关注思想的传播媒介。本书有一个特别的关注点，就是词学批评文本形态及其属性。无论是词话，还是笔记、评点、题序等文体，皆为信息的传播媒介。人们在解读其中词学思想信息时，却往往无视它的文本属性及意义。现代传播学有一句话叫"媒介即讯息"，意在强调媒介对人们理解与思考习惯的影响和重塑作用。本书作者敏锐地看到了词学批评媒介——不同的文本形态，在词学思想的生成和传播中有着不同的功能。如《乐府雅词序》《题酒边词》和《复雅歌词序》等题序，皆以"复雅"为主旨，被赋予了浓重的意识形态色彩；而"传统型词话"则主要以附会传说的形式述说本事，与当时纪异传奇的小说的文体界限并不清晰，也具有某种"传奇"的功用。本书将这一现象与认同词的娱乐性、可歌性等词学观念相联系，其看法颇有见地。作者还进一步考察另一类学者型文人著述中的笔记文类词话，指出这类文本具有较强的专业性批评色彩，呈现出明显的"词史"意识和"学问化"倾向。

三是在交互世界中寻求和理解思想及其意义。所谓"交互性"，在哲学上指的是事物之间关联性的"实存"。作者在本书第三章曾提到文本之间存在的"交互性"，实际上，这一"交互性"观照贯穿于全书。书中反复提到的"传统"和"秩序"，始终是作者探求新思想的出发点，比如将李清照《词论》直接对接二百年前的《花间集序》，在二者"文本间交互性"中去理解"本色论"的实质。作者也充分注意到了自体与他者之间的关联性，如词体作为一种文学体裁与如书、画、乐等艺术体类的"互文"关系。对于词作所蕴藏的词学思想的开掘，也是着眼于"主体（作者与读者）间交互性"所生成的意义。这种关联性的思考，为本书所理解和描述的南宋词学思想，赋予了更接近历史真实的价值。

我们看到一些所谓"思想史"，不少只是一些史料的堆砌罗列，写得洋洋洒洒，但并不见作者的"思想"；而真正的思想研究，应该是研究者思想的结晶。谷卿这部著作应属于后者。眼前它当然还称不上断代的词学思想史，但确是一部思想者思想的创新产品。如果依照高标准的学术要求来看，书中还存在着一些不足和继续修订的空间。比如，或许限于建构思想体系的结构框架，南宋一百五十多年间词学思想的发展脉络在书中体现得并不十分清晰，缺少纵向的动态发展描述；又比如，材料运用和语言表述偶有重复，有些论述还显得生涩等等。不过，这些多属技术性问题，无碍其思想价值。前面提到谷卿有文人气，读过此书，相信人们还会加上"有思想"三个字来作为评语。如果缺少独立的思想，文人、作家、书画家都只能是匠人而已。可以说，"文人气"和"思想性"是一个真正的学者和艺术家必备的素质，也决定着他能走多远。

谷卿大作将付梓，索序于我，这里写一点随想，或可增进读者对作者及本书的了解与理解。八年前，他博士毕业，我曾填词相赠，今附于下，为拙文作结：

水调歌头

皖水流江海，谷子岭南游。曾闻年少脱颖，厌做套中囚。喜沐明湖风暖，游艺古今中外，五载不能收。携展出庐去，君子得犹犹。　　词曲小，天地大，溯渊流。立心长宙广宇，矻矻若耕牛。窥识宋儒诗思，赢得萧然瘦鹤，风骨称清遒。老朽他时望，或见递诗鸥。

癸卯元夕纪于暨南园一叶庐

目 录

序（赵维江）……………………………………………………1

引言　体察隐情：词学思想研究的视角……………………………1

　　一、文学思想史的形态与传统……………………………2

　　二、词学思想史的内涵与南宋词学思想的研究构想………8

第一章　本体论研究：《词论》与两宋词学的"正""变"……16

　　第一节　辨体：《词论》关注的核心问题及其主张…………18

　　　　一、《词论》的主要内容与价值取向……………………18

　　　　二、《词论》与《花间集序》词学思想的呼应…………22

　　　　三、"别是一家"的辨体内涵与理论意义………………25

　　第二节　"正""变"：两条泾渭分明的词学传统……………29

　　　　一、《词论》对两种词学批评传统形成的推动…………30

　　　　二、南宋词学的"正""变"二途…………………………34

　　　　三、对苏辛词学的反复探讨与深入认知…………………39

第二章　品格论研究："雅""正""婉"的理路合轨…………46

　　第一节　"复雅"思潮与鲖阳居士的词学思想………………46

一、倡"复雅"以尊词体 ································· 49
　　二、尚实用而重寄托 ··································· 52
第二节　《碧鸡漫志》的"情性""中正"之尚 ············ 55
　　一、情性是词学的本质 ································· 56
　　二、"稽之度数"及其重要性 ·························· 61
　　三、从"独重女音"到"向上一路" ··················· 66
第三节　《乐府指迷》的婉雅之尚 ························ 71
　　一、倡婉雅以宗清真 ··································· 72
　　二、从"宛转回互"到"潜气内转" ··················· 79

第三章　形态与内涵研究：词学批评的文本属性 ············· 83

第一节　文本形态：缘事的"传奇性" ···················· 84
　　一、"传奇型词话"与"以传奇为词话" ··············· 84
　　二、"传奇型词话"与词本事和缘事诗学 ·············· 90
第二节　审美路径：细探文本的"情"与"境" ··········· 95
　　一、由词中之"情"生词中之"境" ··················· 96
　　二、由词中之"境"发现"婉""雅"之美 ············ 99
第三节　观念内涵："词史"意识与学问化倾向 ········· 103
　　一、词学批评中"词史"意识的呈现 ················ 104
　　二、词学批评学问化倾向的流露 ····················· 110

第四章　表现研究：南宋词"变"与"深"的词学特质 ········ 119

第一节　"极其变"："以文为词"及稼轩词的"象"与"事"··· 121
　　一、"以文为词"对"以赋为词"和"以诗为词"的超越 ··· 122
　　二、兴"象"与兴"事"背后的生命寄托和政治隐情 ··· 131

第二节 "极其深":比兴传统视阈中的南宋咏物词……140
　　一、两宋咏物词之变:从"赋"到"比""兴"……142
　　二、精深的极致:吴文英的"深密"与王沂孙的"深厚"…151

第五章　范畴研究:"清空""骚雅"的思想内涵……161

第一节 "清空"新释:基于词学与画学的比较视角……162
　　一、词与画的"疏""密"二体……162
　　二、"清空中有意趣":词与画的抒情化倾向……169
　　三、"逸":艺术批评关于主体人格的理想……177
第二节 "清空"与"骚雅"的思想归属及其间之互济…184
　　一、"清""空"在张炎词中的呈现方式……184
　　二、"清""空"的思想归属及其与"骚雅"的关系……191
　　三、"骚雅"的思想内涵与姜夔词的抒情方式……198

结语　"秩序"的突破、维护与重勘……206

参考文献……213

后　记……236

引言　体察隐情：词学思想研究的视角

　　词学思想，是词学研究进入到一定阶段以后自然遇见也必然面对的问题，它是词作内容风格精神的抽象和对词学批评旨尚的归纳，是古人对词的看法和我们对词的看法之全体。如果说，文学层面的词学研究主要呈现出的还是一种静态审美的话，那么文化与思想层面的词学研究就应当是一种全局性的动态调查。两宋之际所发生的剧变，无疑可以称作"转型"，因为这一剧变不但导致南宋（1127—1279）相对北宋（960—1127）呈现出另外一番迥异的面貌，更且决定性地勾勒与描画出此后中国的形象。[1] 我们认识、想象和理解南宋这一历史时段的意识世界和思想世界，似乎可以通过千百种以上的途径实现，但产生的误解和错谬甚或倍值于斯。

　　本书既以南宋时期的词学思想为研究主题，首先要说明的是，我们无意，自然也根本无法去涵盖其间所有的词体文学特点以及无比丰富的词学思想，但通过对一些我们早已熟悉或并不熟悉的对象进行现象上的诠解和历时性的观照却是可能的；其次还要承认，本书

---

[1] 刘子健（James T. C. Liu）认为南北宋之间的差异常常被历史学家们严重忽略，人们更多关注的是唐宋之异和宋元之异，实际从北宋到南宋，中国经历了一个由外向到内向的转变，原本宏阔的进步被自我完善的内向化进程所取代，并逐渐导致现代化以前中国社会的进一步封闭。详参［美］刘子健著，赵冬梅译：《中国转向内在：两宋之际的文化转向》，江苏人民出版社，2012年版，第5—10页。

依旧延续了以文化精英和文化经典为聚焦视点的观察方式，从而不可避免地忽视和舍弃了一些或许非常重要，但并未进入叙述思路与逻辑体系中的人物与文本，这当然也是因为本书并非志在求全。以下将就一些前提性和背景性的概念与问题表明本书的基本观点与思考理路，有关写作思路和方法的介绍亦有所涉及。

一、文学思想史的形态与传统

思想史，应当是一种对人们观念和意识随着时间/历史变化而产生进步、倒退、惶惑、肯定、确立、犹疑等改变的流动着的发展的描述。思想的发展动态具体地表现为知识的增长和更新——知识的增长和更新并不一定带来思想能量的正向增长和社会历史的正向进步，有时反而会造成人们对真相理解的偏离，甚至引起争执与战争。这取决于新生的知识和思想观念是否符合那一历史时期的政治和社会需求，或者说是否有助于那一时代最为核心的利益群体的利益维持与增长。正缘于此，知识增长和更新的历史呈现并不与思想史完全一致，也与社会发展史的脉络颇不类同。由于思想史在描述上偏重对"传统"之地位的体现，因而有一种延续性极强的意识伦理存在其间，其所表现的形态明显不似知识史那样支离破碎而充满令人惊喜的亮点，或许更接近于仅有微小变化的人类情感的历史。

对于思想史的描述，重点或许在于对其作为一种不断变化的延续和一种经常对抗与转变的循环和重复的深入感知。[1]

---

[1] 就像罗志田认为的那样，"思想固然是历史的产物，但思想本身也是历史，因为思想本有过程，或始终处于发展进程之中"；"思想史研究首先要让思想回归于历史，其次要尽量体现历史上的思想，第三最好能让读者看到思想者怎样思想，并在立说者的竞争及其与接受者的互动之中展现特定思想观念的历史发展进程"。详参《近代中国思想史研究的两点反思》，《社会科学研究》，2009年第2期。

从某种角度上看,文学思想史也是关于心灵和道德的历史。作为文学思想史基础的经典文本包括文学作品文本和文学批评文本。这类文本既是历史过程、社会发展、生活方式的客观记载和一般呈现(或本身即历史之一部分),更是文本创作者情感意绪、思维习惯、接受方式、伦理认知的主观记录,因而正如勃兰兑斯在《十九世纪文学主流》引言中所云:"文学史,就其最深刻的意义来说,是一种心理学,研究人的灵魂,是灵魂的历史。"[1]可以说,文学思想史就是一部各个历史时期文化精英共同写就的审美化的心灵史。

文学思想史是一种心灵史,还表现在知识精英们往往自觉地将自我的文化灵魂塑造得"类似"于前人。这种有意识、主动地将个人心灵与古人心灵对接的行为,由于参与者众、历时极久而最终形成为"史"的样貌——或谓之"传统"。因此,今日对于文学思想史的解读,几乎很容易就会发现两条同时发展且相互缠绕的脉络,即每一时代文学作者各自的精神状态和对各人心灵的表达,以及每一时代文学作者基于对前代传统的理解,而努力将自己的精神和心灵与之接续,并融入其中,成为传统之一部分而作出的自我调节和形塑。所以,文学思想史的传统犹如一条流泽绵长的大河,但并不显得壮阔惊人。可以认为,文学思想史的形态既是显性的,又是隐性的。其之所以显性,是因为文学与思想的承载物同为文字语言而非物质实体;之所以隐性,则缘于文学的文字语言表达与一般的记述表达不同,既富含文学创作主体的情感,又具备特别的形式性。由于千百年来人们情感的变化极其微小,使得我们理解文学思想及梳理文学思想史成为可能。

正是由于文学思想史的形成有了文学作者和知识精英建立在对

---

[1] [丹麦]勃兰兑斯:《十九世纪文学主流》,人民文学出版社,1980年版,第2页。

传统的认同和皈依基础上所作的自我调节和形塑，因而这种心灵史自然而然地也被蒙上了道德的面纱。道德的本质是人们在文明的规训与惩戒之下所作出的自我节制，并在一定普适的范围内将这种节制认知为一种拯救方式推及他人。文学思想史无疑是极具道德意味的历史，对文学传统的尊崇、对"古意"的追摹和对文化原形的热烈想象与重构，成为文学思想史最显而易见的发展主线。千百年来，人们围绕着继承传统或探索新变所进行的讨论远比相关的尝试与实践来得多。其间此消彼长的变化发展直接体现了道德与伦理在社会文化中所占成分的损益。正像一些学者所观察到的那样："如今道德受到了嘲笑和诟病，但是它仍然是经典著作的一块或隐或显的基石。"①

道德与伦理的参与让文学思想史的"传统"意味十分浓重。② 即使是反传统的思想意识，也由于长期的积淀而形成为另一种"传统"。艺术史学者方闻对此有过一段相当精彩的论述：

> 要研究宋、元、明、清历代优秀的绘画作品，不首先考察这些绘画背后的传统，根本就无从谈起。现代评论家一谈到某种伦理思想传统或者一贯的艺术观念时就颇感为难，这是充分考虑到人类活动的多样性以及所树正统的不可靠。然而，中国的文学、书法和绘画——绘画是这三门中最年轻的——不但有一个完整而连续的历史，而且这历史还与一个强大的道德精神传统、一种有精神目的却又允许自由多样行为的意识是共同发展的。中国

---

① 郭宏安：《必须和经典作品保持接触》，《文摘周报》，2003年9月29日。

② 道德和伦理在某些时候具有相类似的意涵，但在不少哲学家看来，二者的本质仍是值得严格区分的。比如赵汀阳认为，"伦理"表明的是社会规范的性质，而"道德"表明的却是生活本意的性质，"道德"是一个作为伦理学基础的特殊的存在论概念，"道"是存在方式，"德"是存在方式之目的性，"伦理"则是生活中的策略，道德问题才是伦理学的根本问题。详参《论可能生活》，生活·读书·新知三联书店，1994年版，第15页以下。

艺术家注重道统（A Great Tradition）之"正"，不强调人为的、教条的真理，再三重申规则要大于人为的方式。中国学者认为，不具备对文化传统中"道"的认识，任何独特的或者怪异的思想，不管有多么奇警，只能导致妄作，不可能载入新的史册。中国画发展的历程叙述着往昔想象力的运用——各种风格变迁与延续的重要插曲。它证实了中国杰出画家们无限的源泉、勇气和创造力，以及他们对于传统及其自身的忠贞不渝。[1]

这段论述分析的是绘画艺术思想传统的重要性，文学艺术何尝不是如此？从事实来看，"传统"并不仅限于固化的存在，也发生于当下和以后每一个触碰过往历史、体察理解已有的知识与思想之瞬间，其中一部分得以接续绵延，一部分则以一种革新的面貌汇入另一条传统之流中去。

在思想史形成的过程中，伦理道德所扮演与占据的重要角色和地位毋庸赘言。[2] 传统中国的政治、哲学、宗教、艺术思想无不以之为核心。"在中国，以农业生产为主的生产方式，使人们处于一种相对稳定的生活环境中。家族体系可以在这种稳定的环境中巩固和扩大，家族伦理精神亦成为统治家族成员乃至整个社会意识形态的支柱；家族体制的巩固，家族伦理亦进一步延伸到社会和国家的各个领域。在中国，国家结构实际上是家族结构的扩大化表现。中国古代社会

---

[1] ［美］方闻：《心印：中国书画风格与结构分析研究》，陕西人民美术出版社，2004年版，第1页。

[2] 此处"伦理道德"非指 Ethics and Morality，而是基于家族伦理的规范的总和，这道德模式不仅建立了宗族信仰，更参与到前现代时期中国国家的形构过程中。关于这种旧的系统与结构在现代国家转型时期的崩解与转变的相关论述，还可参看［美］杜赞奇：《文化、权力与国家：1900—1942年的华北农村》，江苏人民出版社，2003年版；［美］裴宜理：《华北的叛乱者与革命者（1845—1945）》，商务印书馆，2007年版；张鸣：《乡村社会权力和文化结构的变迁（1903—1953）》，陕西人民出版社，2008年版；谷卿：《宗族信仰与革命话语的双重转换》，《南方都市报》，2014年8月3日。

金字塔式的统治结构,森严的等级制度,强大的专制统治,都与基本的家族模式相类似。为了维护这个庞大的国家体系,不但要加强它的'硬件'机制,如军队和各种统治机构的建设,还必须加强精神的统治。于是,我们看到了移孝为忠的道德精神,父为子纲推及君为臣纲,忠是孝的宏观体现。这是一种扩大化的泛家族精神,它不仅获得社会的认同,而且还成为国家统治的基础。因为要维护具有家族化模式的国家统治,泛家族主义的精神原则便渗透到社会政治、社会管理的各个方面。"[1]

社会文化生活中人们共同遵守的原则也会渗入到文学艺术领域。文学家和文学批评家在从事文学创作与批评之际,不得不,或自然而然地会将眼光投向已经通过历史积淀而形成的"经典"传统上。这种非自觉非理性的习惯一直贯穿文学思想史的始终——无论是对传统的归附迎合,还是有所变革创新,中国文化精英的知识状态都关乎那无声无形却又无处不在的伦理道德。

由于中国道德教育机制的成熟和完善,传统中国士人的言行思想几乎无法离开伦理道德而存在,"每个人的言行举止都被纳入社会道德的监视之中,受到无所不在的道德力量反复地强化塑造。中国伦理型环境所构成的文化基因便一代代地遗传下来。这种文化的遗传过程已经处于一种无意识的状态。中国文人的人格状态与社会的要求同步发展,社会时代的政治道德会强制每一个人按照它的规范行事"[2];"文学被当作主要的教化工具,它需要负载起为社会的内容;作家也必须选择符合社会需求的内容,他们才有可能获得社会的积极关注,否则,社会将强制他们接受某种文化价值观,或者将抛弃

---

[1] 苏桂宁:《宗法伦理精神与中国诗学》,上海三联书店,2002年版,第4页。

[2] 《宗法伦理精神与中国诗学》,第12页。

他们"①。因此,"批评家和历史学家可以按照他们沿用的已被接受的发展标准来着手考察艺术家"②。而艺术家艺术手段与思想的新与旧表现为是否有"变"及此"变"是否在"通"的基础上进行和完成。"这种通即在通晓古代各种风格和原理的基础之上,对它们进行更新或者复兴。由于这个原故,不幸的'新'技法求索者难以避免会跌入旧的窠臼,而真正的创新者(avant-garde)却以回归古代典范开辟出未来审美的水平。"③文学思想史正是呈现出这样的态势,由此可以更好地理解文学史上频繁发生的新旧之争、雅俗之辩以及间隔一段时期就会伴随政治运动或社会运动出现的复古思潮／运动之力量何以如此强大,也可以更好地理解文学思想史分别作为一种思想观念史、艺术风格史及伦理道德史时所呈现的价值上的高贵、审美上的典雅、风格上的复古、伦理道德上的尊先等鲜明旨尚。而与之背逆的潜在传统和其共同构设了整个古典中国文学思想的局面。

作为一门学科的中国文学思想史,似乎至今还显得非常年轻。④关于它的讨论也仍在不断深入。敏泽在长文《关于中国文学思想史问题》中,详细探讨了中国文学思想史的发生和意涵、与文学史的异同、与其他学科的关系,以及研究中国文学思想史所应当面对和解决的问

---

① 《宗法伦理精神与中国诗学》,第13页。

② 《心印:中国书画风格与结构分析研究》,第6页。

③ 《心印:中国书画风格与结构分析研究》,第7页。

④ 中国文学思想史这门学科一般被认为是由南开大学罗宗强教授开创,以他出版于1986年的《隋唐五代文学思想史》作为该学科建立的标志。卢盛江撰文指出,罗宗强比较早地阐述了中国古代文学思想史学科的研究目的、对象和方法,形成了系统的学术思想,并以自己的文学思想史研究实践结合文学创作倾向和士人心态研究文学思想,为这一学科的创立和发展奠定了坚实的基础,他把士人心态研究作为文学思想史研究的重要部分,注重结合政局变化、社会思潮变化、现实生存状况、士人心态研究士人群体,同时注重历史还原、理论思辨、审美把握,强调文学本位,融入浓厚感情。详参《中国文学思想史学科体系的规划者——罗宗强先生的学术思想》,《社会科学战线》,2009年第4期。

题、运用的方法等。①本书将要进行的讨论和研究，是围绕产生于12至13世纪晚期的词文学创作和词学批评进行的，试图展现的是南宋时期词学领域思想的深入与新变，并尝试将词学与其他文艺形式和批评传统进行比较，以期为词学获得来源于"他者"的观照和认知。因此，我们必须要在了解和掌握文学思想史的研究思路和表述逻辑的同时，尽可能地把目光聚焦在词学领域值得关注的核心人物、文本与问题上，由他（它）们引发和带动线索的生成和梳理。

二、词学思想史的内涵与南宋词学思想的研究构想

在讨论和研究正式开始之前，首先面临的问题是：词学史与词学思想史的边界在哪里？毫无疑问，进入词学史视野的，必然有词人词作，也必然需要对其风格、艺术手法和词史地位进行讨论。而词学思想史不仅应当注意词作背后的创作观念和思想依据，也应探讨与之相关的同时或异代的词学批评、理论与创作及风格的形成之间有无联系或有何联系。②如果把有关词的创作史、有关词的批评和

---

① 详参敏泽《关于中国文学思想史问题》，《三峡大学学报（人文社会科学版）》，2002年第6期。
② 左东岭对文学思想史的研究概括为：求真求实与历史还原的研究目的，将理论批评与创作实践相结合以概括文学思想的研究方法，历史环境与士人心态相关联的中介要素，心灵体悟与回归本位的学科交叉原则。他又进一步指出，中国文学思想史研究之所以会形成上述特征，乃是基于两个方面的学理依据：从历史研究层面讲，是为了更加贴近历史的真实面貌，因为一个人对于文学的认识与观念，往往是由许多复杂因素构成的，同时也反映在不同的场合与领域。当文学思想研究将体现在创作实践中的文学认识纳入自己的研究视野时，对于某一时期、某一流派、某一代表人物文学思想的认识就更趋于立体化和复杂化，因而也就更接近于历史的原貌。从学科发展层面讲，是为了突破已经具有近百年研究历史的中国文学批评史的学科限制，使中国古代文学观念史的研究向着更高层次提升。仅就研究对象而言，文学思想史将自己的研究对象扩展至创作实践的领域，这极大地拓展了研究的空间，从而使本学科拥有丰富的学术内涵与宽广的发展前景。详参《中国文学思想史研究方法的再思考》，《中国人民大学学报》，2014年第4期。

理论史看作两条单独发展的脉络的话，那么词学思想史即力求在这两条脉络之间进行多角度的反复比照，以期得出一些新的看法、证明一些被人们忽视的事实。

高居翰（James Cahill）在研究中国画的过程中发现，绘画的历史因素存在于绘画本身以及各种绘画的风格关系之中，在绘画以外起作用的因素（如绘画理论）似乎并不涉及绘画本身。他指出：

> 解释者好像没注意到他们从事的领域与他们设想的课题竟然那样遥远；他们好像常以为绘画和画论是一回事，可以用画论和画评的各种概念，联系当时的思潮与历史环境，就能有效地把绘画结合到它的思想——历史背景里去。这种结合可能有自身的乐趣和价值，但却完全是发生在绘画以外的事情。中国的绘画文献浩如烟海，可以为这种研究提供的机会实在太多；这也就提出了一个要求，不要在那里面大做文章。并要求通过说明绘画中如何落实（或没有落实）各种理论观点，使人们的研究不超出那些与绘画自身有可靠联系的文字资料。①

这段论述无疑予词学思想史研究者以启发，如果仅仅通过一个留下了批评文字的词人自己在这类文字中所叙述的那样来判断（甚至是懒惰的重复）其词是否"复古"，是否"骚雅"，是否"趋新"，是否"本色"，是否"以诗为词"或"以文为词"，显然存在一定的危险。因为这时关注的视角如果不能回归到该词人词作本身——即从词的创作史的视角来考察的话，那就不是合格的关于词学思想的研究。然而

---

① 范景中、高昕丹编选：《风格与观念：高居翰中国绘画史文集》，中国美术学院出版社，2011年版，第124页。

也不应忽视，词人们往往很难做到"言行一致"，理论成为一种主张，创作实践则未能逮，甚至与理论背道而驰。因而有关词的创作史与有关词的批评和理论史并非双线共进偕行，作为观察、描述这两条线索脉络及其关系的词学思想史的写作也并不容易。

由此可以理解为什么围绕一部词学著论，后世不同时代有着不同的回应，且对这部词学著作的接受史为何与词文学史的主流发展轨迹并不完全相符。也可以据此探究某种传承有序的词学主张是如何借助时势和社会思潮的顺风之力，与其他艺术思想共同塑造当时的文艺观，而非随着词文学史的发展，作为一种附产品存见于世的。

词学思想是词作内容风格精神的抽象和对词学批评旨尚的归纳，本身有着特定的内涵，但是当前对于词学思想的界定并不十分明确。朱惠国《中国近世词学思想研究》谈到相关问题，未及细辨。[①] 徐安琪在《唐五代北宋词学思想史论》的绪论中对此作了细致分析，这是词学研究领域首度全面地讨论词学思想的内涵。[②] 不过，此后并非所有以"词学思想"命名的研究都能分清其与词学批评、词学理论的区别，因而相关研究仍多局限于就词话、词论等进行一般性的评析。

南宋是词作和词话大量产生并逐渐精熟的时期，因此关于其时词人词作及词学的研究颇多。综合来看，学界对于词学思想的研究基本围绕专门的词话、词籍、词人展开，系统性相对缺乏，更少见专门的"史"的描述和论证。同时，对于几部重要的词学著作，研究者观点近乎一致，但细考文献本身，仍有大量未得钩索出的思想资

[①] 朱惠国：《中国近世词学思想研究》，上海古籍出版社，2005年版。

[②] 徐著从"词学"和"词学思想"的概念界定入手，通过梳理20世纪词学研究的成果和观念，指出词学批评与理论的研究应当转向为词学思想史的研究，而词学思想除了反映在词学批评和词学理论中，更主要的是反映在词的创作实践中。详参《唐五代北宋词学思想史论》，人民文学出版社，2007年版，第1—28页。

源和价值,因此重新地、进一步地研究文献并重点关注系统间的联系,显得尤为必要。

具体而言,本书的研究对象大体包括以下几个方面:

第一,南宋时期词人创作的大量词作,是蕴藏词学思想的最基本载体,也是词学思想的最原生形态。南渡以后的词风,与北宋词呈现出相当大的差异,客观上由于"旧谱零落,不能倚声而歌"[1],词逐步脱离音乐,逐渐徒诗化,成为案头文学。目光和创作场地的变化,也带来书写思路、方式和思想的改易。除了周济所说的"北宋有无谓之词以应歌,南宋有无谓之词以应社"[2]外,家国兴亡、时局板荡均成为词的内容。另外,词人主观上也力求与前代有别,而向"极其工"和"极其变"的方向发展,似渐入窄境。种种变化的背后蕴含着丰富的思想资源,如何发现并阐释这些存在,是本书的任务之一。

第二,与北宋相比,南宋大量出现的词话与词学批评开始具有较为明显的主体意识,出现了系统的理论专著。这些更是词学思想研究的关键对象,它们包括而不限于:以专书形式呈现的词话与词论著作;以序跋、题记等形式出现的词学批评;史书、方志中的词学批评、词话资料;类书、目录里对词籍、词作的批评、提要;笔记小说中评词、话词的文本;诗词中有关词人词作的作品或论词之诗、论词之词等。这些材料除第一类外,形态上大多比较零碎,数量却相当庞大,检阅起来存在一定的困难。前人已颇重视这些比较散碎

---

[1] 吴则虞校辑:《山中白云词》,中华书局,1983年版,第36页。

[2] 顾学颉校点:《介存斋论词杂著 复堂词话 蒿庵论词》,人民文学出版社,1959年版,第1页。周济对词的南宋之别有很深的体悟,比如他在《宋四家词选目录序论》中又说北宋主乐章,南宋则文人弄笔,由于"彼此争名",而"变化益多,取材益富",同时指出南宋有门径似深而转浅,北宋无门径似易而实难。《白雨斋词话》和《人间词话》也都有类似的比较和评价,可见清人在对词史的描述中有明确的分期意识,更在作法、境界等方面乐于为之一分高低。

馈饤的资料，词学界自《词话丛编》[①]之后，也不断有更全的资料汇编问世，比如金启华等编有《唐宋词集序跋汇编》（江苏教育出版社，1990年版），张惠民编有《宋代词学资料汇编》（汕头大学出版社，1993年版），施蛰存等编有《词籍序跋萃编》（中国社会科学出版社，1994年版），孙克强编有《唐宋人词话》（河南文艺出版社，1999年版），邓子勉编有《宋金元词话全编》（凤凰出版社，2008年版），朱崇才编有《词话丛编续编》（人民文学出版社，2010年版），屈兴国编有《词话丛编二编》（浙江古籍出版社，2013年版），葛渭君编有《词话丛编补编》（中华书局，2013年版），等等，而词学专论类的文献也受到越来越多的关注，并被点校和整理出版。这些文化资源是再造和重建12至14世纪词学领域思想形态的基础，离开它们，南宋词学思想史的研究势必成为无本之木。

第三，词作的传播主要依靠书籍刊刻、印刷、发行，包括别集、选集和总集，其中选集最能体现选者甚至选者所处时代的词学思想，因此选集也应纳入研究的视野。[②] 现存宋人选词之作甚多，其中比较著名且重要的有《复雅歌词》《花庵词选》《乐府雅词》《草堂诗余》《绝妙好词》等，这些文本的实质无疑正是确定一种标准来对符合这类标准的词进行评定。肖鹏认为，对词选考察与研究的路径主要有六种，即选型、选源、选心、选域、选阵和选系。[③] 词人个体、群体乃至时

[①] 《词话丛编》初刊于1934年，收60种评述词人词作词派及词本事之书，1959年修订增补25种，1986年中华书局出版五册本。

[②] 关于词选的定义及基本形态，详参肖鹏：《群体的选择——唐宋人词选与词人群通论》，凤凰出版社，2009年版，第2—5页。

[③] 《群体的选择——唐宋人词选与词人群通论》，第9—22页。

代的思想正蕴藏其间，等待诠释。①

第四，随着一种文体体性的形成凝定，创作的类型化现象也随之越发严重，此时词学经验已经不足以就之提炼出词学思想，故有待自彼时之社会文化中加以寻绎。比如，彭国忠跳脱出词学研究的基本内容范围，以中国古代最早一部官颁音乐典章《乐记》为对象，细绎它在宋代文化领域中的地位及其与宋代词学批评理念、方式、话语、理想的关系，指出《乐记》对整个宋代词学思想世界的影响是根本性的。② 又如沈松勤在研究中提出，唐宋词是一种"文学—文化现象"，是当时社会文化的特殊产物，其意义、地位和性质并不能以单一的艺术审美范畴概括之。③ 因此，文学研究向文化研究的推进和拓展成为客观而必然的要求。本书也自觉运用文化史的研究方法，并以跨学科的比较研究避免视野陷入促狭之境，尝试更加多维地展现词学之思想及词学史与思想史的关系。

基于此，本书的研究思路和大致内容是：

第一章探讨李清照《词论》在词学思想史上的地位和影响及词的体性问题。不论《词论》作于北宋或南宋，它在词学思想史上的地位都是极其重要的，尤其对南宋以后两种词学传统的形成及后世

---

① 学术界在词选研究方面取得了很多硕果，本书不再列专章探讨词选之词学思想，但会在其他方面的论述中涉及几部重要的词选及其词学主张。关于宋人词选的诠释和研究，还可参看李剑亮：《宋词诠释学论稿》第十一章《宋词选本与宋词诠释》，人民文学出版社，2006年版；薛泉：《宋人词选研究》，黑龙江人民出版社，2010年版；丁放，甘松，曹秀兰：《宋元明词选研究》第一章《宋代词选研究》，商务印书馆，2012年版。

② 详参彭国忠：《〈乐记〉：宋代词学批评的纲领》，《文学遗产》，2014年第5期。

③ 唐宋词是一种"文学—文化现象"，最早由吴熊和在《唐宋词通论》的重印后记中提出，但没有进行详细阐述，沈松勤则通过撰写《唐宋词社会文化学研究》一书，由"唐宋词的社会文化因缘""唐宋词的社会文化功能"和"唐宋词的社会文化层次"三部分论述来展开关于这一命题的讨论。详参《唐宋词社会文化学研究》，浙江大学出版社，2000年版。

对此两种词学传统的继承，都产生了巨大影响。有关《词论》的讨论将运用历时的视角，既将《词论》的词学思想与《花间集序》进行比较，更将之纳入"本色论"理论的框架中进行评估和论述，同时还会探索南宋中后期苏辛后音、风雅词派与《词论》的辩证关系。

第二章概述意识形态笼盖内外的词学思想理路，呈现出"复雅"话语系统中复杂的动态。相关讨论以《复雅歌词序》《碧鸡漫志》和《乐府指迷》为主，由此描述南宋前期主流词学思想的形成，并联系南宋理学的发展，以之作为背景分析此时词学思想与此前词学思想的区别。

第三章通过细读承载词学思想的若干种类文本，意欲发现文本的交互性，继而析论其形态与内涵。其一是词学批评文本在承担词本事功能进行叙述的同时如何蕴含"传奇"的元素，其二是诸种词话与词学批评文本对其所批评、研究、阐释的词文本的关注方式和程度有何不同，其三是词学家的记录和批评中"以词存史"意识的浮现与词学批评学问化倾向的产生。

第四章从"兴""比"角度论述稼轩词和南宋咏物词的审美转向。二者背后的词学思想十分近似：稼轩词代表了一种苍凉意韵与生命精神，同时饱含寄托与大量的政治隐喻，而南宋咏物词对比兴传统的继承也使得其寄托意味极其浓重。

第五章从较为宏观的艺术史与批评史的视角，以"清空""骚雅"为中心，详析词学与画学的关系并作比较。就美学旨尚而言，《词源》中"清空"范畴的内涵突出地彰显出词的抒情化倾向，有意无意之间乃总括式地描画出两宋词学思想史的审美理路。而抒情化的倾向也正是包括绘画等在内的当时各种艺术形式的转变路径，尤以山水画从北宋到南宋的风格更易为典型。同时，"清""空"在张炎词作中有着不同的呈现方式,二者分别寓含道家和佛家思想的质素。"骚雅"作为一种带有儒家色彩的词学范畴,在一定程度上补济了"清""空"的疏弊。"骚""雅"作为两种不同的文学思想与传统,其间有着复杂的互动与互渗关系。"骚雅"决定了姜夔词的独特抒情方式,塑造了姜夔狷洁的文化人格,也影响了后世的词学创作与词学思想。

应当承认的是,就一段跨越近两个世纪的历史时期内词学思想所作的研究,几乎类似于一种"再造传统"的过程。对同一对象理解和阐释的不同带来的观念差异,或将在此过程中表现得非常明显。不过,本书的目的是在已有的材料中找寻出能够产生共振或相斥者,由此建立一种逻辑链条。这种尝试也许不会对文学史之主流产生任何干扰,但从诠释的角度来说,它是意义的推陈出新,或亦有助于学术的祛魅。

第一章　本体论研究：
《词论》与两宋词学的"正""变"

  王国维在《人间词话》中对冯延巳的一段评价，历来常被人们引用以证冯词之妙："冯正中词虽不失五代风格，而堂庑特大，开北宋一代风气。"①这句话中更应注意的，是王国维对五代宋初之际词学发展之关钮的把握和认知，以及对北宋词风作为"花间范式"之"补充"与"反动"的确认。著录十八家五百首词的《花间集》是今存第一部文人词选，其中风格相近、主题相类的词作与《花间集序》一起，明晰地昭示了西蜀词人对词文体"本色"的关注与重视，"离诗而有意为词"成为人们理解、接受、阐释温庭筠及其所代表的"花间范式"②的基础。

  然而正如王国维所判断的那样，南唐君臣"尚文雅"的词作打破了词坛一个世纪以来主流秩序的稳定性和主导性，新声中的雅正苍凉压倒了花间尊前的浮华绮艳。经由南唐词对西蜀词的"大"化、"正"

---

① 王国维认为南唐君臣之词与花间词的风格差异是《花间集》不收其作的原因，龙榆生对之有所辩证，他指出未收的原因仅仅在于南唐、西蜀的时空之差而非流派不同。详参〔清〕况周颐，王国维：《蕙风词话　人间词话》，人民文学出版社，1960年版，第198页。

② "花间范式"当然不止《花间集》中的作品，比如《尊前集》等西蜀词作也属同类，既类称之为范式（paradigm），那么它们必然就不仅表现为风格的近似，也有创作机制、话语系统、表达方式、语义所指、精神祈向、价值定位和基本功能等方面的近似。

化、"雅"化，嗣后北宋词学逐渐迈入一种开阔、舒展、自然的发展理路。

正由于此，当才情特大的苏轼参与到词的创作中来的时候，"小词"便完全走出逼仄的曲径，直入大道坦途。而有关"体"的认同问题亦由此产生：诗词的界限在哪里？词是否具有独立存在的意义？词的价值在于补诗之不能吟咏处，还是可以无所不咏？词是否如诗一样存在一种类似"诗教"的传统？……一系列的问题造成了诗词体性认知和判断的危机，词学思想也从基于本色的"约"一至基于诗词一体、以诗为词的"放"，而难以再寻找到一条衍展深化的逻辑。① 因此，在苏轼的创作客观上修改着词学思想的同时，他的朋友和门人开始反思"本色""当行"的文体与其对立面的分野。

南宋以前词学思想发展的基本脉络概如上述，而在此后的两个世纪中，词学的世界里充斥着关于"正""变"两种风格、取向、路径、形态的讨论、商榷、争议和辩驳，围绕词之"本色"与"变体"、"雅"与"俗"等所展开的实践与对话不断推进和加深。这不仅让人们重省文学价值和文体意义，而且提供了一个足以参与当时文化政治重建过程中的话语契机。可以说，"辨体"作为词学思想史上的一个重要论题得到热烈讨论的景况应在南宋时期，而欲溯其源头，李清照的《词论》无疑是为标的。

---

① 当然，相对于"约"与"放"的二元对立，"婉"与"豪"可能更体现了本色与非本色思想的分野。"约"更多还是指小令的创作，慢词由于篇幅拉长，已无法再"约"了，但不少慢词的作者还是继续保持着对"婉"的追求，"婉"也是南宋时期词学批评非常认可的一个审美标准。后文对此还将详加谈论。

第一节　辨体:《词论》关注的核心问题及其主张

最早著录李清照《词论》的是胡仔《苕溪渔隐丛话》,魏庆之《诗人玉屑》卷二十亦见载录。[①] 但关于《词论》具体的创作年份,学界一直未见定谳。一般认为作于北宋,理由并不充分。[②] 因此,也有学者根据《词论》批评对象及其社会背景,认为系李清照于南渡以后所撰。[③] 不论《词论》作于何时,它对南宋词学思想史的影响都是显而易见的。不了解《词论》的思想渊源和词学主张,就很难看清宋词"雅化"和"诗化"进程及其背后的思想动力。

一、《词论》的主要内容与价值取向

按《苕溪渔隐丛话》后集卷三十三"晁无咎"条所载,《词论》全文如次:

---

① 《词论》本无其名,标题是后人辑佚时所加。

② 以陈祖美为代表的一些学者认为,《词论》当作于北宋,具体时间约在徽宗大观二年(1108),详参《李清照新传》,北京出版社,2001年版。也有学者据元人陈世隆《宋诗拾遗》卷十一所载李格非名号,指出《词论》的作者不一定是李清照,更可能是乃父,而《词论》的写作时间也当不晚于哲宗元祐时期,甚至在神宗熙宁、元丰间,因为《词论》与晁补之、李之仪等人的词学批评一样,是苏轼及其门弟子对词及其相关问题的关注和评议背景下的产物。详参邓子勉《〈词论〉作者小议》,《古典文学知识》,2008年第5期。不能说这种观点毫无根据、没有道理,但由于胡仔的资料来源不能确考,邓文所据亦为孤例,且他所认为的"明以前,《词论》并未引起学人多少注意"与现实不相符,早在12世纪中后期就有不少批评者以李清照和《词论》为声讨对象,支持苏轼及其以诗为词的作法和观念,下文将有详述。

③ 朱崇才指出,《词论》力斥"亡国之音",不太可能发于宋室南渡之前,只有本朝发生了近似于"亡国"的事实,论述、批评才有实际动机;文中"后晏叔原、贺方回、秦少游、黄鲁直出,始能知之"等语,亦似为南渡后追记之辞;此外,《词论》标榜的"五音""五声""六律""清浊轻重"等,要在北宋末年才逐渐完善;北宋后期,苏、黄成为非常敏感的话题,李清照在南渡以后评骘二人文学,更显合理。详参《李清照〈词论〉写作年代辨》,《南京师大学报(社会科学版)》,2003年第6期。

乐府声诗并著,最盛于唐。开元、天宝间,有李八郎者,能歌,擅天下时新。及第进士,开宴曲江,榜中一名士,先召李,使易服隐名姓,衣冠故敝,精神惨沮,与同之宴所,曰表弟,愿与坐末。众皆不顾。既酒行乐作,歌者进,时曹元谦念奴为冠,歌罢,众皆咨嗟称赏。名士忽指李曰:"请表弟歌。"众皆哂,或有怒者。及转喉发声,歌一曲,众皆泣下,罗拜曰:"此李八郎也。"自后郑、卫之声日炽,流靡之变日烦,已有《菩萨蛮》《春光好》《莎鸡子》《更漏子》《浣溪沙》《梦江南》《渔父》等词,不可遍举。五代干戈,四海瓜分豆剖,斯文道息;独江南李氏君臣尚文雅,故有"小楼吹彻玉笙寒""吹皱一池春水"之词,语虽甚奇,所谓"亡国之音哀以思"也。逮至本朝,礼乐文武大备,又涵养百余年,始有柳屯田永者,变旧声,作新声,出《乐章集》,大得声称于世;虽协音律,而词语尘下。又有张子野、宋子京兄弟,沈唐、元绛、晁次膺辈继出,虽时时有妙语,而破碎何足名家。至晏元献、欧阳永叔、苏子瞻,学际天人,作为小歌词,直如酌蠡水于大海,然皆句读不葺之诗尔,又往往不协音律者,何邪?盖诗文分平侧,而歌词分五音,又分五声,又分六律,又分清浊轻重。且如近世所谓《声声慢》《雨中花》《喜迁莺》,既押平声韵,又押入声韵;《玉楼春》本押平声韵,又押上去声,又押入声。本押仄声韵,如押上声则协,如押入声则不可歌矣。王介甫、曾子固文章似西汉,若作一小歌词,则人必绝倒,不可读也。乃知别是一家,知之者少。后晏叔原、贺方回、秦少游、黄鲁直出,始能知之。又晏苦无铺叙,贺苦少典重,秦即专主情致,而少故实,譬如贫家美女,虽极妍丽丰逸,而终乏富贵态。黄即尚故实,而多疵病;譬如良玉有瑕,价自减半矣。①

---

① 廖德明校点:《苕溪渔隐丛话》后集,人民文学出版社,1962年版,第254页。

首句言乐府与音乐关系密切，并盛于唐。李清照之所以强调此一关系及其演进过程，实是为了力证词当协音律，且协音律为词之最基本特征。所谓"自后郑、卫之声日炽，流靡之变日烦，已有《菩萨蛮》《春光好》《莎鸡子》《更漏子》《浣溪沙》《梦江南》《渔父》等词，不可遍举"，所言乃是开元、天宝之后词文学逐渐萌兴、发展之历程。无论"声诗"还是词，其形成过程都与音乐密不可分。[①]李清照以对词体和音乐的敏锐把握，在《词论》开篇就谈到协音和律，正是对词在此后发展演化过程中可能面临的徒诗化倾向的一种"理论规避"。她出于对词的理解和对词体特性的维护，才会通篇批评那些不能达到词体标准的词作——从这一点来说，李清照的"词史"意识不仅有"承"也有"启"，而这些充斥着焦虑和不满情绪的思想都是她之前的李之仪所不具备也并未表达出来的。

南宋以前的传统诗学受到儒家思想影响固然深重，词学却犹在"化外"。北宋文人对词的功能性并无特殊要求，正由于一贯轻视，词才承担了"娱宾遣兴"等应歌之类的任务，并不参与"文学道统"的建构。即使是苏轼的"以诗为词"，仍不涉及词文学之形而上层面的讨论，只在制作的技术层面将词纳入诗的系统中，使之成为"诗余"，

[①] 对《词论》首句"乐府声诗并著"的解释，历来聚讼纷纭。黄墨谷认为李清照所谓"乐府"指唐代乐府诗，兼指词，"声诗"指"声"（乐曲）与"诗"（歌词）二者，词的性质是声诗并著，故断句应为"乐府/声、诗并著"。李定广赞同其说，指出余恕诚观点的失误。详参余恕诚：《李清照〈词论〉中的"乐府""声诗"诠解》，《文学遗产》，2011年第1期；李定广：《"声诗"概念与李清照〈词论〉"乐府声诗并著"之解读》，《文学遗产》，2011年第1期。我们比较认同李文的论述，同时对余文第四部分指出《词论》是立足声诗与词的渊源关系而发论这一观点和相关阐述表示接受。按王小盾与杨晓霭的分析，"声诗"有广狭二义。广义的声诗指"有声之诗"，即古所谓"乐章"，与徒诗概念相对应；狭义的声诗指的是"诗而声之"，即先有诗后采以配乐，与因声度词的曲子词相对应。详参《宋代声诗研究》，中华书局，2008年版，第4—15页；有关宋人对于声诗界定的问题，可参《宋代声诗研究》，第34—37页。

同为"陶写性情";至于浮艳淫猥,似乎是"小词"的题中应有之义,既是客观存在的,也并不值得注意、纠正和回避。与在其之前的词人和批评者迥然相异的是,李清照对所谓"小词"机智而有意地采取了看似负面的评价,乃至以严肃如"郑、卫之声"这样的话语加覆其上。① 这种做法其实是通过贬抑来尊扬词体:沉重的批评指责的语义背后,是对对象所承担责任之重大的认定。李清照这一隐蔽的态度一般只能被理解为她对象征男权话语传统的诗学观和诗史的接受,实则其作为话语权力边缘的知识女性,尤其寄望于对词体文体身份之重新确证以获得应有的正视。

李清照对词中"雅正"的渴求首先表现在她对柳永的失望:"逮至本朝,礼乐文武大备,又涵养百余年,始有柳屯田永者,变旧声,作新声,出《乐章集》,大得声称于世;虽协音律,而词语尘下。"其次,则在惋惜秦观之际指出雅正的内涵在于何处:"专主情致,而少故实,譬如贫家美女,虽极妍丽丰逸,而终乏富贵态。""情致"以外,尚需"故实"充实支撑,才有可能养成一股"富贵态"。从此后的词学思想史来看,李清照对"雅正"的理解无疑是恰当切实的。鲖阳居士的《复雅歌词序》将《词论》"尚文雅"而未能详细阐述的"雅"之内涵阐发得过于意识形态化,以至于对"别是一家"说提出质疑;王灼虽然通过强调"稽之度数"和"情性"的重要性以构建出他的中正、

---

① 《词论》中"众皆哂,或有怒者",完全可以看作是李清照自己的态度,此则故事之蓝本《唐国史补》中仅描写宾客"笑""惊",并未见"怒"。美国学者艾朗诺也注意到李清照对李八郎故事复述的隐情,她是在用这一故事写出自己的盼望:尽管自己的身份与性别在主流词界确算作异类,但她还是希望大家能够客观评鉴她的才华。详参〔美〕艾朗诺,夏丽丽、赵惠俊译:《才女之累:李清照及其接受史》,上海古籍出版社,2017年版,第66页。李扬在研究中也注意到词学批评中的女性缺席,他认为《词论》具有明显的女性视角和强烈的自我(性别)意识,而性别与文学的阅读接受或批评反应有着不容忽视的关联。详参《宋代词学批评研究》,南京师范大学博士学位论文,1998年,第41页。

雅正理论，但在讨论"女音"的时候又进行了过度发掘和批判，遂以"别是一家"为标靶抨击之，最终认定"以诗为词"的"向上一路"才是救治词病的良方。批评者这些并不合适也无法指导写作的意见，直到风雅词派登上词坛之后，才得以在创作与理论两个层面得到修正、补充与丰富，作为词学家的李清照的地位亦渐随《词论》的价值被逐步认知、理解和接受而得以提升。

二、《词论》与《花间集序》词学思想的呼应

在《词论》以前，最成系统的词学批评应是五代时期的一篇词序《花间集序》，它也是自有词以来的第一篇词论，一贯被目为"花间范式"的纲领性文本，具有重要的价值。李清照对词学历史和创作的基本看法和观点，与其所处时代的文化环境有着密切关联，而从学源上看，则对欧阳炯的这篇名序有所继承和扬弃——从某种角度而言，《词论》可以看作是对《花间集序》的一种呼应。

《花间集序》以骈体行文，用典、藻饰甚多，又兼传抄过程中不免鲁鱼亥豕之讹，故其理论旨趣一直争辩未明。为便与《词论》比照，兹引全文如下：

> 镂玉雕琼，拟化工而迥巧；裁花剪叶，夺春艳以争鲜。是以唱云谣则金母词清，挹霞醴则穆王心醉。名高白雪，声声而自合鸾歌；响遏行云，字字而偏谐凤律。杨柳大堤之句，乐府相传；芙蓉曲渚之篇，豪家自制。莫不争高门下，三千玳瑁之簪；竞富樽前，数十珊瑚之树。则有绮筵公子，绣幌佳人，递叶叶之花笺，文抽丽锦；举纤纤之玉指，拍按香檀。不无清绝之词，用助妖娆之态。自南朝之宫体，扇北里之娼风。何止言之不文，所谓秀而不实。有唐已降，率土之滨。家家之香径春风，宁寻越艳；处处之红楼

夜月,自锁嫦娥。在明皇朝,则有李太白应制《清平乐》词四首。近代温飞卿复有《金荃集》。迩来作者,无愧前人。今卫尉少卿字弘基,以拾翠洲边,自得羽毛之异;织绡泉底,独殊机杼之功。广会众宾,时延佳论。因集近来诗客曲子词五百首,分为十卷。以烱粗预知音,辱请命题,仍为序引。昔郢人有歌《阳春》者,号为绝唱,乃命之为"花间集"。庶使西园英哲,用资羽盖之欢;南国婵娟,休唱莲舟之引。时大蜀广政三年夏四月日叙。①

李清照为阐明自己的词学观点,从唐五代以来"乐府"——即词——开始谈起,以说明诗词同源而异流。欧阳烱的序文同样是"先言他物",甚至以传说中西王母为穆天子所作《白云谣》作为词的源头,接后拈出先秦两汉文学文献中载录的歌曲和乐府横吹曲、西曲及自制曲等,作为他所建构的系统链条,主要是为说明词之可歌性的特征。值得注意的是,欧阳烱对这些歌诗的选择是有意的,唯有如此才能牵引出他所要表达的内容,尤其是他所言"豪家自制"之曲,其功能正与花间词相同,即用以佐歌娱宾,故而"绮筵公子,绣幌佳人,递叶叶之花笺,文抽丽锦;举纤纤之玉指,拍按香檀"。《词论》采取了与之一致的方式,即在梳理词文学萌兴发展的轨迹之时,标举出音乐性之关键,通过词之必备的特性来为其体式定性,虽然并不十分有效且指向唯一,但仍有重要的区别和辨体作用。在欧阳烱之后、李清照以前,其间未见一种专门谈词的批评文本是通过对词之音乐性明确的强调来建立人们对词体的基本认知的。而词的徒诗化进程达到一定的程度时,实有赖一种反思使其本来面貌和特性再度呈现,

---

① 此处据李一氓校本所录,唯标题"花间集叙"依国家图书馆藏宋绍兴十八年(1148)刻本改作"花间集序",南宋鄂州册子本则无此四字。详参《花间集校》,人民文学出版社,1958年版,第1页。

在"词当合乐协律"这一点上与《花间集序》观点相契合的《词论》正起到这样的效果。应当注意,欧阳炯和李清照虽然同样对词的音乐性特为注目,二者发论的背景却不相同:五代时期是词与音乐交融最甚、词体音乐性至为明显之时,欧阳炯的描述也因此显得格外自然;而南北宋之际则是词的音乐性逐步丧失之时,是故李清照对词与音乐关系的论述更可见一种潜在的危机意识。

然而在词风和所谓的范式接受等方面,李清照并未直接谈论《花间集》,却对南唐君臣情有独钟,这实是李清照对五代词辩证看法的一种暧昧表达——欧阳炯对"艳"的态度同样模糊。从花间词来看,它的内容和风格与诗产生了巨大的差异,以致宋人几乎认定这便是词之"本色""当行",虽然近乎"秀而不实",但毕竟"自得羽毛之异","独殊机杼之功",自有其特出的成就价值和特殊的历史地位。[①] 欧阳炯在《花间集序》中对宫体以及民间歌辞的批评正代表着他的词学主张,看似矛盾,实则辩证,即取"绮筵公子""绣幌佳人"传唱歌辞中的"清绝之词"为标的——艳中带雅的"清绝",便是"花间范式"的理想境界。花间词虽然不如南唐词"文雅",但正因为它体式、趣味、情调和话语系统的独特性,恰恰符合李清照"词别是一家"的理念,因此,它的艳丽、绮媚在文体意义的框架内是完全可以被理解和接

---

① 正像张式铭所言:"花间词在文人词接轨、取代民间词之际,在诗学就衰、词学代兴之时,在上继中唐词、下开北宋词之机,的确处于枢纽的地位。在词的发展上起了承先启后的重要历史作用。同时,更应该看到,由于时代的动乱,促使了思想意识、精神心境的某些变异,使文学艺术、诗词创作产生了重大变化。一种新的时代精神,文学思潮,艺术个性,美学趣味,在明显地形成和发展,这是不同于盛唐气象,也是异于汉魏风骨的。而花间词,就是这一变化的鲜明标志。"详参《论"花间词"的创作倾向》,《文学遗产》,1984年第1期。

受的。①同时,"花间范式"更体现了社会面临危机与迭代之时文学创作群体的情感状态和精神追求,这些在经历了国变之痛的李清照看来,无疑足以产生共鸣。当年新变的文化风尚虽然凋零乃至消弭,但随着相似历史环境的到来,又会激发起思想空间又一轮的紧张与变化。就此背景而言,李清照在与五代相隔近两个世纪的两宋之际,于《词论》中所发"新声",正是一种怀旧情绪的另类呈现。②

三、"别是一家"的辨体内涵与理论意义

苏轼和他的门人在词史上有其特殊地位,不仅缘于他们创作成就卓然,更因为苏门对于词的本质、本色进行过有意识的探讨,辨体和破体都是苏门学人长期关注并时时为之争论的议题,"诗词之辨"这一文学史和文学批评史上的重大公案,也由他们的创作和讨论牵引出来。苏轼虽然颇矜傲于自己的"以诗为词",但他周围的观察者和评论者未必能以一种赞许的目光看待,陈师道在比较苏轼和韩愈时,就表达出对苏词有失"本色"的不满:

退之以文为诗,子瞻以诗为词,如教坊雷大使之舞,虽极天

---

① 从文体学的角度来看,文体的风格主要受到文体用途的制约和限定。李清照在辨体之际,必然要考虑到词作为一种文体,其风格形成是与欧阳炯在《花间集序》中所述当时的文化生活背景相关的,因此她在《词论》开篇也提供和呈现了一个娱乐场景,而终《词论》全篇,亦不见对词之娱宾遣兴功能的批判。从这一点来看,"别是一家"显示出对诗词承担功能之别的理性认知,正如沈家庄所言,这是对"以道制欲"的文学价值观与"以欲破道"文学价值观的折衷与调和,是对亚文化的关注。详参《宋词的文化定位》,湖南人民出版社,2005年版,第159页以下。

② 正如米尔希·埃利亚德在《结构主义的流行》中指出的"一个众所周知的事实",艺术家通过他们的作品通常预言了一些在其他社会与文化生活方面将要产生的东西——有时是一两个世代之后要出现的东西,理论与思想甚至也是如此。详参《神秘主义、巫术与文化风尚》,光明日报出版社,1990年版,第21页。

下之工，要非本色。今代词手，惟秦七、黄九尔，唐诸人不逮也。①

词之"本色论"，由是而生。② 有意思的是，对苏轼不以本色作词的负面评价，当时反而多出于苏门。③ 大家在对这一问题进行持续而热烈的讨论之际，逐渐明确了词的美感特质、词的作法、词的优劣标准以及词的批评方式。李之仪的《跋吴思道小词》就是对上述问题作出总结的一篇重要文章，也是李清照《词论》比较直接的思想来源：

> 长短句于遣词中，最为难工，自有一种风格，稍不如格，便觉龃龉。唐人但以诗句，而用和声抑扬以就之，若今之歌阳关词是也。至唐末，遂因其声之长短句而以意填之，始一变以成音律。大抵以《花间集》中所载为宗，然多小阕。至柳耆卿，始铺叙展衍，备足无余，形容盛明，千载如逢当日，较之《花间》所集，韵终不胜，由是知其为难能也。张子野独矫拂而振起之，虽刻意追逐，要是才不足而情有余。良可佳者，晏元献、欧阳文忠、宋景文，则以其余力游戏，而风流闲雅，超出意表，又非其类也。

---

① 〔清〕何文焕辑：《历代诗话》，中华书局，1981年版，第309页。

② 随着时代的演进、理论的加深，"本色"的内涵也不断丰富，周明秀根据宋以降诸家词论的意见，总结为协律、艳丽、妥溜自然、介于雅俗之间、主情致等等，详参《词学审美范畴研究》，上海古籍出版社，2014年版，第52页以下。

③ 比如晁补之就认为指斥柳永词"俗"是不公平的，柳词中也有"唐人语，不减高处"的地方，又在评价黄庭坚的时候，提出了与陈师道不满苏词近似的批评："不是当行家语，自是著腔子唱好诗。"可见，本色之论既看到了诗词体性的不同，又有所取舍，但坚持词要有词的作法，把词作得像诗，姑不论其优劣，起码是不合文体要求的。此外，他们认为苏轼是"曲子中缚不住者"的另外一层意思是，唯有才大如苏轼者才能在破体的前提下将词写得雅致不俗，一般才力的作者则是不可不依词的文体特性来进行创作的。

谛味研究，字字皆有据，而其妙见于卒章，语尽而意不尽，岂平平可得仿佛哉？思道覃思精诣，专以《花间》所集为准，其自得处，未易咫尺可论。苟辅之以晏、欧阳、宋，而取舍于张、柳，其进也，将不可得而御矣。①

可以看出，李之仪是一位非常"纯粹"的词人，他提出词"自有一种风格"，且"稍不如格，便觉龃龉"，乃将矛头暗中对准"以诗为词"的作法。至于如何避免"不如格"，那便是他提出的"以《花间集》中所载为宗"。他甚至认为即使本色如柳永者，与花间词相比，仍然在"韵"的方面有所不及。②而吴思道最值得称道处，就在于"专以《花间》所集为准，其自得处，未易咫尺可论"，足见李之仪专主花间，强调协律之韵、才情并重。这些都能视为《词论》的思想资源和理论先导。

不过，《词论》与《跋吴思道小词》对词之为体的看法还是有不小的差异，如未细心推绎辩证，很容易认为前者完全是后者的翻版，亦难觉察李清照的苦心与隐衷。

李之仪和李清照对当时一些著名文人都有所批评，认为他们的词并不精彩。李之仪的说法是，晏殊、欧阳修、宋祁"以其余力游

---

① 〔宋〕李之仪：《姑溪居士全集》第四册，中华书局，1985年版，第320页。
② 钱锺书在《永乐大典》中抬出范温《潜溪诗话》中论"韵"的长篇佚文，指出"韵"是宋人艺术审美的一种重要标准。孙维城认为，苏门学士论韵大多集中在书画领域，而为了贯彻这一文艺主张，他们选取了较少受到政治伦理渗透的词，"但是正因宋词最少受到政治伦理的渗透，也最可能市民化、世俗化。为了避免宋词的市民化、世俗化，从宋初以来，就出现了雅俗之争，这种论争一直延续到苏轼时代"。见孙维城：《宋韵——宋词人文精神与审美形态探论》，安徽大学出版社，2002年版，第22页。不论是晁补之，还是李之仪，他们在评词的时候，都不由自主地用到了"韵"这个范畴和标准，这并非是偶然的。而苏轼为了促进词的免俗化，采取了使之诗化的方式，因此宋词的雅化在某段时期内类同于诗化。

戏"、"而风流闲雅,超出意表,又非其类也",重在强调这些大文人的态度并不"郑重其事",没有认真写词,言下或有他们若能专心作词则能优胜之意;而李清照在同样提到晏、欧以及苏轼时,并没有讨论他们在面对作词时可能产生的态度,而是说他们既有那样深厚的学问,作词对他们来说应该并非难事,但事实上却没有达到令人满意的效果,又在谈及晏几道、贺铸、秦观、黄庭坚等著名词家时,明言他们本来熟悉作词之法,却仍然没有作好,要么文胜于质,要么质胜于文。

可以看出,李之仪内心希望词能获得这些名家的重视,不要成为为政、为学,特别是为文、为诗之余的游戏方式;而李清照则认为,晏、欧、苏、黄等人写不好词的关键并不在于没有空闲和精力,而是他们本来就没有掌握作词的正确方法和途径,不是"不为",而是"不能"。所以,从李之仪的跋文来看,他的观念并未跳出传统诗学思想范畴中的词学"尊体"意识,即有意无意地将词纳入到诗的话语体系和批评视域中——这是诗学思想史的旧秩序,也即在李之仪和此前一些批评者的潜意识中,词本身是"不尊"的,因此要通过将其纳入"正统"的脉络中,为之加冕。而李清照在《词论》中则专门梳理了一条词学的线索,自"乐府声诗并著"一句而下,将词块然抉出,自立为一体加以叙述和批评。与《花间集序》一样,《词论》的专门性相当明显,这种"辨体"不是在本存高下尊卑的成见基础上作出所谓"尊体"的努力,而是有关文体独立的意识自觉。可见,"别是一家"所主张的不仅是未经改造过的"本色",更是词家建立在对词体词性等均"识"之、"能之"基础上的"自立"。正像艾朗诺(Ronald Egan)所指出的:与其他批评者强调词和它那些受人尊重的"表亲"之间的亲缘关系不同的是,李清照认为词有词的特殊作法、特殊价值和意义，它是一种"知之者少"的独立文体。①是故，"别是一家"的提出，不仅将"自有一种风格"的"本色"词学思想大大发展扩拓了，更将北宋以来苏门基于诗歌文体的批评方式从旧有的文学思想传统中拈出抽离。②

第二节 "正""变"：两条泾渭分明的词学传统

文体自觉的意识早在魏晋时期就已经出现。《典论·论文》将八种文体分别归于四类风格范畴之中，《文赋》则辨为十体，它们对基于功能、风格之别形成的文体认识比较准确，同时对不同文体之间的借鉴融汇也持肯定态度。及至刘勰撰写《文心雕龙》，开始详细论述文体的成因、变化，指出：

> 章表奏议，则准的乎典雅；赋颂歌诗，则羽仪乎清丽；符檄书移，则楷式于明断；史论序注，则师范于核要；箴铭碑诔，则体制于弘深；连珠七辞，则从事于巧艳：此循体而成势，随变而立功者也。虽复契会相参，节文互杂，譬五色之锦，各以本采为地矣。③

当然，在文体尚未丰富之时，人们对不同文体各自风格如何，容易达成共识。当文学发展勃兴，文艺式样不断产生并相互影响、制约、

---

① ［美］艾朗诺《才女之累：李清照及其接受史》，第66页。
② 李清照的"别是一家"是文体学范畴的探讨，而"自有一种风格"则限于风格学。苏轼在《与鲜于子骏书》中说的"自是一家"也是如此。下文还将援引此札，兹不赘述。
③ ［梁］刘勰著，周振甫注：《文心雕龙注释》，人民文学出版社，1981年版，第339页。

借鉴和交错之后，自然将出现正体与变体并存的现象，文学批评及时而敏锐地观察到它们，并不断做出回应。而有关词学正变的批评传统正产生于两宋之际。本节承接上节有关《词论》之辨体问题的讨论，继续探索在词学之"本色论"和《词论》的思想框架下其后正、变两种传统的形成。①

一、《词论》对两种词学批评传统形成的推动

《词论》的核心主旨是明确词之为体的独特性若何，围绕这个"辨体"的中心，李清照强调了音乐性、"别是一家"、宜尚文雅，又具体举例阐述作词之法，包括当有铺叙，当显典重，当情致与故实并重，不仅要有妍丽之容、更要有富贵雍容之态，等等。其中所列名家甚多，但几乎未予任何一人佳评，是故胡仔提出了他的反对意见：

> 易安历评诸公歌词，皆摘其短，无一免者，此论未公，吾不凭也。其意盖自谓能擅其长，以乐府名家者。退之诗云："不知群儿愚，那用故谤伤，蚍蜉撼大树，可笑不自量。"正为此辈发也。②

不少批评者将注意力过分集中在李清照对时贤的批评上，责怪

---

① 周明秀认为，"正变"范畴是词学审美范畴中至为重要的概念，如果不弄清词体风格渊源流变，就无法对词学审美范畴的整体作出准确把握。她从诗学范畴的"正变"开始梳理，以晁补之、李清照等人的评论为引子，主要列举了明代及以后词学思想中的"正变"理论。实则《词论》对这些理论的影响最为巨大，周明秀所承认的词体复杂性并不能以基于"《花间》标准"的非正即变的观点简单概括，也是《词论》的题中应有之义，因为《词论》的正变观，也不是单纯以"花间范式"为"正"的。详参《词学审美范畴研究》，第31页以下。

② 《苕溪渔隐丛话》后集，第255页。

她借贬低他人以自夸的骄妄，由此忽视了《词论》所谈问题的关键。[1] 李清照通过《词论》所想达成的，并不是以评点词人词作的方式为词学树立所谓的标准。事实上，她是在为词文体找寻一个得以独立的契机——甚至为此不惜默认词体并不高贵的出身。正由于李清照的努力，词在理论上开始与诗产生明确的界限，且"以诗为词"之作在《词论》的语境中也就此被判为与正体相对的变体。

有关词的"正""变"意识和其中潜藏的矛盾，在苏轼以前并未凸显，那时人们对词的感知和批评多附着于诗上。[2] 正是这种混沌的态度，使词在创作中逐渐背离五代时期"特殊场地""特殊功能""特殊表现"的"艳科"，走向欧阳炯所赞许和希冀的"清"境。这些也都成为后来苏轼"通诗词之变"的写作背景和思想支撑。[3] 因此，当专力作词且成就殊高的柳永出现，并成为词坛不可忽略的"歌场主

---

[1] 胡仔以及裴畅等人对李清照的批评不无道理，漱玉词情感的类型化倾向明显存在，亦有学者通过统计李清照词中出现较多的花草意象并予以分析，指出它们大多仅仅作为物的形象，而无象征、寓意，有些没有寄托，有些物与情呈分离状态，或者不用典，或者堆砌典故，而以熟典、俗典为主，她所使用的对比、衬托、比喻等手法也具有庸俗的倾向。详参彭国忠：《试论李清照词中的花草意象——兼论李清照词创作的低俗倾向》，《中国文学研究》，2011年第1期。王仲闻亦云："清照虽侈谈声律，以声律为品评准绳，而清照在词之声律方面之成就，未必能如北宋早期之柳永，以及北宋末年之大晟府修撰诸人。虽今人或有言其善用双声叠韵字及细辨四声，亦似出偶然，并不每首如此。宋人只言苏轼或不合律，未有言及晏殊、欧阳修者。"详参《李清照集校注》，人民文学出版社，1997年版，第200页。

[2] 清代不少批评家对南宋词的基本评价和认知就是"变"，比如朱彝尊所说的"极其变"，陈廷焯所说的"变态极焉"等。北宋词的发展，在他们看来远没有南宋词那样充满可供探察研究的深度变化。

[3] 沈家庄指出，苏轼也有不少可以被视为"艳词"的作品，说明其文化价值思维是非常开放和多元的，也证明词的"本色"之要求在苏轼的创作中也或自觉或不自觉地有所流露。他进一步揭示：生活在庶族文化构型的宋代士大夫，无论如何清高，或多或少都会表现出庶族的文化价值选择，"'词似诗'，彰显着苏轼词的士大夫气质；香艳和脂粉，则证明了苏轼的世俗的文化价值取向"。详参《宋词的文化定位》，第330页以下。

流"时,旧有的格局被彻底打破,苏轼也开始通过创作、批评等方式立体地传播自己的词学思想。从苏轼本人的态度来看,他不仅不认同当时最为流行的柳永词风,更且要通过树立一种词中新样,以此宣示自家破体的手段及其效果之高妙、壮观和古雅,谓之"再造传统"的尝试或无不可。而当这种以诗为词的"变体"与本色的"正体"之间的差异被意识、发觉和明确指出时,苏轼是非常愉快欢欣的。[①]不妨试看几则材料:

> 忝厚眷,不敢用启状,必不深讶。所惠诗文皆萧然有远古风味,然此风之亡也久矣,欲以求合世俗之耳目,则疏矣。但时独于闲处开看,未尝以示人,盖知爱之者绝少也。所索拙诗,岂敢措手?然不可不作,特未暇耳。近却颇作小词,虽无柳七郎风味,亦自是一家。呵呵!数日前猎于郊外,所获颇多。作得一阕,令东州壮士抵掌顿足而歌之,吹笛击鼓以为节,颇壮观也。写呈取笑。(《与鲜于子骏书》)[②]

> 秦少游自会稽入京,见东坡,坡云:"久别当作文甚胜,都下甚唱公'山抹微云'之词。"秦逊谢。坡遽云:"不意别后,公却学柳七作词。"秦答曰:"某虽无识,亦不至是,先生之言,无乃过乎?"坡云:"'销魂,当此际',非柳词句法乎?"秦惭

[①] 有学者指出,当时文坛破体几乎成为风气,不少文人都有打破各种文体的尝试和创作经验,但唯独苏轼最引人注目。其原因就在于他是有意识地"以诗为词",他在主观上有着强烈的词体革新的冲动。而苏门学士中除了黄庭坚以外,几乎都没有认知到苏轼这一愿望和相关的努力。他们及其后的词人对此经历了一个相当长的接受过程。因此,"以诗为词"呈现出一种动态的阶段性。详参陈中林、徐胜利:《苏门词人群体概论》,湖北人民出版社,2014年版,第165页。

[②] 张志烈、马德富、周裕锴主编:《苏轼全集校注》,河北人民出版社,2010年版,第5847页。

第一章 本体论研究：《词论》与两宋词学的"正""变" | 33

服,然已流传,不复可改矣。又问别作何词,秦举"小楼连苑横空,下窥绣毂雕鞍骤",坡云:"十三个字,只说得一个人骑马楼前过。"秦问先生近著,坡云:"亦有一词说楼上事。"乃举"燕子楼空,佳人何在,空锁楼中燕"。晁无咎在座云:"三句说尽张建封燕子楼一段事,奇哉!"(《花庵词选》)①

东坡尝以所作小词示无咎、文潜,曰:"何如少游?"二人皆对云:"少游诗似小词,先生小词似诗。"(《王直方诗话》)②

苏东坡在玉堂,有幕士善讴,因问:"我词比柳词何如?"对曰:"柳郎中词,只好十七八女孩儿,执红牙拍板,唱'杨柳外晓风残月';学士词,须关西大汉,执铁板,唱'大江东去'。"公为之绝倒。(《吹剑录全编》)③

苏轼当然知道自己之短是对音律过于生疏。④音乐性和文学性的矛盾,在他的创作中表现得相当突出,这也是他最为当时和后继的词学批评者所指摘甚至诟病的。不过,苏轼凭借卓绝的才力将词的创作导向另一种美感程式和境界,使之疏离于音乐,这种突破"正体"的自由创作精神在千年之后的今天被大众欣然接受,并受到诸多赞誉,主要"得益于"词与音乐的关联性确然已在其流传过程中渐失,而在当时——前述关联性仍然十分密切的历史环境下,苏轼的这种做

---

① 葛渭君编:《词话丛编补编》,中华书局,2013年版,第146页。
② 《苕溪渔隐丛话》前集,第284页。
③ 〔宋〕俞文豹撰,张宗祥校订:《吹剑录全编》,中华书局,1959年版,第38页。
④ 《邈斋闲览》载:"苏子瞻尝自言平生有三如不人,谓着棋、饮酒、唱曲也。然三者亦何用如人。子瞻之词虽工,而多不入腔,正以不能唱曲耳。"见《苕溪渔隐丛话》前集,第284页。

法就显得"不合时宜"了。正如上节所言,认为诗和词之间的界限必须明晰的观点,恰恰来自苏门内部。

如果说李之仪、晁补之以及张耒等人是在以不同的方式维系词坛旧格局的话,那么李清照就是通过《词论》来创造一个新格局。她对"正体"的建构参考了以苏轼这一重点目标为代表的"变体",因此能够在体之正变、调之正变、音之正变、美感特质之正变、审美理想之正变等层面从容取舍。《词论》"别是一家"的观点,既通过辨体和明分正变来确证以五代词为代表的婉约文雅之词为正宗、词体本身应当独具某些特殊的美感及文体特征,又以辩说诗词二体能否兼通来表达对文体互渗的认知与承认,更凸显出"以诗为词"这一另类的现象和传统,使那些效仿继承苏轼"以诗为词"的创作方法和词学理念者似乎可以有所依循。李清照的批评带来了人们对正、变二体的认知,也明晰了二体各自的特点,不仅没有导致其所倡导的"正体"独尊,反而确认以至加强了两者的对立,令对方一脉理论之提出形成及其传统之构建成为可能。这些想必都是李清照始料未及的,词学批评对后世词风词派的影响,由此可见一斑。

二、南宋词学的"正""变"二途

从实际创作的情形来看,南宋词并不因为《词论》的辨体之功而与诗化进程相绝缘,词学观念没有也不可能形成最终的统一。但可见的事实是,上述正、变两条脉络由于理论上的明晰,而被后来的词作与词学批评不断地描画、加深、丰富,由此衍为两条显见的词学思想传统。

相比于"雅化"一词,"本色化"这样的描述或许能够更好地概括所谓正体的发展脉络。因为"雅"这一范畴不仅涉及美感形式和层次的判断,还有丰富的意识形态内涵,又特别地指向传统的诗学话语，而"本色化"的说法和语境则相对容易规避上述可能遇到的尴尬，与之相对者或宜称为"变体化"。

在"本色化"和"变体化"这两条脉络中，细致地比照词学思想以审视宋词"雅化"的过程更具可能。一些研究者在讨论宋人雅词批评的矛盾时提出，古典文学的上下两大系统就是上层士大夫贵族的雅文学系统和下层平民大众的俗文学系统，宋元是由雅向俗过渡的时期，词则是雅文学向俗文学过渡的桥梁，"它渗进了浓厚的平民色彩，追求'情'的解放和自由抒发，代表平民的审美趣味。词伴随着城市繁荣而出现的强大世俗文学思潮，给由来已久的雅文化带来了前所未有的冲击"。[①] 如此分判雅俗可能并不客观，词也并非由雅向俗简单机械地过渡，而是随同文体系统的徒诗化过程，由最初催生它产生的场所走向文人的案头，含蓄、直露、抒情、言志的形式和内容在每个时段都可能同时存在，雅俗之辨亦无时不有。[②] 正是在如此复杂的进程中，词学批评才显得主张不定，也因此才有"本色化"和"变体化"的纠葛与穿插。

以词学创作为视点能够看到，南宋中期的姜夔与苏轼一样，推动了宋词的"雅化"，但他所走的正是"本色化"之路。姜夔创造性地发展和丰富了"本色"的内涵，在某种程度上可说是折衷了"正"和"变"

---

① 黄雅莉：《宋词雅化的发展与嬗变》，台北文津出版社有限公司，2002年版，第2页。
② 所谓"雅俗之辨"，实则并无创作者和批评者为"俗"鼓吹。"俗"只是每次人们在强调"雅"的时候构设的一个对立面，并按照一定的标准将某些对象归为"俗"。宋代文人在"雅"的标准下不断探讨雅俗之别，随着理论的推进，"雅"的意涵也不断发生变化，因此我们在对雅俗进行讨论的时候，要做到绝对精确地理解语境中"雅"的内涵，并不特别轻松简单。许兴宝认为，宋人雅俗词论与词之意象雅俗选取与创设互为表里，是"时代与人心互应的结果"，比如宋人对"理想人格的选择"、对中和之美的再释、在宋学影响下对理学的张扬，以及强烈的民族意识、伦理型文化观念与消费型文化观念的互渗等，都是导致他们趋雅贬俗的关键因素。详参《唐宋词别论》，巴蜀书社，2007年版，第288页以下。

二元。①姜夔继承了"花间传统",但同时重塑了词的内在审美理想,他以细腻深刻的词笔书写内心深处的隐微种种,"那份人性的闪光、对生命的认真、对情爱的执着,构成了词艺术内涵的主要成份"②。姜夔词与吴文英、王沂孙等风雅词派的词人作品,都具有一种文思内转的倾向。③这种变化正是"花间范式"趋向李清照"尚文雅"理想的体现,与之相近的词学批评则以沈义父《乐府指迷》为冠。沈义父以《词论》为宗,拈举出协音律、下字雅、用字不可太露、发意不可太高等"作词四标准",进一步论述了词别于诗之关键即在协音合律。当两宋以来各家思想冲撞融汇,词之"本色"开始悄悄褪去之际,"本色化"又经过风雅词人的努力推动,最终在沈义父处再度结出理论成果,殊为可贵。

苏轼以后,"以诗为词"的拥趸从强调词的"性情"开始,逐渐形成一条"变体化"之路。比如,苏门学士中最具知名度和影响力的黄庭坚,曾对晏几道的词表露出罕见的激赏,称之为"清壮顿挫",

---

① 孙维城认为,风雅词派某种程度上也可视为苏门韵味观的承继者,详参《宋韵——宋词人文精神与审美形态探论》,第183页;王玫认为,作为词之"南宗"的风雅派,其宗尚和追求的"骚心"显示出一种内倾化的诗化路径,详参《词体诗化进程研究》,暨南大学博士学位论文,2014年,第178页;陈中林,徐胜利亦认为,苏门中黄庭坚词作的倔强之气、生硬之格、旷逸之怀,对风雅派的影响尤其巨大,详参《苏门词人群体概论》,第281页以下。

② 《宋词雅化的发展与嬗变》,第105页。

③ 风雅词派遵循"缘情"传统,又以比兴寄托来丰富作法,遂增"言志"色彩。这本身也是"诗化"的一种体现,却因为词人们内向化美感取向的统一,而保持住了他们词作的"本色化",没有走上以诗为词的"变体化"道路。邓乔彬认为,风雅词派从以往对"纯美"的追求发展到对"美""善"结合的追求,开始尝试以内在的情志统率外在的意象,从"情胜乎辞"的所得在"知",转变为"辞胜乎情"的所得在"感",且在作法上多了许多内转、曲折、潜回,故而形成词文学新的抒情方式和美感形态。详参《论风雅词派在词的美学进程中的意义》,《词学廿论》,上海古籍出版社,2005年版,第75页以下。

能够摇动人心，并谓其原因就在于能够"寓以诗人句法"。①黄庭坚花费大量笔墨介绍晏几道"痴"的性情，这种知人论世的批评方式恰好也与晏几道的词学思想暗合。②苏门另一位以强调文理并重著称的张耒，借为贺铸《东山词》作序来推广他的词学意见。在他看来，词应该是"性情之至道"，直寄其意而无需费心雕琢，更不能因为音律的束缚而丧失可贵的"天理之自然"。无需多加论证，黄、张两人的词学思想显然是与苏轼"以诗为词"的观念一脉相承的。

有关"性情"的理解，到了王灼那里又产生新的意涵。他拈出"性情"（情性），在此范畴之下将诗词的传统融并为一。这是以诗为词之思想的典型描述方式，因此在作法上，王灼尤其推崇苏轼：

> 东坡先生以文章余事作诗，溢而作词曲，高处出神入天，平处尚临镜笑春，不顾侪辈。或曰：长短句中诗也。为此论者，乃是遭柳永野狐涎之毒。诗与乐府同出，岂当分异？若从柳氏家法，

---

① 晏几道作词对黄庭坚的诗歌创作技法和理论都有所借鉴，有学者总结小山词受黄庭坚"诗人句法"的影响，主要表现为：比兴寄托的抒怀手法，跌宕顿挫的结构布置，"点化""诗眼"的造句技巧等。详参李东宾：《试论小山词的"诗人句法"——兼论黄庭坚诗论对小山词创作的影响》，《广播电视大学学报》，2008年第3期。

② 有观点认为黄庭坚的《小山词序》是宋代词学思想史上"寄托论"的滥觞，它是黄庭坚在"比兴寄托"的诗学传统影响下，对宋词创作实践经验的总结，详参徐胜利：《从〈小山词序〉看宋代词学寄托论的产生》，《九江学院学报》，2005年，第4期。晏词抒情的独到之处，也在于"不独歌宴佐欢乐，尚求抒怀去怨"，通过"补乐府之亡"塑造出一个有家国感伤之美感的抒情主体。而他强调的"感物之情"及背后所隐含的出身、遭遇等问题，都成为黄庭坚基于"性情怀抱"来赏会其词的缘由。元好问也敏感地注意到"情性"在苏轼等人创作观念中的关键性，他在《新轩乐府引》中云："唐歌词多宫体，又皆极力为之。自东坡一出，情性之外不知有文字"，"坡以来，山谷、晁无咎、陈去非、辛幼安诸公，俱以歌词取称。吟咏情性，留连光景，清壮顿挫，能起人妙思；亦有语意拙直，不自缘饰，因病成妍者，皆自坡发之。"详参周烈孙、王斌校注：《元遗山文集校补》下册，巴蜀书社，2013年版，第1248页。

正自不分异耳。①

同时他认为,柳永之辈的"流毒",需要苏轼的"向上一路"来化解:

> 东坡先生非心醉于音律者,偶尔作歌,指出向上一路,新天下耳目,弄笔者始知自振。今少年妄谓东坡移诗律作长短句,十有八九不学柳耆卿,则学曹元宠,虽可笑,亦毋用笑也。②

这样的言辞不可谓不激烈,俨然出于卫道士之口。而王灼对"雅词"对立面的批判,最终集中在李清照的身上,所言更近人身攻击,不惜通过斥责李清照南渡后生活的"流荡"来贬低其人其词其论,以树立他所谓"雅词"的光辉形象。

可以说,王灼的《碧鸡漫志》力图将词打回俗艳淫鄙的"原形"和"本色",并为苏轼等人的变体摇旗呐喊。与他类似的是,胡寅《酒边集序》也在指出二体差异时表达出对变体的倾心:

> 词曲者,古乐府之末造也。古乐府者,诗之旁行也。诗出于离骚楚辞,而骚词者,变风变雅之怨而迫、哀而伤者也。其发乎情则同,而止乎礼义则异,名曰曲,以其曲尽人情耳。方之曲艺,犹不逮焉。其去曲礼,则益远矣。然文章豪放之士,鲜不寄意于此者,随亦自扫其迹,曰谑浪游戏而已也。唐人为之最工,柳耆卿后出,掩众制而尽其妙,好之者以谓不可复加。及眉山苏氏一洗绮罗香泽之态,摆脱绸缪宛转之度,使人登高望远,举首高歌,

---

① 〔宋〕王灼著,岳珍校正:《碧鸡漫志校正》,巴蜀书社,2000年版,第34页。

② 《碧鸡漫志校正》,第37页。

而逸怀浩气超然乎尘垢之外,于是花间为皂隶而柳氏为舆台矣。①

与同道们相比,胡寅"一洗绮罗香泽之态,摆脱绸缪宛转之度"的说法,甚至愿意完全无视苏轼词作"不协音律"的缺点,而用另一种表达方式为之美化,但却并未直言变体的真正特点和方式,直到"以文为词"的辛弃疾出现,"变体化"进程才进入到词体融合其他文体的又一个新阶段。②"在整个词史上,有地位的词人只有苏、辛两人可称为'诗人'。其他,周邦彦、姜夔以下,都只能称为'词人',亦即'歌词作家'——当然是极为文士化的高级作家,而不是一般的流行歌词作家。"③这段评述肯定苏、辛在词史上占据有特殊的地位,也透露出本色词人并不与人们所能接受的"雅"相排斥,这正是李清照在《词论》中所表达的观点。风雅词派不但在客观上实现了李清照的词学理想,也在南宋词史的发展过程中调和了"本色化"和"变体化"的矛盾,为"正""变"二途画上一个完美的句号。

三、对苏辛词学的反复探讨与深入认知

一直以来,批评者习惯于将苏轼和辛弃疾并置合论。这固然有其道理,正如一些学者认为的那样,苏、辛二家词的情感模式的深

---

① 〔明〕吴讷编:《百家词》,天津市古籍书店,1992年版,第595页。

② 张春义认为,南宋初中期风行的"元祐学术"并非二程之学,而是后来被理学史排异出理学之外的以苏学为代表的蜀学,随着高宗、孝宗两朝崇苏运动的炽热,以诗为词的东坡范式因此渐成气候,而辛弃疾及辛派词人也带有很浓重的理学色彩。辛弃疾学苏既是当时崇苏运动的体现,也与和他有关的湖湘学派"正统化"苏学的进程相关。详参《宋词与理学》,浙江大学出版社,2008年版,第179页以下。陈中林、徐胜利认为,辛弃疾在意象选择、使事用典、情感模式等方面,对东坡词均有不同程度的效仿。详参《苏门词人群体概论》,第274页以下。

③ 吕正惠:《中国文学形式与抒情传统》,陈国球、王德威编:《抒情之现代性:"抒情传统"论述与中国文学研究》,生活·读书·新知三联书店,2014年版,第427页。

层结构颇为类同。①因此,上文指出的"变体化"进程在辛弃疾这里再度形成一个关键节点。有关辛弃疾词本身所蕴含的词学思想,本书将在第四章专作探讨,此处将要论及的是,南宋中后期的批评者在理解苏、辛推进"变体化"的过程中,所产生的诸种认知。

进入南宋中后期,词学批评实践及相关文本日益增多,批评意识与手法愈见生新,词学思想呈现多元态势。本书将在第三章中讨论词学批评丰富的文本属性,比如"传奇性"的注入,将词的创作置于现实生活语境中加以观照,遂使这样一种抒情文体显得更为切实,也更符合大众接受习惯。但是,这类词话过度依赖叙事性和传奇性,未能充分体现和发挥其作为批评文本所应具备的基本功能,而这种情况在岳珂那里,很明显地有所改益。试举其以辛派词人刘过为中心人物的词话一则为例:

> 庐陵刘改之以诗鸣江西,厄于韦布,放浪荆、楚,客食诸侯间。……嘉泰癸亥岁,改之在中都,时辛稼轩帅越,闻其名,遣介招之。适以事不及行,作书归辂者。因效辛体《沁园春》一词,并缄往,下笔便逼真。其词曰:"斗酒彘肩,醉渡浙江,岂不快哉!被香山居士,约林和靖,与苏公等,驾勒吾回。坡谓西湖正如西子,浓抹淡妆临照台。诸人者,都掉头不顾,只管传杯。白云天竺去来,图画里,峥嵘楼观开。看纵横二涧,东西水绕,两山南北,高下云堆。逋曰不然,暗香疏影,只可孤山先探梅。蓬莱阁访稼轩未晚,且此徘徊。"辛得之大喜,致馈数百千,竟邀之去。馆燕弥月,酬唱亹亹,皆似之,逾喜。垂别,赙之千缗,曰:

---

① 陈中林、徐胜利认为辛弃疾和苏轼一样,政治理想和抱负受阻,都以英雄自许的他们遂在笔下一骋豪迈之风,时代的变动、政治环境的反覆,也让苏辛笔下的情感世界产生共鸣。详参《苏门词人群体概论》,第276页。

"以是为求田资。"改之归,竟荡于酒,不问也。词语峻拔如尾腔,对偶错综,盖出唐王勃体而又变之。余时与之饮西园,改之中席自言,掀髯有得色,余率然应之曰:"词句固佳,然恨无刀圭药,疗君白日见鬼证耳!"坐中烘堂一笑。①

岳珂(1183—1243)为岳飞之孙、岳霖之子,字肃之,号亦斋,晚号倦翁。宋宁宗时,以奉议郎权发遣嘉兴军府兼管内劝农事,有惠政,自此居嘉兴以至终老。岳珂有关词的批评与论述,多存于其笔记《桯史》之中。因他与刘过(改之)相识,故上引词话所述殆不足以"传奇""逸闻"视之。虽然兼作叙事,但岳珂目的乃在发论,即评刘过词中与古人游饮为"白日见鬼"。清人李调元《雨村词话》卷二也同样以"见鬼"之讥加诸刘词。李调元指出杨慎曾谓刘过"似辛轩稼之豪,而未免粗",他由此更看出"词至宋末,多堕恶道,有目人所共知"②。可见岳珂的"白日见鬼"之评并非如一类看法所认为的那样,是"对刘过词作的极高褒扬"③,宜解为其对词中的粗豪之气表示不满。由苏轼有意识开启、辛弃疾有意识承继的"变体"之风,至此受到相当明显的质疑。岳珂认为辛弃疾"以文为词""以议论为词"的作法固然有利开拓词境,然而刻意仿学实在不值得肯定,也毫无意义。他的"率然应之"之评,显然流露出对刘过生硬模拟辛词且颇以自得的不屑,"白日见鬼"不仅指刘过在词中写到晚唐和北宋的古人(即"鬼"),也在某种程度上讥刺其作法之不合宜。在另一则词话中,岳珂同样一针见血地指出辛词之病,正在于太过"文"

---

① 〔宋〕岳珂撰,吴企明点校:《桯史》,中华书局,1981年版,第23页。按,俞文豹《吹剑录》亦录此事,认为刘过此词"虽粗刺而局段高,与三贤游,固可眇视稼轩"。详参《吹剑录全编》,第35页。

② 唐圭璋编:《词话丛编》,中华书局,1986年版,第1417页。

③ 颜翔林:《宋代词话的美学研究》,湖南师范大学出版社,2003年版,第172页。

化和掉书袋：

> 稼轩以词名，每燕必命侍妓歌其所作。特好歌《贺新郎》一词，自诵其警句曰："我见青山多妩媚，料青山见我应如是。"又曰："不恨古人吾不见，恨古人不见吾狂耳。"每至此，辄拊髀自笑，顾问座客何如，皆叹誉如出一口。既而又作一《永遇乐》，序北府事。首章曰："千古江山，英雄无觅孙仲谋处。"又曰："寻常巷陌，人道寄奴曾住。"其寓感慨者，则曰："不堪回首，佛狸祠下，一片神鸦社鼓。凭谁问：廉颇老矣，尚能饭否？"特置酒召数客，使妓迭歌，益自击节。遍问客，必使摘其疵，孙谢不可。客或措一二辞，不契其意，又弗答，然挥羽四视不止。余时年少，勇于言，偶坐于席侧，稼轩因诵启语，顾问再四。余率然对曰："待制词句，脱去今古轸辙，每见集中有'解道此句，真宰上诉，天应嗔耳'之序，尝以为其言不诬。童子何知，而敢有议？然必欲如范文正以千金求《严陵祠记》一字之易，则晚进尚窃有疑也。"稼轩喜，促膝亟使毕其说。余曰："前篇豪视一世，独首尾两腔，警语差相似；新作微觉用事多耳。"于是大喜，酌酒而谓坐中曰："夫君实中予痼！"乃味改其语，日数十易，累月犹未竟，其刻意如此。①

诗与词体制不同，承担的文学功能亦异，因此作法必当有所区别。诗可以每句皆用典用事，如此也并不显得结构致密繁复，但词若用事过多，则灵动不足，情致亦损。在辛弃疾横空出世于词坛之际，当时即有两种完全不同的理解并见。一是辛派词人鼓吹的那样，

---

① 《桯史》，第38页。

他们将辛词视为划时代的突变。[1]与之相对,另一组声音则针对辛弃疾及其仿效者过度突破改造词体提出质疑,尤为不满他们以炫才逞技的方式来"戏作"——岳珂应当属于后者。在辛词这一"变体新样"广泛传播的第一时刻,岳珂就发表了不同的意见,虽在当时缺少呼应,却开启南宋中期以后风雅词派贬抑豪放词风的先声。

辛词之风行,不仅促使学者重新认知词体"正""变"及词文学的形态和功能等问题,也引起人们反思以苏词为代表的"变体"的意义。在《诗人玉屑》的一则词话中,批评者借否定陈师道的观点以力赞东坡"以诗为词"之妙:

> 后山诗话谓退之以文为诗,子瞻以诗为词,如教坊雷大使之舞,虽极天下之工,要非本色。余谓后山之言过矣。子瞻佳词最多,其间杰出者,如"大江东去,浪淘尽,千古风流人物"(赤壁词);"明月几时有,把酒问青天"(中秋词);"落日绣帘卷,庭下水连空"(快哉亭词);"乳燕飞华屋,悄无人,桐阴转午"(初夏词);"明月如霜,好风如水,清景无限"(夜登燕子楼词);"楚山修竹如云,异材秀出千林表"(咏笛词);"玉骨那愁瘴雾,冰肌自有仙风"(咏梅词);"东武城南,新堤固,涟漪初溢"(宴流杯亭词);"冰肌玉骨,自清凉无汗"(夏夜词);"有情风万里卷潮来,无情送潮归"(别参寥词);"缺月挂疏桐,漏断人初静"(秋夜词);"霜降水痕收,浅碧鳞鳞露远洲"(九日词)。凡此十余词,皆绝去笔墨畦径间,直造古人不到处。真可使人一唱而三叹;若谓以诗为词,

---

[1] 正像程继红所指出的:"从淳熙十五年直到宋末,范开、刘克庄、刘辰翁通过对辛弃疾的评价,而实际上在运用苏轼诗化理论的同时又完善了他的理论。基本上可以说,循诗化理论一路对辛弃疾进行研究的这一批人是辛词的强大推崇派。"详参《七百年词学批评视野中的辛弃疾》,《上饶师专学报》,1996年第4期。

是大不然。子瞻自言平生不善唱曲，故间有不入腔处，非尽如此。后山乃比之教坊雷大使舞，是何每况愈下，盖其谬也。①

声援苏轼的类似观点尚见于俞文豹的笔记，除前引东坡在玉堂与善讴幕士的对话外，此处复举一例：

"大江东去"词，三"江"、三"人"、二"国"、二"生"、二"故"、二"如"、二"千"字，以东坡则可，他人固不可。然语意到处，他字不可代，虽重无害也。今人看人文字，未论其大体如何，先且指点重字。②

苏词的特点正是苏轼本人别样之情性的直接体现，其才气贯溢，也使"变体"成为一种值得理解和推重的"别格"，其词中数字重出，当然也是无伤大雅之疵。不过，俞文豹对苏词及苏轼词学思想的认识和评价也是辩证的。他在另一则词话中，以苏轼和秦观之间的对话，引出有关词句字数与表现内容之间关系的讨论，值得注意：

东坡问秦少游："别后有何作？"少游举"小楼连苑横空，下窥绣毂雕鞍骤"。东坡曰："十三个字，只说得一人骑马楼前过。"文豹亦谓公次沈立之韵"试问别来愁几许，春江万斛若为情"，十四字只是少游"愁如海"三字耳。③

苏、秦二人这段答问数见于各类文献，是比较有名的轶事。一

---

① 〔宋〕魏庆之编，王仲闻点校：《诗人玉屑》（下），中华书局，2007年版，第674页。
② 《吹剑录全编》，第37页。
③ 《吹剑录全编》，第52页。

般批评者多对苏轼的说法和观点持赞成态度，认为秦观词确如所言有所不足，但俞文豹却关注到苏轼作词也曾犯有这样的"疏误"，讥其十四字犹不如秦观三字，正是"以苏子之矛陷苏子之盾"。这既体现出俞文豹的博识机敏，某种程度上也代表了当时批评家对苏词看法的深入与多元。

不论"本色化"与"变体化"的进程多么复杂，其实都能从词学批评的发展脉络中找到相关的对应，有关词的体性问题也在这些进程中被详细深入探讨。应当指出的是，苏辛后音与风雅词派的双线发展明显在理念和思想层面有其归依，并非无意出现而由后世的观察者归纳总结而成。这也是词学理论对词学（文学）生态所产生的综合影响所致，以下各章将作具体探究和阐述。

第二章 品格论研究：
"雅""正""婉"的理路合轨

思想史与文学史并非呈现为向度单一的链条，而是在频繁追忆过往与历史的进程中尝试并实现着多维的跨越与交融。这为用语言描述那一历史时期的文学思想状况造成了不小的障碍。或者可以说，试图为文学思想勾摹清晰发展路径的手段，多少显得有些无力。因此，在面对12世纪以来纷杂的词学批评话语时，宜乎寻到几处最显眼的亮点，考索这些亮点及其前后之间的逻辑承衍理路，由此构设出一条"观看之道"。已有研究者指出，南宋时期有关词学创作与批评的主题大致集中在三个方面，即词之合乐、词之诗化以及词之雅化。[①]而与之对应的词学思想的变化倾向，不妨描述为复雅、内转与抒情化。

第一节 "复雅"思潮与鲷阳居士的词学思想

中国文学传统中有着强烈的复古倾向，这在中古时期表现得相当明显，儒家思想是其底色，"诗教"成为一种无时不有的精神标的。早在11世纪中期，政治精英与文化精英们均已就科举考试中"文"是否具备衡量人才标准的属性展开了讨论。他们对"古文"的提倡

---

① 参见黄海：《宋南渡时期的词学思想》，《江汉论坛》，2008年第9期。

与唐代韩愈、柳宗元领导的古文运动形成隔代的"呼应",经过一大批学者的阐释和论证,"古文"俨然已是"理想文化"的代称。① 在王朝和国家遭遇政治危机和文化重建之际,要求复归"古"的思潮开始涌动高涨,"有意义"超越"有意思","有用处"超越"有乐处",成为官方和思想界共同主导的理念。

鲖阳居士的《复雅歌词》五十卷,以"复雅"题其名,直接标举此一目标和用心。其"兼采唐宋,迄于宣和之季,凡四千三百余首"②,附以词话,是宋代一部卷帙浩大、尤具影响的词集。成书略迟数年的曾慥《乐府雅词》以及黄昇所编的《花庵词选》(由《唐宋诸贤绝妙词选》十卷和《中兴以来绝妙词选》十卷两种构成)等,都可看作是与《复雅歌词》桴鼓相应而呈见其绪的词选。宋人陈振孙《直斋书录解题》和黄昇《中兴以来绝妙词选序》均提及该集,而《中兴以来绝妙词选序》中"有词有话"的体例,正是对《复雅歌词》的效仿。近人赵万里《校辑宋金元人词》中宋人词话部分有《复雅歌词》辑本一卷,谓其体例与《本事曲》《古今词话》《本事词》《诗词纪事》相类似,可视为最古之"词林纪事"。虽然《复雅歌词》的大部分已经亡佚,但其纲领性的《复雅歌词序略》,却因辑入一部名为《古今合璧事类备要》的类书中而得以保存。《古今合璧事类备要》前集六十九卷,后集八十一卷,续集五十六卷,别集九十四卷,外集六十六卷,约辑于宋理宗宝祐五年(1257),今存国家图书馆藏

---

① 从韩愈《原道》到欧阳修《本论》,似乎形成了一个巨大的文化理念阐释之"场",由此造成一直以来对"古"的敬仰和追慕的惯性。这种强大的影响力并不因为他们在文中关于"三代""先王"空洞而模糊的论述遭到减弱。

② 《词话丛编》,第57页。

明刻本。① 《复雅歌词序略》即见于该书外集卷十一音乐门乐章类中。相对于同时期或稍晚时候一些倡"雅"的词论，《复雅歌词序略》阐述"复雅"内涵最为详细而且明确，足以代表某一群体的共识。《序略》全文如次：

> 孟子尝谓今之乐犹古之乐，论者以谓今之乐，郑卫之音也，乌可与《韶》《夏》《濩》《武》比哉？孟子之言，不得无过。此说非也。《诗》三百五篇，商周之歌乱②也。其言止乎礼义，圣人删取以为经，因③衰，郑、卫之音作，诗之声律废矣。汉兴，制氏犹传其铿锵。至元、成间，倡乐大盛，贵戚、五侯、定陵、富平、外戚之家，淫侈过度，至与人主争女乐，而制氏所传遂泯绝无闻焉。《文选》所载乐府诗，《晋志》所载《砀④石》等篇，古乐府所载其名三百，秦汉以下之歌乱⑤也。其源出于郑、卫，盖一时文人有所感发，随世俗容态而有作也。其意趣格劣，犹以近古而高健。更五胡之乱，北方分裂，元魏、高齐、宇文氏之周，咸以戎狄强种，雄据中夏。故其讴谣，淆糅华夷，焦杀急促，鄙俚俗下，无复节奏，而古乐府之声律不传。周武帝时，龟兹琵琶工苏祗婆者，始言七均；牛洪、郑译因而演之，八十四调始见萌芽。唐张文收、祖孝孙讨论郊庙之乐，其数于是乎大备。迄于开元、天宝间，君臣相与为淫乐，而明宗尤溺于夷音，天下薰然成俗。

---

① 《复雅歌词序略》最初由吴熊和发现，详参《吴熊和词学论集》，杭州大学出版社，1999 年版，第 90—97 页。

② 疑为"辞"之误。

③ 疑为"周"之误。

④ 疑为"碣"之误。

⑤ 疑为"辞"之误。

于是才士始依乐工拍弹之声,被之以辞句之长短,各随曲度,而愈失古之声依永之理也。温、李之徒,率然抒一时情致,流为淫艳猥亵不可闻之语。我宋之兴,宗工臣儒,文力妙天下者,犹祖其遗风,荡而不知所止。脱于芒端,而四方传唱,敏若风雨,人人歌艳,咀味于朋游樽俎之间,以是为相乐也。其韫骚雅之趣者,百一二而已。以古推之,更千数百岁,其声律亦必亡无疑。属靖康之变,天下不闻和乐之音者,一十有六年。绍兴壬戌,诞敷诏音,弛天下乐禁。黎民欢抃,始知有生之快,讴歌载道,遂为化围,由是知孟子以今乐犹古乐之言不妄矣。①

此文落款署明作于绍兴壬戌年,即宋高宗绍兴十二年(1142),正是靖康以来朝廷禁乐十六年后初解之际。此时礼乐重定,在政治上有昭会中兴的重要意义。《复雅歌词》的辑定,体现了文坛的艺术主张对朝廷的政治理想之呼应,其宗旨即书名中之"复雅"二字,意在开南渡以来复兴古雅的新风。以雅为尚当然并非自其时始,但明确提出"复雅"的要求还是首次。可以看到,在时代过渡和社会转型之时,理论家和批评者通过肯定、赞扬前代的文学成就和理想,借助古典文化资源以转易衰靡之风,这一传统在南宋初期词学思想层面得以形成和呈现。

一、倡"复雅"以尊词体

《复雅歌词序略》开篇即涉孟子乐论及诗三百之义,鲷阳居士对"郑、卫之音作,诗之声律废"的状况深表遗憾和不满,指出后世"淆糅华夷,焦杀急促,鄙俚俗下,无复节奏,而古乐府之声律不传",

---

① 〔宋〕谢维新编:《古今合璧事类备要·外集》卷十一,文渊阁四库全书本,第941册,台湾商务印书馆,1986年版,第511页。

是极不合理的现象。至于宋代词乐"韫骚雅之趣者,百一二而已"的现状,更当引起忧虑和警觉,因为"以古推今,更千数百岁,其声律亦必亡无疑"。当此社会背景和思想背景之下,鲖阳居士自然要提出"崇雅正而黜浮艳"的要求和主张。他详分音乐系统上今词与古词的不同,又将词纳入诗学传统之中,悄然间提高了一贯被视为"诗余"的词文学的地位,为词向"雅"的复归提供了理论前提。适如论者所言:"北宋时论词常严雅、俗之辨。但'复雅'并不只在于去俗返雅,而是要进一步恢复《诗经》风雅的传统。这与唐人为反对齐梁诗风而倡导风雅比兴几乎是同一用意。鲖阳居士把词的源头直指《诗》三百五篇,便于推尊词体,也便于大力矫正北宋末年词风日趋衰靡之弊。"①

《复雅歌词序略》与以李清照《词论》为代表的"词别是一家"之说有异,客观上与之写绘出两条清晰的思想路径。倘若说李清照的《词论》"在词学思想史上首次明确地为诗、词之别立下了界石"②,那么《复雅歌词序略》则集中体现了南宋词学思想中对诗词分野的暧昧看法,预告了其与"本色论"之间将要发生长达百余年的理论纠葛和矛盾。不过,《序略》中所谓"温、李之徒,率然抒一时情致,流为淫艳猥亵不可闻之语",虽言之过重,但却是以李清照贬低花间而推重南唐的立场为参照的。③《序略》依照这种观察与思考的方式,逐渐与北宋主流词论相疏离,走向政治化的道德主义批判之途。可以看出,"倡导'复雅',既是针对《花间》以来的侧辞艳曲,更是

---

① 《吴熊和词学论集》,第 93 页。

② 徐安琪:《唐五代北宋词学思想史论》,第 355 页。

③ 徐安琪指出:"李清照对晚唐五代词的描述与评价带有儒家文雅的思想文化色彩","她注意到了词与时代政治的关系,指出花间词的出现是'斯文道熄'。"见《唐五代北宋词学思想史论》,第 364 页。

针对政、宣时代的衰靡词风,是有鉴于靖康之变而后提出来的"①。

从更长一段时期来看,苏轼的词风在南宋得以超越"本色"词派成为一时主流,与"复雅"理论有着密不可分的联系。而鮦阳居士的词论既预示了这种文学史与文学思想史的发展趋势,也参与到促成苏轼词派和苏辛词派形成的过程中,体现了文学批评与政治形势、学术思想的互动。南宋中后期理学家词人群体的出现与之不无关联,甚至晚近词学史上常州词人回归《风》《骚》、崇重寄托的词学思想也渊源于斯。吴熊和发现,在以《复雅歌词》为代表的词集倡导之后,"作词务雅确实成为南宋新的风尚"。他列举了南宋词集以"雅"题名的词学著述,如丛刻有《典雅词》,别集有张安国《紫微雅词》、程垓《书舟雅词》、赵彦端《宝文雅词》、林正大《风雅遗音》等多种,它们与张炎《词源》中申说的"雅正"标准,以及在与此标准相契的姜夔一派"骚雅"之词,也都无不受到鮦阳居士《复雅歌词序》的深刻影响。②书名关键词的一致当然反映出可感的现实,《复雅歌词》虽久佚,但从同时代著作有所称引的情况来看,还是有不少学人和词家对它有相当程度的认同和接受,他们和更晚于他们的同道构成一个个衔接的链条。或许《复雅歌词》的传播范围和在历史上传播的时间远逊于《花庵词选》,它对以后者为代表的多数南宋词选及词学著述却存在有一种潜在的影响——这个"潜在"并非是

---

① 《吴熊和词学论集》,第94页。

② 吴熊和分析:"张炎《词源》以'雅正'作为词的批评标准:'词欲雅而正,志之所之,一为情所役,则失其雅正之音。'姜夔一派的'骚雅'之词,就是在这种时代风气下出现的。《词源·清空》说:'白石词如《疏影》《暗香》《扬州慢》《一萼红》《琵琶仙》《探春》《八归》《淡黄柳》等曲,不惟清空,又且骚雅,读之使人神观飞越。'并主张以'白石骚雅句法'来救正周邦彦词的'意趣不高远'。过去以为以'骚雅'论词为张炎首创,现在可以知道其始盖出于鮦阳居士的《复雅歌词序》。"见《吴熊和词学论集》,第95页。

对作为接受者的黄昇等人而言,而是对作为观察者的我们而言。

当"复古"在南宋初期的思想世界成为一种共同理想,"复雅"在词乐领域能够成为指引性的美学标准也是很自然的。这既是古典对当下的"反动",也是以旧生新的尝试。更有意思的是,它在强调词体重要性的同时,也消弭了词体与诗体之间的界限。因此"向上一路"的命题又已暗含其中,并在之后由王灼于《碧鸡漫志》中再次提出。

二、尚实用而重寄托

《复雅歌词》的形式非常有特点,它"首创词选、词话合一之体。其论词多用汉儒解经的观点,以阐扬风雅为旨归"[1],集中多处体现出对节令民俗的兴趣和关注。今存十则词话中,有五则与之相关[2]:

> 熙宁八年乙卯,杨绘在翰林,十二月立春日肆筵,设滴酥花。陈汝羲即席赋《减字木兰花》云:(词略)。[3]

> (词略)是词乃东坡居士以丙辰中秋欢饮达旦大醉,作《水调歌头》兼怀子由,时丙辰熙宁九年也。元丰七年,都下传唱此词。神宗问内侍外面新行小词,内侍录此进呈。读至"又恐琼楼玉宇,高处不胜寒",上曰:"苏轼终是爱君。"乃命量移汝州。[4]

> 景龙楼先赏,自十二月十五日便放灯直至上元,谓之预赏。

---

[1] 马兴荣等主编:《中国词学大辞典》,浙江教育出版社,1996年版,第392页。

[2] 另有一则关于七夕之诗话,此处不录。

[3] 《词话丛编》,第59页。

[4] 《词话丛编》,第59页。

  万俟雅言作《雪明鸦鹊夜慢》云：(词略)。①

  万俟雅言作《凤皇枝令》，忆景龙先赏。序曰："景龙门，古酸枣门也，自左掖门之东，为夹城南北道，北抵景龙门。自腊月十五日放灯，纵都人夜游。"妇人游者，珠帘下邀住，饮以金瓯酒。有妇人饮酒毕，辄怀金瓯。左右呼之，妇人曰："妻之夫性严，今带酒容，何以自明，怀此金瓯为证耳。"隔帘闻笑声曰："与之。"其词曰：(词略)。②

  宣和间，万俟雅言中秋应制作《明月照高楼慢》云：(词略)。③

  鲷阳居士注意到，词介入节日娱乐活动，既丰富了节序文化，其自身也拓展了新的表现领域。以词纪时，至晚产生于五代时期，是文学史中纪时传统的延续和发展，实际也体现着词体观念的更新和词体功能的扩展。唐宋纪时词的内容"由程序化应时发展为以个性化写实为主"，"娱乐性功用、大众化的传播环境、特定的创作题材与写作时间，决定了纪时体词相应的表现手法，使之呈现出鲜明的体式特征：即时性与实用性，通俗性与习套化，景、事、情一体化"④。宋代文学生产经历的重大转变，首先是基于都市的发展与成熟。肇启于8世纪下半叶的一系列制度改革，推动着城市的综合化发展，以往建立在政治威权影响下的都市面临着商业和经济等新兴因素的文化塑形，到了北宋时期，"赋税和贸易日益钱币化；商人的人数、财富和力量增长了；

---

① 《词话丛编》，第60页。
② 《词话丛编》，第61页。
③ 《词话丛编》，第61页。
④ 赵维江：《论唐宋词中的纪时体》，《中山大学学报》，2010年第2期。

社会和官府轻视商业和商人阶级的态度缓和了"。[1]从区域商业实体的成型上看，自由贸易街道、商业郊区、中小经济市镇的大量出现和官市的衰微成为其时都市革命最重要而突出的形态变化。商人与商业的活跃带来了社会结构和生活方式的变化：市镇农村贸易日益频繁、农业商品经济化程度渐高、城乡社会分工加剧、市民消费取代官员阶层消费逐渐占据社会消费结构的主体、夜市贸易日趋活跃……及至南宋，经济制度的持续宽松直接导致临安成为"户口蕃盛，商贾买卖者十倍于昔，往来辐辏，非他郡可比"[2]的世界级都会。

应当注意到，与先前时代的社会变迁转易相比，宋代城市群的壮大和兴起更加完全地导致和实现了杂技和艺术的"世俗化"（secularization），由此也带来了巫术－宗教性的思想内容的衰微溃退；发生在艺术领域的这种"商业化"（commercialization）倾向引发了新的审美理念，而其又对宋人从悠久传统中继承的审美理念造成了影响。[3]在这样的背景下，歌咏时令节序之词大量出现，反映了宋代城市的高度繁荣和节日的进一步民间化和娱乐化。宋室南渡以后，其与金源等政权的对峙形势已经稳定，逐渐偏安一隅、粉饰太平，此风渐及文学创作与批评。在这种以"雅"为核心的创作和"娱乐精神"的标引下，銅阳居士的视点聚焦于此，体现出其对词之文化价值中的娱乐功能以及"词以纪时"这类实用特性的肯定。

此外，銅阳居士亦颇重词之"寄托"。在评苏轼《卜算子》（缺月挂疏桐）的一则词话中，他煞有介事地分析："缺月，刺明微也。漏断，

---

[1] ［美］施坚雅主编：《中华帝国晚期的城市》，中华书局，2000年版，第24页。

[2] ［宋］孟元老等：《东京梦华录（外四种）》，古典文学出版社，1956年版，第238页。

[3] 详参［法］谢和耐著，刘东译：《蒙元入侵前夜的中国日常生活》，江苏人民出版社，1995年版，第165页。

暗时也。幽人，不得志也。独往来，无助也。惊鸿，贤人不安也。回头，爱君不忘也。无人省，君不察也。拣尽寒枝不肯栖，不偷安于高位也。寂寞吴江冷，非所安也。"[①] 这种将对家国（政治）的哀怨并入对个人（身世）的伤慨之中的观念，实是向屈原香草美人之譬溯归，也使雅词在隐含"骚"的言外意涵的同时，表达得更为节制，余韵愈丰。

以汉儒解经的方式释词，无怪后世会有"穿凿附会"之讥。但不管怎样，鮦阳居士在提出"复雅"理想的同时，也在词学批评中落实此一理想。他明确指出："词章家者流，务以文力相高，徒欲飞英妙之声于尊俎间"是"诗人之细也。"[②] 相对后来的理学家词人以及清代常州词派的词学思想，这可谓是一种高亢的"先声"。鮦阳居士像是一位功成身隐的"先驱"，《复雅歌词》也如一颗深藏地底的种子，以不易察觉的方式为后来者提供思想资源和理论信心，更体现出"接力"相比"一对一"的简单形式更符合思想延续和发展的实际状态。

第二节 《碧鸡漫志》的"情性""中正"之尚

《碧鸡漫志》是宋代词学理论领域最早出现的专门著述。其作者王灼生平至今尚无定说。一般认为，王灼，字晦叔，号颐堂，四川遂宁人，约生于北宋徽宗崇宁四年（1105），卒于南宋孝宗淳熙二年（1175）以后。[③] 其青年时代到成都求学，靖康间赴汴京应试，以国难未遂，因投笔从戎。隆兴和议后退居乡里，以著述终。

据《碧鸡漫志》之序可知，此著是王灼于"乙丑冬""客寄成都

---

① 《词话丛编》，第60页。
② 《词话丛编》，第63页。
③ 详参《碧鸡漫志校正》，第177页以下。一说生于北宋神宗元丰四年（1081），卒于南宋高宗绍兴三十年（1160）前后。

之碧鸡坊妙胜院"时"考历世习俗,追思平时论说,信笔以记"而成的,之后"积百十纸,混群书中,不自收拾",最终增广辑成。[1]其中有综论上古以至汉魏、隋唐诗歌词曲发展的内容,也有品评历代各家词人词作优劣的观点,一方面指出"今不如古"的现实,一方面通过比较古今诗歌词曲的异同,指出代际因变的得失。《碧鸡漫志》蕴含了王灼本人丰富的词学思想,是从音乐角度研究词调的重要资料,在中国文学、音乐、戏曲史上地位特殊。

一、情性是词学的本质

南宋词学的诗化与雅化过程几乎同步,两者互相含融、互相影响,促进词学思想的新变。由《碧鸡漫志》可以看出,王灼的词学思想也明晰地体现为确证诗词的同质性和同源性。他在卷一中即谈到"歌曲所起"和"歌词之变"的话题:

> 或问歌曲所起。曰:天地始分,而人生焉,人莫不有心,此歌曲所以起也。《舜典》曰:"诗言志,歌永言,声依永,律和声。"《诗》序曰:"在心为志,发言为诗,情动于中而形于言。言之不足,故嗟叹之,嗟叹之不足,故永歌之,永歌之不足,不知手之舞之足之蹈之。"《乐记》曰:"诗言其志,歌咏其声,舞动其容,三者本于心,然后乐器从之。"故有心则有诗,有诗则有歌,有歌则有声律,有声律则有乐歌。永言即诗也,非于诗外求歌也。今先定音节,乃制词从之,倒置甚矣。而士大夫又分诗与乐府作两科。古诗或名曰乐府,谓诗之可歌也。故乐府中有歌,有谣,有吟,有引,有行,有曲。今人于古乐府,特指为诗之流,而以

---

[1] 《碧鸡漫志校正》,第1页。

第二章 品格论研究:"雅""正""婉"的理路合轨

词就音,始名乐府,非古也。舜命夔教胄子,诗歌声律,率有次第。又语禹曰:"予欲闻六律、五声、八音,在治忽,以出纳五言。"其君臣《赓歌》《九功》《南风》《卿云》之歌,必声律随具。古者采诗,命太师为乐章,祭祀、宴射、乡饮皆用之。故曰:正得失,动天地,感鬼神,莫近于诗。先王以是经夫妇,成孝敬,厚人伦,美教化,移风俗。诗至动天地,感鬼神,移风俗,何也?正谓播诸乐歌,有此效耳。然中世亦有因筦弦金石造歌以被之,若汉文帝使慎夫人鼓瑟,自倚瑟而歌,汉魏作三调歌辞,终非古法。①

古人初不定声律,因所感发为歌,而声律从之,唐、虞三代以来是也,余波至西汉末始绝。西汉时,今之所谓古乐府者渐兴,晋魏为盛,隋氏取汉以来乐器歌章古调,并入清乐,余波至李唐始绝。唐中叶虽有古乐府,而播在声律则尠矣,士大夫作者,不过以诗一体自名耳。盖隋以来今之所谓曲子者渐兴,至唐稍盛,今则繁声淫奏,殆不可数。古歌变为古乐府,古乐府变为今曲子,其本一也。后世风俗益不及古,故相悬耳。而世之士大夫,亦多不知歌词之变。②

王灼特别指出,世间之所以有歌曲,是因人心受到外界的感发,于是咏叹、吟唱,由此便有歌诗与歌词。从西汉、魏晋到隋唐,乐府的兴衰带来曲子的发展、盛行,因而今世所强作分判的诗、词、曲,其实都只是人们歌唱的不同形式而已。表面上看,王灼仅仅是在为歌曲作一个溯源性的历史脉络描述,实则他的真实意图是将词史并合入诗史之中,由此建立起了一个"诗、歌、乐合一的传统与词体

---

① 《碧鸡漫志校正》,第1页。

② 《碧鸡漫志校正》,第3页。

的关系（演示论）"①。同样是人心因受感发而作歌咏，词的传统故能和诗的传统一道追溯、共同建构，王灼由是紧紧把握住"心"和"情性"，以此说明诗词生发之本质：

> 刘、项皆善作歌，西汉诸帝如武、宣类能之。赵王幽死，诸王负罪死，临绝之音，曲折深迫。广川王通经，好文辞，为诸姬作歌尤奇古。而高祖之戚夫人、燕王旦之容华夫人两歌，又不在诸王下。盖汉初古俗犹在也。东京以来，非无作者，大概文采有余，性情不足。高欢玉壁之役，士卒死者七万人，惭愤发疾，归使斛律金作《敕勒歌》。其辞略曰："山苍苍，天茫茫，风吹草低见牛羊。"欢自和之，哀感流涕。金不知书，能发挥自然之妙如此，当时徐、庾辈不能也。吾谓西汉后，独《敕勒歌》暨韩退之《十琴操》近古。②

此处"情性"亦作"性情"，然"情性"之义更偏向于"性"，即生命之本性。③按，赵王即刘友，其妻为吕后侄女，因刘友另有所宠，遂被妻子诬告谋反，吕后召刘友入邸，将其软禁，并断绝粮食，其臣下有几人悄悄送来食物，都逮捕下狱。刘友于饥饿苦痛之中作歌，中有"诸吕用事兮刘氏危"等句。燕刺王刘旦、广陵厉王刘胥自缢前皆作歌。在王灼看来，这些作品和刘邦的《大风歌》、项羽的《垓下歌》等作皆发诸生命困愤之时，情感尤见炽烈，值得品味和激赏；《敕勒歌》的作者斛律金虽然"不知书"，但因为是"惭愤发疾"之作，

---

① 林佳蓉：《一个道统词观的建立——论〈碧鸡漫志〉与传统儒家诗论之关系》，见周宪、徐兴无编：《中国文学与文化的传统及变革》，南京大学出版社，2008年版，第32页。

② 《碧鸡漫志校正》，第8页。

③ 详参徐信义：《碧鸡漫志校笺》，台湾师范大学博士论文，1981年，第63页。关于"性情""情性"之别及二者内涵的关联、在文献中的对举等，可参《碧鸡漫志校正》，第9页及第29页以下。

故而亦能使人"哀感流涕"。相比之下,徐陵、庾信等人的文字就因"文采有余"、铺排过甚而显得单薄乏味、浮浅无依了。

"文"本指的是花纹、纹饰,后假借为文章、文学之意,但仍著于表面、外在层面的含义,与内在的"质"相对。故孔子说:"质胜文则野,文胜质则史。文质彬彬,然后君子。"[①]内在的朴实多于外在的藻饰,未免失之粗野,反之又不免虚浮,只有两者结合者才堪称赏。从王灼的述论来看,显然更重视"质"。他认为文学的本质就是发之于心的"情性",一切优美、优秀的文学作品,必要流露和体现写作者的本心本性——首先是符合写作者本人的性格、心思、精神,其次是要符合作品所指和描绘的对象环境与场景。只有这两者的真实性相结合,才有可能创造出"曲折深迫"而令人"哀感流涕"的佳作,仅着意文词和修饰辞藻,自与文学真境无缘。

王灼论词秉持这种理念,因此对词家凭据个人情性特质创作取得的成就,尤为赞许。如其在卷二论各家词短长时言:

> 王荆公长短句不多,合绳墨处,自雍容奇特。晏元献公、欧阳文忠公,风流缊藉,一时莫及,而温润秀洁,亦无其比。东坡先生以文章余事作诗,溢而作词曲,高处出神入天,平处尚临镜笑春,不顾侪辈。或曰:长短句中诗也。为此论者,乃是遭柳永野狐涎之毒。诗与乐府同出,岂当分异?若从柳氏家法,正自不分异耳。晁无咎、黄鲁直皆学东坡,韵制得七八。黄晚年闲放于狭邪,故有少疏荡处。后来学东坡者,叶少蕴、蒲大受亦得六七,其才力比晁、黄差劣。苏在庭、石耆翁入东坡之门矣,短气踢步,不能进也。赵德麟、李方叔皆东坡客,其气味殊不近,赵婉而李俊,各有所长,晚年皆荒醉汝颍京洛间,时时出

---

① 杨伯峻译注:《论语译注》,中华书局,1980年版,第61页。

滑稽语。贺方回、周美成、晏叔原、僧仲殊各尽其才力，自成一家。贺、周语意精新，用心甚苦。毛泽民、黄载万次之。叔原如金陵王谢子弟，秀气胜韵，得之天然，将不可学。仲殊次之，殊之赡，晏反不逮也。张子野、秦少游俊逸精妙。少游屡困京洛，故疏荡之风不除。陈无己所作数十首，号曰《语业》，妙处如其诗，但用意太深，有时僻涩。陈去非、徐师川、苏养直、吕居仁、韩子苍、朱希真、陈子高、洪觉范，佳处亦各如其诗。王辅道、履道善作一种俊语，其失在轻浮，辅道夸捷敏，故或有不缜密。李汉老富丽而韵平平。舒信道、李元膺，思致妍密，要是波澜小。谢无逸字字求工，不敢辄下一语，如刻削通草人，都无筋骨，要是力不足。①

所谓"词如其人"，在王灼看来，王安石的"雍容奇特"，晏欧的"风流缊藉""温润秀洁"，苏轼的"高处出神入天""平处尚临镜笑春"，无不是因自家独有的情性所致，而此处论词之语句，未尝不是品人之语句。至于学习苏轼的黄庭坚，从文辞等外在层面效法，只能略得形近，唯"晚年闲放于狭邪，故有少疏荡处"，故能见出别样的风致与精神。王灼特别注目词家各自拥有的个人气质和气韵，以及他们不同的经历与遭际，这些无不是构成"情性"的重要因素。

在李清照的《词论》进入词学思想世界之后，人们已经逐步接受词"别是一家"的观念，但南宋的批评家在儒学传统和"复雅"时风的感召下，等待不及尊体之说的论证，就迫切地将文学传统中人格化品评模式移诸词学批评，以此确证诗、词、乐、文的同源性——《碧鸡漫志》即是这样具有集成性质的理论著述。王灼通过对诗歌词曲发展脉络的重新梳理，或谓是以融词入诗的形式建构"情性"文

---

① 《碧鸡漫志校正》，第34页。

学传统的方式,得以将词学的本质论定为情性,推动了词学的雅化和词学思想的定型进程。

二、"稽之度数"及其重要性

自"花间范式"获得普遍接受,词乐本色一直被批评家反复强调。王灼虽然认为"曲子渐兴"之后"繁声淫奏,殆不可数",但对词之音乐规律的重要性,同样有着明确的认识。在他看来,词除了应该"本之情性"以外,"稽之度数"也是一条重要的评价标准:

> 或曰:古人因事作歌,输写一时之意,意尽则止,故歌无定句;因其喜怒哀乐,声则不同,故句无定声。今音节皆有辖束,而一字一拍,不敢辄增损,何与古相戾欤?予曰:皆是也。今人固不及古,而本之情性,稽之度数,古今所尚,各因其所重。昔尧民亦击壤歌,先儒为搏拊之说,亦曰所以节乐。乐之有拍,非唐虞创始,实自然之度数也。故明皇使黄幡绰写拍板谱,幡绰画一耳于纸以进,曰:"拍从耳出。"牛僧孺亦谓拍为乐句。嘉祐间,汴都三岁小儿在母怀饮乳,闻曲皆撚手指作拍,应之不差。虽然,古今所尚,治体风俗,各因其所重,不独歌乐也。古人岂无度数?今人岂无性情?用之各有轻重,但今不及古耳。今所行曲拍,使古人复生,恐未能易。①

所谓"音节皆有辖束,而一字一拍,不敢辄增损",因知音律自有标准,这也正是词与诗的文体区别所在。王灼指出:"乐之有拍,非唐虞创始,实自然之度数也。"这既是有关音律的一种历史观,也是一种自然观。作为尚古崇雅的批评者,王灼每以"近古"为高妙,

---

① 《碧鸡漫志校正》,第28—29页。

认为符合古制古俗者必然优于其他。通观《碧鸡漫志》，王灼对于出离情性、独重女音、崇尚婉媚的批评，都是基于对古意的推崇。具体分析"古意"的内涵，无外"不做作"和"有标准"。因此，前论"情性是词学的本质"，即是古意之"不做作"内涵的体现；至于"有标准"，则表现为对遵循音律、合拍的重要性之强调。而所谓"乐之有拍，非唐虞创始，实自然之度数也"，自然作为一种"天然的标准"，其价值意涵又在"古意"之上。这种有关文艺的价值追求和标准，实是与当时的理学思想桴鼓相应。中唐以来"致用"的诗学传统，在南宋得到继承和发扬。所谓"大意主乎学问以明理，则自然发为好文章。诗亦然"[①]，正是"致用"的另一种表达方式，即作文大抵只是追求"理"的一种"天然手段"和"自然产品"。所谓"道者，文之根本；文者，道之枝叶。惟其根本乎道，所以发之于文，皆道也。三代圣贤文章，皆从此心写出，文便是道"[②]，其中所言之"道"，即王灼词学思想中的历史观与自然观的统一，既有"三代圣贤文章"的"古意"，又有"从心写出"之"自然"，而其指向则是"义理明，则利害自明"[③]的结果。

正如朱熹所言"有才性人，便须需取入规矩；不然，荡将去"[④]，王灼在《碧鸡漫志》中最先强调情性，由此引发对词学本体和词人性格的讨论，其后立刻以"度数"束约之，又举出流行音乐为例，说明今人曲拍也是合于乐律、不可抛弃的。这种批评方式似乎不宜仅作"虽持'今不及古'的见解而不流于复古主义"[⑤]理解，还应从中看到王灼"尚古"思想中历史观与自然观有所融合的特点。

---

① 〔宋〕黎靖德编：《朱子语类》，中华书局，1986年版，第3307页。

② 《朱子语类》，第3319页。

③ 《朱子语类》，第3319页。

④ 《朱子语类》，第3319页。

⑤ 顾易生，蒋凡，刘明今：《宋金元文学批评史》，上海古籍出版社，1996年版，第615页。

既然词须合乐律且尊古例，就必当以中正和雅为尚，故《碧鸡漫志》有言：

> 或问雅郑所分。曰：中正则雅，多哇则郑。至论也。何谓中正？凡阴阳之气，有中有正，故音乐有正声，有中声。二十四气，岁一周天，而统以十二律。中正之声，正声得正气，中声得中气，则可用。中正用，则平气应。故曰：中正以平之。若乃得正气而用中律，得中气而用正律，律有短长，气有盛衰，太过不及之弊起矣。自扬子云之后，惟魏汉津晓此。东坡曰："乐之所以不能致气召和如古者，不得中声故也。乐不得中声者，气不当律也。"东坡知有中声，盖见孔子及伶州鸠之言，恨未知正声耳。近梓潼雍嗣侯者，作正笙诀琴数，还相为宫，解律吕逆顺相生图。大概谓知音在识律，审律在习数。故师旷之聪，不以六律不能正五音，诸谱以律通不过者，率皆淫哇之声。嗣侯自言得律吕真数，著说甚详，而不及中正。①

王灼从传统儒家的观点来推绎"中正"与音乐之雅的关系：中正则"雅"，多哇则"郑"。他还特地用天文历法中的"气"来对应乐理，进行阐释，其中提到的魏汉津，曾于北宋崇宁间献乐议，被宋徽宗颁行天下。刘昺编修《乐书》八论其五曰：

> 魏汉津以太极元气，函三为一，九寸之律，三数退藏，故八寸七分为中声。正声得正气则用之，中声得中气则用之。宫架环列，以应十二辰；中正之声，以应二十四气；加四清声，以应二十八宿。气不顿进，八音乃谐。若立春在岁元之后，则迎其气

---

① 《碧鸡漫志校正》，第28页。

而用之，余悉随气用律，使无过不及之差，则所以感召阴阳之和，其法不亦密乎？①

可见王灼关于阴阳之气、中正之声的论述，基本来自魏汉津关于音乐和节气的理论。又，《宋史·志第八十二·乐四》载：

> 二十四气差之毫厘，则或先天而太过，或后天而不及。在律为声，在历为气。若气方得节，乃用中声；气已及中，犹用正律。其图十二律应二十四气以此。
>
> 汉津曰："黄帝、夏禹之法，简捷径直，得于自然，故善作乐者以声为本。若得其声，则形数、制度当自我出。今以帝指为律，正声之律十二，中声之律十二，清声凡四，共二十有八"云。其图十二律钟正声以此。②

魏汉津通过辨十二声之中正偏倚来对应节气，加上四清声，复对应二十八宿，这是意识形态化的礼乐典章题中自有之义，也是官方对音乐所持态度的一种表现：通过乐声的辨定，使之与天地节序产生关联，由此确认一种可以遵行的礼法和规则，乐律正声如何确立，确然关系到政统与道统。可惜的是，魏汉津所言"中声"误以黄钟为大吕，因有"黄钟中声"之谓，由此引起种种误断和错位。政和八年，大学士蔡攸上书，指出这种"中正"乐律理论的荒谬："不唯纷更帝律，又以阴吕臣声僭窃黄钟之名。"③魏说因被下诏废止。

---

① 〔元〕脱脱等：《宋史》，中华书局，1985年版，第3004页。

② 《宋史》，第3007页。

③ 《宋史》，第3023页。迟乃鹏对此误解及其原因有所论述，详参《王灼〈碧鸡漫志〉"中正"音乐思想探源》，《西华大学学报》，2004年第2期。

早在汉代，宫廷和官方就曾对先秦音乐进行了搜集整理，并分辨乐义：指出古乐德音和新乐溺音的分野，其观念和成果集中于《史记·乐书》之中，同时乐志正乐辨序的传统也开始建立。班固编著《汉书》之时，以"律历""礼乐"合志，显示出建立在天道数理基础上的律、历与建立在社会人伦基础上的礼、乐之间复杂而紧密的关系。从《宋史》中乐志的记录来看，礼乐改革在两宋开始由前代的理论化转变为实践化，从太祖"雅乐声高，不合中和"①而新校律准，到元丰间议修改钟量、废四清声，②再到徽宗时蔡京主魏汉津之说，以"帝指为律度"成大晟雅乐颁行天下，不仅反映了礼乐论的深化，也可见雅乐改革之路的曲折。③

王灼在《碧鸡漫志》中对魏汉津"中正"说的参照和承袭虽属附会经典，由此却可看出王灼本人的音乐思想与词学思想。成书于萧梁时期的《宋书·乐志》，不仅延续了乐义的辨定，同时将"淫哇之辞"与"雅乐体系"对立并置，且附二者详例。④这与汉代乐书律志中的艺术政统观及元丰间杨杰所上乐议，均成为王灼吸收后综糅为自家思想的学术资源。王灼重拾传统乐论的"雅""郑"二元论，

---

① 《宋史》，第 2937 页。

② 详参《宋史》，第 2981—2983 页。

③ 彭国忠认为，对宋代词学批评产生指导性影响的是《乐记》，原因在于《乐记》在当时经由科举考试等途径成为宋人诵习、研读的重要经典，因此成为宋人进行词学批评的纲领。这体现在五个方面：一是词的起源上，认为乐由心起，感物而动；二是词的功能观上，提出声与政通，节情和众；三是词人品评上，要求声与人通，哀乐由衷；四是词的审美上，崇尚中和雅正；五是词的歌唱上，以合节可歌，谐美协律为最高标准。详参《〈乐记〉：宋代词学批评的纲领》，《文学遗产》，2014 年第 5 期。这种"纲领"的影响当然存在，宋人在进行词学批评时是采取抽象集成和提炼的方式的，本节暂不涉及有关《乐记》对宋人词学批评的影响之探讨。相关研究还可参王祎：《〈礼记·乐记〉研究论稿》，上海人民出版社，2011 年版；薛永武、牛月明：《〈乐记〉与中国文论精神》，社会科学文献出版社，2012 年版。

④ 沈约认为西曲和部分吴歌都是"典正"以外的"淫哇之辞"，但又与"郑卫之音"略有区别。

并将淫哇之辞等同于郑声,既是借汉人意识形态化的礼乐理论之尸以还魂,又为他下一步批驳"独重女音"婉媚侧艳词风、推尚"向上一路"这类既有情性亦堪称正声之词的举措做好铺垫。

三、从"独重女音"到"向上一路"

王灼评各家词之特质,已见前引,又其论词家之短,往往将之与柳永建立联系:

> 沈公述、李景元、孔方平、处度叔侄、晁次膺、万俟雅言,皆有佳句,就中雅言又绝出。然六人者,源流从柳氏来,病于无韵。雅言初自集分两体:曰雅词,曰侧艳,目之曰《胜萱丽藻》。然召试入官,以侧艳体无赖太甚,削去之。再编成集,分五体:曰应制、曰风月脂粉、曰雪月风花、曰脂粉才情、曰杂类,周美成目之曰《大声》。次膺亦间作侧艳。田不伐才思与雅言抗行,不闻有侧艳。田中行极能写人意中事,杂以鄙俚,曲尽要妙,当在万俟雅言之右,然庄语辄不佳。尝执一扇,书句其上云:"玉蝴蝶恋花心动。"语人曰:"此联三曲名也,有能对者,吾下拜。"北里狭邪间横行者也。宗室温之次之。长短句中,作滑稽无赖语,起于至和。嘉祐之前,犹未盛也。熙、丰、元祐间,兖州张山人以诙谐独步京师,时出一两解。泽州孔三传者,首创诸宫调古传,士大夫皆能诵之。元祐间,王齐叟彦龄,政和间,曹组元宠皆能文,每出长短句,脍炙人口。彦龄以滑稽语噪河朔。组潦倒无成,作《红窗迥》及杂曲数百解,闻者绝倒,滑稽无赖之魁也。夤缘遭遇,官至防御使。同时有张衮臣者,组之流,亦供奉禁中,号曲子张观察。其后祖述者益众,嫚戏污贱,古所未有。[①]

---

① 《碧鸡漫志校正》,第35页。

又言：

> 柳耆卿《乐章集》，世多爱赏，其实该洽，序事闲暇，有首有尾，亦间出佳语，又能择声律谐美者用之。惟是浅近卑俗，自成一体，不知书者尤好之。予尝以比都下富儿，虽脱村野，而声态可憎。前辈云："《离骚》寂寞千年后，《戚氏》凄凉一曲终。"《戚氏》，柳所作也，柳何敢知世间有《离骚》？惟贺方回、周美成时时得之。贺《六州歌头》《望湘人》《吴音子》诸曲，周《大酺》《兰陵王》诸曲最奇崛。或谓深劲乏韵，此遭柳氏野狐涎吐不出者也。歌曲自唐虞三代以前，秦汉以后皆有，造语险易，则无定法。今必以"斜阳芳草""淡烟细雨"绳墨后来作者，愚甚矣。故曰：不知书者，尤好耆卿。[①]

王灼在此不仅提出了"雅词"的概念，同时指出与其相对的"侧艳"之弊。从他关于今世"独重女音"的论断中，亦可见一斑：

> 古人善歌得名，不择男女。战国时，男有秦青、薛谈、王豹、绵驹、瓠梁，女有韩娥。汉高祖《大风歌》，教沛中儿歌之。武帝用事甘泉、圜丘，使童男女七十人歌。汉以来，男有虞公、李延年、朱顾仙、朱子尚、吴安泰、韩法秀，女有丽娟、莫愁、孙琐、陈左、宋容华、王金珠。唐时男有陈不谦、谦子意奴、高玲珑、长孙元忠、侯贵昌、韦青、李龟年、米嘉荣、李衮、何戡、田顺郎、何满、郝三宝、黎可及、柳恭，女有穆氏、方等、念奴、张红红、张好好、金谷里叶、永新娘、御史娘、柳青娘、谢阿蛮、胡二姊、宠妲、盛小丛、樊素、唐有态、李山奴、任智方四女、洞云。今

---

① 《碧鸡漫志校正》，第 36 页。

人独重女音,不复问能否。而士大夫所作歌词,亦尚婉媚,古意尽矣。政和间,李方叔在阳翟,有携善讴老翁过之者。方叔戏作《品令》云:"歌唱须是玉人,檀口皓齿冰肤。意传心事,语娇声颤,字如贯珠。 老翁虽是解歌,无奈雪鬓霜须。大家且道,是伊模样,怎如念奴?"方叔固是沉于习俗,而语娇声颤,那得字如贯珠?不思甚矣。①

"词"作为一种音乐文学,其"本色"不仅体现在合律,也与抒情和娱人的功能相关。唐末宋初以来,"应歌"词作愈多,不可避免地出现"女音"多过"男音"的情况,独重女音既与传播方式有关,同时也关系词作者和词体特征。沈松勤发现,唱词"独重女音"势必造成词性或词风的"婉媚"甚或"婉娈",同时也会影响词人创作心态的演变与价值维度的取舍,以致出现与诗歌创作迥异的"男子而作闺音"之现象。在他看来,"这是'花间范式'的一个突出标志","与具有时代特征的宴乐风气息息相关","大量史实表明,在迎来送往、朋僚相聚的宴集活动中,文人应歌填词,歌妓歌以侑酒,是两宋士大夫约定俗成的社交方式,也是宋代士大夫社会司空见惯的娱乐风尚。这一方式与风尚构成了宋词的原生态,也决定了词体功能的多样性"。②面对这种动摇雅词基础的现状,王灼不仅感到担忧,更在其著述中对之加以严厉批评,选择将矛头指向提出"别是一家"之说的李清照:

> 易安居士,京东路提刑李格非文叔之女,建康守赵明诚德甫之妻。自少年便有诗名,才力华赡,逼近前辈,在士大夫中已不

---

① 《碧鸡漫志校正》,第26页。

② 沈松勤:《论宋词本体的多元特征》,《南开学报》,2005年第6期。

多得，若本朝妇人，当推词采第一。赵死，再嫁某氏，讼而离之，晚节流荡无归。作长短句能曲折尽人意，轻巧尖新，姿态百出，闾巷荒淫之语，肆意落笔，自古搢绅之家能文妇女，未见如此无顾籍也。①

可以体会到，与两宋之际李清照提出"别是一家"以诋黜苏门"以诗为词"的作法类似，王灼的《碧鸡漫志》在树立"雅"的标准的同时，不忘指斥作为对立面的"俗艳"——批评对象的形象正在与"我者"的比对中生成，并逐渐清晰起来，正所谓"一部诗的历史就是诗人中的强者为了廓清自己的想象空间而相互'误读'对方的诗的历史"②。吊诡之处还在于，《词论》与《碧鸡漫志》之间的词学思想链条是断裂的，但又是具有潜在的延续性的。如本书前章所述，从李清照词论的角度而言，"别是一家"的观点带来了对正、变二体的认知，也明晰了二体各自的特点，不仅未导致其倡导的正体独尊，却反而放大了二者的对立，使对方一系理论的提出、传统的构建、历史的形成成为可能。若据此理论与思想背景再看《碧鸡漫志》对苏轼"向上一路"的推崇，就不难看出这条似断实连、以"对立"的形式来"继承"的线索了。

区分流派与"敌我"疆界是一种文学批评的习惯，也是一种文化传统的构建方法。至于如何确立雅词地位、摒斥俗艳之词，王灼自有良方，就是被李清照诟病的苏轼"以诗为词"这条"向上一路"：

  长短句虽至本朝盛，而前人自立与真情衰矣。东坡先生非心醉于音律者，偶尔作歌，指出向上一路，新天下耳目，弄笔者始

---

① 《碧鸡漫志校正》，第41页。
② [美]哈罗德·布鲁姆：《影响的焦虑》，生活·读书·新知三联书店，1989年版，第3页。

知自振。今少年妄谓东坡移诗律作长短句,十有八九不学柳耆卿,则学曹元宠。虽可笑,亦毋用笑也。①

王灼之所以如此看重苏轼的"向上一路",实际也缘于他"诗词同源"的观念。在此语境中,王灼对苏轼的推重更显得顺理成章、自然而然。李扬认为,南宋初年苏轼诗文由禁毁而开放的事实,正是王灼词学批评所依托的文化背景。②文化背景与文学思想互彰而益显,正如宋初词人以论诗的视角与方法论词,以开"堂庑特大"的"诗词一体"之词学观,恰是北宋蕴藉清远的审美理想与深沉雅旷的文化精神之具体体现。南宋初期以《碧鸡漫志》为代表的词论,崇倡发于真心的"情性",极力呼唤"雅"而贬斥"俗",也是随着理学从北宋末年的禁锢到后来渐成主流思想而自然生发的。如同"理学的内部历史是一场关于失去与重新发现的叙述"③一样,南宋初之于北宋初的词学思想这种回归式的呼应,显然也描画出一条断裂而延绵的道路,而当以苏轼为核心的词家所确立的"诗词一体"被再度奉为法则之时,背后却多了一层道德主义的内涵。

词坛尚"雅"的风尚,在北宋中后期已经开始酝酿并出现,但在理论上却由《复雅歌词序》和《碧鸡漫志》提出。其中《碧鸡漫志》又透出以"中正"为核心的政治思想,所谓"中正则雅,多哇则郑";"凡阴、阳之气,有中有正,故音乐有正声,有中声……中正之声,正

---

① 《碧鸡漫志校正》,第34页。

② 崇宁、宣和间,元祐学术皆遭禁,靖康元年始得解除。李文认为:"就社会心理而言,长期的禁止倒促使人们对苏作产生同情与好奇;就文学抒情肌理来看,历经乱变之后的文坛亟需一股刚健清旷、直抒胸臆的豪气,而包括词在内的苏轼之作很符合这个审美期求。"详参《论〈碧鸡漫志〉的词学批评蕲向》,《克山师专学报》,1999年第2期。

③ [美]包弼德:《历史上的理学》,浙江大学出版社,2012年版,第89页。

声得正气,中声得中气,则可用,中正用则平气应,故曰:中正以平之"。王灼将美学范畴的"雅"与道德伦理范畴的"中正"画上等号,在此基础上对其以儒家乐教的艺术规范为核心的词学观加以发扬和阐释。可以这样认为:《碧鸡漫志》的词学思想不仅在系统性方面体现出优长,亦因其标举的词的本质乃在吟咏情性之说,与处于激变的两宋时局、文化思潮、社会心理相同步、契合与鼓荡而显得极具一种"纪念碑性"[①]。至于《碧鸡漫志》上承中正和雅的诗教传统、下启以比兴寄托为倡的尊体流绪的历史事实,更是书写纵向发展的词学思想历程时所应当注意和指明的。

第三节 《乐府指迷》的婉雅之尚

一直以来,《乐府指迷》都被视为是与《复雅歌词序》《碧鸡漫志》《词源》并美的词学论著,它们因均对时俗不满、对高雅传统追慕而形成南宋词学思想史上一个"复雅"理论体系。对词之本色和乐律的关注与强调,是这些著作的共同特点。其中,沈义父所撰《乐府指迷》和张炎的《词源》成书年代较近,更因各传宋季词坛最重要的两家之"家法",而呈现出"双星辉映"的景象。[②]

[①] "纪念碑性"原是巫鸿在研究古代中国和西方艺术史时提出的概念,一些体积庞大,集建筑、雕塑和绘画于一身的宗教性和纪念性建构,能够最集中地反映出当时人们对视觉形式的追求和为此付出的代价。详参《中国古代艺术与建筑中的纪念碑性》,上海人民出版社,2009年版。

[②] 沈义父自言与吴文英结识于淳祐癸卯(1243)之岁,《乐府指迷》当作于此后不久。张炎生于1248年,《词源》为其晚年所著,可能完成于14世纪初,而《碧鸡漫志》则定稿于1146年前后,与《乐府指迷》之成书相距百年以上。由于篇幅、结构的设置和论述重点的不同,对《词源》及由张炎、姜夔等所代表的风雅词派词学思想的讨论,将在本书第五章中展开。

一、倡婉雅以宗清真

沈义父,字伯时,号时斋,吴江人,约宋理宗淳祐年间在世,所著《乐府指迷》集中呈现了他的词学主张和思想。该书首节为《论词四标准》,开宗明义道出沈义父在诗词酬唱中总结的重要心得:

> 余自幼好吟诗。壬寅秋,始识静翁于泽滨。癸卯,识梦窗。暇日相与唱酬,率多填词,因讲论作词之法,然后知词之作难于诗。盖音律欲其协,不协则成长短之诗;下字欲其雅,不雅则近乎缠令之体;用字不可太露,露则直突而无深长之味;发意不可太高,高则狂怪而失柔婉之意。思此,则知所以难。子侄辈往往求其法于余,姑以得之所闻,条列下方。观于此,则思过半矣。①

所谓的"作词四标准",即协音律、下字雅、用字不可太露、发意不可太高。其中协音律的观点当是来自《词论》,李清照基于对词体和词史的深刻认识而提出,词与音乐之间的关系是相互依存的,这在《乐府指迷》里得以再次强调。由此可悉沈义父词学思想中的词学史发展理路和轨迹,作法由吴文英上溯到周邦彦,理论主张则绍接李清照。

"协音律"之说是为了使词上别于诗,"下字雅"则有下别于曲的意味。诗词之别并不在雅俗,在于是否合乐。词曲之别则主要看用字方面的差异,所谓"缠令"正是当时的一种俚曲,体格亦卑,故是词家之忌。从《乐府指迷》全篇来看,沈义父一力倡雅,力避俚俗,他评价词人的得失也往往以此为标准,试看:

---

① 〔宋〕张炎,沈义父著,夏承焘校注,蔡嵩云笺释:《词源注 乐府指迷笺释》,人民文学出版社,1963年版,第16页。

康伯可柳耆卿音律甚协,句法亦多有好处。然未免有鄙俗语。[①]

施梅川音律有源流,故其声无舛误。读唐诗多,故语雅澹。间有些俗气,盖亦渐染教坊之习故也。亦有起句不紧切处。[②]

孙花翁有好词,亦善运意。但雅正中忽有一两句市井句,可惜。[③]

古曲谱多有异同,至一腔有两三字多少者,或句法长短不等者。盖被教师改换,亦有嘌唱一家,多添了字。吾辈只当以古雅为主,如有嘌唱之腔,不必作。且必以清真及诸家目前好腔为先可也。[④]

所谓"嘌唱",是宋元时候一种民间唱曲的形式。在沈义父眼中,"缠令之体""嘌唱之腔"都是词家必须规避的,即使如孙惟信"善运意"的雅正好词中,"忽有一两句市井句",亦觉可惜。可以说,对雅的需求和倡导,在沈义父这里达到一个极致,这实际也是对风雅词派作法在理论、趣尚和审美理想层面的总结式的标引。

至于"用字不可太露""发意不可太高",则是沈义父就词之婉约特质提出的一种便于理解和实践的作词方法与规则。用字太露、发意太高似乎都属于稼轩词派和康、柳等词家的习惯,张炎称之为"豪气词"和"浇风词",因此要适当地"约"之。沈义父在《乐府指迷》中数度提出这种"约"法:

[①] 《词源注 乐府指迷笺释》,第46页。
[②] 《词源注 乐府指迷笺释》,第52页。
[③] 《词源注 乐府指迷笺释》,第53页。
[④] 《词源注 乐府指迷笺释》,第80页。

炼句下语，最是紧要。如说桃，不可直说破桃，须用"红雨""刘郎"等字；说柳，不可直说破柳，须用"章台""灞岸"等字。又用事，如曰"银钩空满"，便是书字了，不必更说书字；"玉箸双垂"，便是泪了，不必更说泪。如"绿云缭绕"，隐然髻发；"困便湘竹"，分明是簟；正不必分晓，如教初学小儿，说破这是甚物事，方见妙处。往往浅学俗流，多不晓此妙用，指为不分晓，乃欲直捷说破，却是赚人与耍曲矣。如说情，不可太露。(《语句须用代字》)①

作词与诗不同，纵是花卉之类，亦须略用情意，或要入闺房之意。然多流淫艳之语，当自斟酌。如只直咏花卉，而不着些艳语，又不似词家体例，所以为难。又有直为情赋曲者，尤宜宛转回互可也。如"怎"字、"恁"字、"奈"字、"这"字、"你"字之类，虽是词家语，亦不可多用，亦宜斟酌，不得已而用之。(《咏花卉及赋情》)②

近世作词者不晓音律，乃故为豪放不羁之语，遂借东坡、稼轩诸贤自诿。诸贤之词，固豪放矣，不豪放处，未尝不叶律也。如东坡之《哨遍》《杨花·水龙吟》，稼轩之《摸鱼儿》之类，则知诸贤非不能也。(《豪放与叶律》)③

沈义父强调语句须"炼"，若太直露，便失之婉约，而咏物赋情之时，"艳语"亦须减少、避免使用，这与后来张炎在《词源》中所

---

① 《词源注 乐府指迷笺释》，第61页。
② 《词源注 乐府指迷笺释》，第71页。
③ 《词源注 乐府指迷笺释》，第75—76页。

谓的"词中句法,要平妥精粹"①以及"虚字,却要用之得其所"②等见解暗合。沈义父对于豪放词的看法则是,应当透过表层以认知像东坡、稼轩这样高明词家词作的深度结构,包括其情感与语句的特点所在,不宜仅以是否合律作为判断豪放与否的标准。这恰好又同第一个标准构成呼应,因知《乐府指迷》提出的体现婉雅旨尚的这四条标准是一个相互联系、包容生发的体系。

与张炎的《词源》奉姜夔为词林正韵的状况类似的是,沈义父的《乐府指迷》对吴文英所宗尚的周邦彦极为推崇——这也符合其所倡婉雅之旨的词学思想。沈义父的看法非常明确,认为学词就应从周邦彦入手:"凡作词,当以清真为主。盖清真最为知音,且无一点市井气,下字运意,皆有法度,往往自唐、宋诸贤诗句中来,而不用经史中生硬字面,此所以为冠绝也。学者看词,当以周词集解为冠。"③此条以下,沈义父不仅评价了除周邦彦以外的多位词家的得失,还从技巧层面向读者具体讲述和说明怎样追求和达到古雅之境。"随着推尊苏、辛诗化理论之退潮,周邦彦的被重新发现,正是风格技巧理论占据上风的明证"④,所谓传清真、梦窗家法,即赖沈义父详细归纳和阐述之功所致。

周邦彦的词可以视为宋词雅化进程中的一个重要里程碑。王兆鹏认为周邦彦使恋情词发生了自我化和雅化的变化。⑤黄雅莉进一步

---

① 《词源注　乐府指迷笺释》,第14页。
② 《词源注　乐府指迷笺释》,第15页。
③ 《词源注　乐府指迷笺释》,第44页。
④ 方智范、邓乔彬等:《中国古典词学理论史》,华东师范大学出版社,2005年版,第95页。
⑤ 王兆鹏认为,周邦彦的恋情词变以往的女性中心为男性中心,且写得含蓄收敛,将自己的人生失意融汇其中。见《唐宋词史论》,人民文学出版社,2000年版,第23页。

指出,周邦彦"完成了抒情主体的自我化",与苏轼的"言志自我化"二水分流,成为"姜夔、吴文英情词抒情主角自传经历的前导"。①沈义父对清真词颇为推重,他将目光聚焦在其作法的同时,也展开对词学精神理想状态的想象:周邦彦侧重表现外部世界在词人心中引起联动反应的内省式作法,正是抒情化美感表达的重要范式。

其实,沈义父和张炎都认为,词虽然不能因不协律而"诗化",却能借前人诗句以促成其"雅化"。如前引沈论周词,有云:"往往自唐、宋诸贤诗句中来,而不用经史中生硬字面,此所以为冠绝也。"又说:"要求字面,当看温飞卿、李长吉、李商隐及唐人诸家诗句中字面好而不俗者,采摘用之。"②而张炎亦云:"句法中有字面,盖词中一个生硬字用不得,须是深加锻炼,字字敲打得响,歌诵妥溜,方为本色语。如贺方回、吴梦窗皆善于炼字面,多于温庭筠、李长吉诗中来。字面亦词中之起眼处,不可不留意也。"③可见二人眼中诗词之分判,并不仅在于字句、风格、情致、思想,诗词之间更有化用、借鉴、会通的可能。南宋词学思想中融汇"诗化"与"雅化"的"本色化"发展理路,也因《乐府指迷》和《词源》的揭橥而更见分明。

值得补充的是,宋元之际的周密在其《浩然斋雅谈》中表露的词学观点,正与沈义父的词学思想相呼应。如他在谈到张枢词时,特意指出其音乐形式美感的可贵:

> 云窗张枢,字斗南,又号寄闲,忠烈循王五世孙也。笔墨萧爽,人物酝藉,善音律。尝度依声集百阕,音韵谐美,真承平佳公子也。

---

① 《宋词雅化的发展与嬗变》,第100页。
② 《词源注 乐府指迷笺释》,第59页。
③ 《词源注 乐府指迷笺释》,第15页。

予已选六阕于《绝妙词》，今别见于此。（词略）[1]

又以极叹赏的语气写杨缵善识乐律：

> 杨缵，字嗣翁，号守斋，又称紫霞。本鄱阳洪氏，恭圣太后侄杨石子之子麟孙早夭，遂祝为嗣。时数岁，往谢史卫王，王戏命对云："小官人当上小学。"即答云："大丞相已立大功。"卫王大惊喜，以为远器。公廉介自将，一时贵戚，无不敬惮，气习为之一变。洞晓律吕，尝自制琴曲二百操。又常云："琴一弦，可以尽曲中诸调。"当广乐合奏，一字之误，公必顾之。故国工乐师，无不叹服，以为近世知音，无出其右者。任至司农卿，浙东帅。以女选进淑妃，赠少师。所度曲，多自制谱，后皆散失，今书一阕于此。（词略）[2]

音乐之美来自人品气质之美，也是周密这两则词话透露出的意识。所谓"笔墨萧爽，人物酝藉"，"以为远器"，"一字之误，公必顾之"，"承平佳公子"，"音韵谐美"，"以为近世知音无出其右者"，等等，都是周密对张枢和杨缵人品、词品的肯定。这种将艺术修养和人物精神合而为一的赏鉴之法，既承继了魏晋以来的传统，又与张炎特地拈出"清空"范畴论析词境和词人（姜夔）风神的方式类同。[3]

周密与沈义父的趣味相类，尤其欣赏周邦彦。《浩然斋雅谈》中曾对周邦彦不以词粉饰太平、曲意阿上的人品表示赞赏：

---

[1] 孔凡礼点校：《浩然斋雅谈》，中华书局，2010年版，第50页。
[2] 《浩然斋雅谈》，第53页。
[3] 本书第五章中对此问题有专节论述。

宣和中，李师师以能歌舞称。时周邦彦为太学生，每游其家。一夕，值祐陵临幸，仓卒隐去。既而赋小词，所谓"并刀如水、吴盐胜雪者"，盖纪此夕事也。未几，李被宣唤，遂歌于上前。问谁所为，则以邦彦对。于是，遂与解褐，自此通显。既而朝廷赐酺，师师又歌《大酺》《六丑》二解，上顾教坊使袁綯，问綯，曰："此起居舍人新知潞州周邦彦作也。"问《六丑》之义，莫能对，急召邦彦问之。对曰："此犯六调，皆声之美者，然绝难歌。昔高阳氏有子六人，才而丑，故以比之。"上喜，意将留行，且以近者祥瑞沓至，将使播之乐府。命蔡元长微叩之，邦彦云："某老矣，颇悔少作。"会起居郎张果与之不咸，廉知邦彦尝于亲王席上作小词赠舞鬟云："歌席上，无赖是横波。宝髻玲珑欹玉燕，绣巾柔腻掩香罗。何况会婆娑。　无个事，因甚敛双蛾。浅淡梳妆疑是画，惺忪言语胜闻歌。好处是情多。"为蔡道其事。上知之，由是得罪。师师后入中，封瀛国夫人。朱希真有诗云："解唱阳关别调声，前朝惟有李夫人。"即其人也。①

徽宗崇信道教，好祥瑞之征，以此命人谱曲作词，播诸乐府。周邦彦因才名受指令创作，但他找借口推辞婉拒，后终被迫离开大晟府，转徙处州。周密与沈义父、张炎一样，既爱周邦彦之精通音律词曲，亦重其人格高雅狷洁。这也符合风雅词派的词学思想，"绝妙好词"不唯音律雅正，更需有深婉兴寄的风人之旨。

对于沈义父和张炎都认为词可以借来诗句以促"雅化"的论调，周密也深表赞同。他指出周邦彦词对唐诗有所取用和"采摘"，这体现了清真词的典雅，足见优胜和高明："周美成长短句，纯用唐人诗句，如'低鬟蝉影动''私语口脂香'，此乃元、白全句。贺方回尝言：

---

① 《浩然斋雅谈》，第58页。

'吾笔端驱使李商隐、温庭筠，常奔走不暇。'则亦可谓能事矣。"① 由此也可看出，周密和沈义父对清真词的熟悉程度都是很高的。

二、从"宛转回互"到"潜气内转"

前引《咏花卉及赋情》一则，"宛转回互"一词颇值得留意。

张炎传白石家法，特举"清空"为尚，沈义父则推赏清真、梦窗二家以赋为词的密丽风格。客观上看，姜、吴二家词风确实存在着明显的不同，所谓"姜白石词如野云孤飞，去留无迹。吴梦窗词如七宝楼台，眩人眼目，碎拆下来，不成片段"②。造成这种风格的差异，不仅是词作给人的心理体验和美学感受不同，更有实际作法方面的区别。姜夔词的所谓"疏"，大体指的是景语较少，章法上采取以意驭篇的方法来构设全篇，用词倾向使用平淡和幽冷色彩的字眼。吴文英词的"密"表现为没有虚字，以大量景语实词填充在虚字字位，更借助时空的转换交错营造出一个意象密集的世界。③ 梦窗词的关窍实际正在"宛转回互"上，沈义父在《乐府指迷》中不仅道破这一关键，更详细指明该当如何模仿。

沈义父的办法首先是经营章法，凸显词的叙事性、逻辑性和线索感，如言："大抵起句便见所咏之意，不可泛入闲事，方入主意。咏物尤不可泛。"④ "遇两句可作对，便须对。短句须剪裁齐整。遇长句，须放婉曲，不可生硬。"⑤ "腔子多有句上合用虚字，如'嗟'字、'奈'

---

① 《浩然斋雅谈》，第 59 页。
② 《词源注　乐府指迷笺释》，第 16 页。
③ 孙维城认为："吴词的密实指内容上的'实'，章法上的'密'，语言上的'浓'。"《从比较中看吴文英词的密实》，《南阳师范学院学报》，2002 年第 5 期。
④ 《词源注　乐府指迷笺释》，第 54 页。
⑤ 《词源注　乐府指迷笺释》，第 64 页。

字、'况'字、'更'字、'又'字、'料'字、'想'字、'正'字、'甚'字,用之不妨。如一词中两三次用之,便不好,谓之空头字。不若径用一静字,顶上道下来,句法又健;然不可多用。"①"结句须要放开,含有余不尽之意,以景结情最好。如清真之'断肠院落,一帘风絮',又'掩重关,遍城钟鼓'之类是也。或以情结尾,亦好。往往轻而露,如清真之'天便教人,霎时厮见何妨',又云'梦魂凝想鸳侣'类,便无意思,亦是词家病,却不可学也。"②

铺展叙写的过程之中,则当注意转折的自然和圆妥,所谓"遇长句须放婉曲,不可生硬"即是,又言"过处多是自叙,若才高者,方能发起别意,然不可太野,走了原意"③。

再次,便是由字面、事物的"不可直说",造成词中情感体验与生活体验上的距离,因而获得"宛转"之感。此亦与本节第一部分所论的婉雅旨尚印合。

由此可知,沈义父所谓的"宛转回互",完全可以从章法、句法、字法等层面锻炼、修整、润饰而致之,它仍然体现了沈义父对婉雅理想的追求和对小令传统的继承之努力。④ 从骚雅到醇雅、婉雅,其间并无本质差异,体现的都是对俚俗直露的贬斥以及对高雅清丽的向往。

---

① 《词源注　乐府指迷笺释》,第73页。

② 《词源注　乐府指迷笺释》,第56页。

③ 《词源注　乐府指迷笺释》,第55页。

④ 沈义父的理想实际是将小令的清新蕴藉与慢词长调的严谨章法相结合,他对唐人温庭筠、李贺、李商隐和《花间集》的倾心,也正缘于此。余意指出:"词由小令逐渐发展到慢词,体制增大,又由于词是言情文体,宋代文人慢词在赋情时宛转回互保持了小令体式蕴籍含蓄的审美特征,从而保持了赋情体词的醇雅风貌。"详参《论宋代文人雅词的审美品格》,华中师范大学硕士学位论文,2001年。

如果说"宛转回互"的提出和自证在词学思想史上有其特别的意义，那应当就是它通过对周、吴雅词的批评和总结，揭示了作为一种抒情形式的长调的表达方式及其重要性。后世的批评家亦从中获得启发，开始关注词体之长短、疏密与章法和情感抒发效果间的关系，甚至特别拈出一个广泛用于声诗、乐府、骈文、书法批评的语词"潜气内转"，以进一步阐释"宛转回互"在词学层面的内涵。[①]由此也能看出，沈义父传周、吴二家作词之法而成的论词评词之法，得到有序且有效的传承发扬。

作为一部基于个人经验分析作词之法的理论著作，《乐府指迷》的"指迷"之处正蕴于具体的批评之中。经过北宋以来的多次转向，词体观念、词学旨尚确实都发生了众多变化，各类词风、词调、词评、词作均有不同程度的发展，一些杰出词人的改革，也为词的体制、形式和功能注入许多新的质素，与此同时，也有淫鄙、俚俗、滑稽之风影响着词坛，混淆妍媸。最终，沈义父找到了清真词这个最具词学美感和文人意趣的理想"标本"，来廓清本色以外的"迷雾"。

蔡嵩云有一段论述比较了《词源》和《乐府指迷》及二者影响的异同，颇具史家眼光。他说：

> 《词源》论词，独尊白石。《指迷》论词，专主清真。张氏尊白石，以其古雅峭拔，特辟清空一境；沈氏主清真，则以其合乎上揭四标准也。由此可见宋末词风，除稼轩外，可分二派：导源白石，而自成一体者，东泽、竹山、中仙、玉田诸家，皆其选也；导源清真，而各具面目者，梅溪、梦窗、西麓、草窗诸家，皆其选也。降及清初，浙派词人，家白石而户玉田，以清空骚雅为归。

---

① 详参彭玉平：《词学史上的"潜气内转"说》，《文学评论》，2012年第2期。

其实即宋末张氏所主张之词派。迄清中叶,常州派兴,又尊清真而薄姜、张,以深美闳约为旨,其流风至今未替。实则清真词派,在南宋末年。沈氏早提倡于前。[1]

当然,《乐府指迷》的意义并不止于提倡清真一派,也不在于和《词源》共同构成宋末词学双峰并峙之势。重要的是,它在一定程度上修正了南宋时期长期受到儒家诗教影响的词学思想,将对"雅"的理解更加丰富和完善,使词之正韵独立于寄托、教化之外,词之婉雅疏离于中正道统的意识形态。应当说,这既是对北宋以来词学之"本色"观念的继承和呼应,也是对以《碧鸡漫志》为代表的总结道统词观的词学著作的反拨。经过百年的发展演变,词学思想终在《乐府指迷》完成之后,得以回归对词文学文本之形式、内容、情感、风格、意韵等方面的讨论,而"诗教"意涵之外的"雅"意,也渐从词之本体内部生发,"雅词"之自立成为现实,并且通过沈义父等人的揭橥而真正为词史所接受。

刘子健在深入比较两宋政治文化异同后称,北宋时期的文化主要在精英之间传播,因不断开启新的路向而显得生机勃勃,而南宋以后精英文化则变得内敛、温和、自省、悲观,其发展被限定在一定的范围内,创造力遭到压抑和破坏。[2] 本章以鲖阳居士、王灼、沈义父等人的词学著作与思想为重心的述论,似乎也为刘子健的上述判断提供了注脚。复雅、内转和抒情化的进程充满了精彩且丰富的内涵,这是线性的叙述所难以状摹的。以下各章试立若干专题研讨具体现象和问题,或能展现实际情状之大略。

---

[1] 《词源注 乐府指迷笺释》,第41页。

[2] 详参《中国转向内在:两宋之际的文化转向》,第10页。

第三章　形态与内涵研究：
词学批评的文本属性

　　北宋词话虽然数量有限、未成规模，却为后世词论及词学著述储备了许多可资借鉴的资源和范式。四库馆臣概论"诗文评"这类文体，有"究文体之源流""第作者之甲乙"的特点，不但"备陈法律"，向读者和后学提示作法，更"旁采故实""体兼说部"，具有很明显的叙事性。[①]而作为词学思想重要载体的词话即属此类。

　　考察南宋时期的词学思想不难发现，多数批评家仍然受到北宋词话的评点话语和模式的影响，即使如此，那些零篇短章还是体现出作者试图梳理词史、考据本事、还原词境、理解词人以及归纳词派风格、探索创作心理的努力。细读这类文本可以发现，其间存在一种"交互性"（interactive of text），虽然大多数简短的词话并不直接表现出书写者特别的想法，但仍有许多同类项的有趣例子值得关注。本章将要讨论的"词学批评的文本属性"大致包含三个层面：一是词学批评文本在述说"本事"之时，如何蕴含了"传奇"的元素；二是词话与批评文本对其评点、阐释、研究之词的关注方式和程度究竟怎样；三是词学批评中的"词史"意识与学问化倾向的呈现状况。

---

① 〔清〕永瑢等：《四库全书总目》（下册），中华书局，1965年版，第1779页。

第一节　文本形态：缘事的"传奇性"

北宋后期，万俟咏正式提出"雅词"的概念。[①]嗣后要求词文学雅化的呼声不断，从曾慥《乐府雅词序》到胡寅《题酒边词》，批评者均相互应和。如前章所述，至鲖阳居士《复雅歌词》并序出现之时，"复雅"已经不可避免地意识形态化，不再仅限于纯粹的艺术理想。因此有意见认为，其反对词之"情致"是十分迂腐的，"不懂得文学艺术的情感本质，更不懂得文学艺术要讲究韵味"[②]。从这一角度来看，鲖阳居士的确有矫枉过正之弊，本来不满所谓"淫亵之词"的失韵、鄙俗，因有改革而使之雅化的理想，却由于对道德和教化的过分强调而将词学创作和批评引向另一条歧途。在与鲖阳居士等提出新的变革主张与目标的同时，也有不少学者继承了诗学批评的另一传统，以附会传说的形式述说本事，其词学观点和思想亦蕴藏其间。

一、"传奇型词话"与"以传奇为词话"

"传奇"指流行于唐宋之间的稗史小说，广义的"传奇"还包括文献记载的逸事、杂记、琐言等。[③]按，"传奇"之名本为元稹《莺莺传》的篇名，唐末《异闻集》载入崔张故事时名之《传奇》，裴铏

[①] 《碧鸡漫志》卷二称："雅言初自集分两体：曰雅词，曰侧艳，目之曰《胜萱丽藻》。后召试入官，以侧艳体无赖太甚，削去之。"《碧鸡漫志校正》，第35页。

[②] 孙维城：《南北宋之间几位词论家的词学观》，《安庆师范学院学报》，2002年第1期。

[③] "传奇"一词内涵甚广，在不同时代有着不同的文体指向，南宋金将小说和诸宫调同称为"传奇"，元代又称杂剧为"传奇"，明清时期则以南戏为"传奇"，本节所讨论的"传奇"在文中有专门的界定和解释。

亦以"传奇"用作小说集的题名,后世遂以"传奇"代称唐人小说。以"传奇"命名小说,至少反映出两方面的现象:一是唐人有"好奇"的心理,有以传"奇"为好、为尚的风习,而读者也乐于接受和传播,由此推动小说创作的兴盛;二是创作者的主体意识正不断增强,他们着意记录和虚构奇人奇事,小说文体趋于成熟。①

作为一种相对后起的文体,词"对于其他体裁的借鉴也往往成了词体变革的重要手段"。从柳永引赋法入词到苏轼"以诗为词"、辛弃疾"以文为词",词体革新的尝试和努力一直存在。此外,尚可见一种"以传奇为词"的情况,如元好问就曾"在词里不避险怪,述奇事,记奇人,写奇景",这也正是"唐宋以来词体形式及其观念不断演化的结果"。②考察南宋时期的词学批评文本,很容易发现一些词话颇具传奇元素,可称之为"传奇型词话"或"以传奇为词话"现象。当然,与传奇和词的关系不同,传奇与词话间本无畛域,两类文体并不存在根本性的差异。因此,本节"以传奇为词话"议题下所进行的并非有关体裁的比较研究,而是关心文体内涵与思想的互渗,也即叙事文体中不同具体类别之间的特殊关系。

研究者在探索文言小说界定方式时,提出了一些基本原则,比如叙事性原则、传闻性或虚构性原则、形象性原则、体制性原则等。③随着研究的不断深入和视界的不断扩大,人们更加倾向于适度放宽

---

① 详参程国赋:《唐五代小说的文化阐释》,人民文学出版社,2002年版,第5页。
② 详参赵维江、夏令伟:《论元好问以传奇为词现象》,《文学遗产》,2011年第2期。
③ 详参李剑国:《文言小说的理论研究与基础研究》,《文学遗产》,1998年第2期。

标准,因此很多非虚构性的文言笔记也被纳入观察范围之中。[①] 即使按照较为严苛的准则,南宋时期不少词话的传奇色彩依然显著。试举杨湜《古今词话》中数则为例:

> 韦庄以才名寓蜀,王建割据,遂羁留之。庄有宠人,资质艳丽,兼善词翰。建闻之,托以教内人为词,强庄夺去。庄追念恨怏,作《小重山》及《空相忆》云:(词略)。情意凄怨,人相传播,盛行于时。姬后传闻之,遂不食而卒。[②]

> 张先字子野,尝与一尼私约。其老尼性严。每卧于池岛中一小阁上,俟夜深人静,其尼潜下梯,俾子野登阁相遇。临别,子野不胜惓惓,作《一丛花》词以道其怀曰:(词略)。[③]

> 近代有一士人,颇与一姬相惓。无何,为有力者夺去。忽因清明,其士人于官园中闲游,忽见所惓,颇相顾恋。后一日再往园中,姬掷一书与之。中有一诗,止传得一联云:"莫学禁城题叶者,终身不见有情人。"士人感念,作《南歌子》一曲以见情,曰:(词略)。[④]

[①] 程国赋认为,从唐五代时期人们的小说观念和当时小说创作的具体情况出发,不应过分强调虚构原则,因为当时小说写作受史官文化的影响还比较深,不少作者仍然看重内容的真实,如《莺莺传》被很多学者视为元稹的自传,那么在坚持虚构性的原则下,像《莺莺传》这样的作品就很难被当成传奇小说来对待了。详参《〈莺莺传〉研究综述》,《文史知识》,1992 年第 12 期。

[②] 《词话丛编》,第 20 页。

[③] 《词话丛编》,第 24 页。

[④] 《词话丛编》,第 46 页。

《古今词话》是南宋初期一部颇具时代特色的著作，约成书于宋高宗绍兴年间，《苕溪渔隐丛话》数见称引，明以后亡佚，今本为近人赵万里所辑。书中所采自后唐庄宗以下词林掌故和逸事，多出于传闻，虚构成分很足。杨湜，字曼倩，生卒年不详，约与胡仔同时。他在《古今词话》中以人物为关钮，依次记述了近七十条词话，以上三则词话所引之词自是词人原创，而总体写作方法与笔记体传奇并无二致，仅篇幅短略而已。可堪玩味的是，在这种叙事性极强的文字中，杨湜的词学创作观也时有体现。如：

> 庆历癸未十二月十九日立春，甲申元日，丞相晏元献公会两禁于私第。丞相席上自作《木兰花》以侑觞曰：（词略）。于时坐客皆和，亦不敢改首句"东风昨夜"四字。今得三阕，皆失姓名。（词略）①

> 秦少游寓京师，有贵官延饮，出宠姬碧桃侑觞，劝酒惓惓。少游领其意，复举觞劝碧桃。贵官云："碧桃素不善饮。"意不欲少游强之。碧桃曰："今日为学士拚了一醉。"引巨觞长饮。少游即席赠《虞美人》词曰：（词略）。阖座悉恨。贵官云："今后永不令此姬出来。"满座大笑。②

> 东坡自禁城出守东武，适值霖潦经月，黄河决流，漂溺钜野，及于彭城。东坡命力士持畚锸，具薪刍，万人纷纷，增塞城之败坏者。至暮，水势益汹。东坡登城野宿，愈加督责，人意乃定，城不没者一板。不然，则东武之人，尽为鱼鳖矣。坡复用僧应

---

① 《词话丛编》，第21页。
② 《词话丛编》，第32—33页。

言之策,凿清冷口积水,入于古废河,又东北入于海。水既退,坡具利害屡请于朝,筑长堤十余里,以拒水势,复建黄楼以厌之。堤成,水循故道分流,城中上巳日,命从事乐成之。有一妓前曰:"自古上巳旧词多矣,未有乐新堤而奏雅曲者,愿得一阕歌公之前。"坡写《满江红》曰:(词略)。俾妓歌之,坐席欢甚。[①]

所谓"侑觞",是为在宴席上营造氛围,晏殊"会两禁于私第"、秦观得"贵官延饮",皆需助兴;苏轼筑堤厌胜,也要求有一种与之相配合的歌词仪式,因此即席创作,赢得"坐客皆和""满座大笑""坐席欢甚"。在《古今词话》中,常能读到关于北宋词以应歌佐酒的记述,可见在杨湜心目中,词本就是用以娱乐和活跃气氛的技艺,也足见他相当喜爱这种文体,否则也不会不厌其烦地记录词作、考其本事,并将词学创作置于社会生活背景中加以观照。

虽然胡仔批评杨湜"牵合为说,殊无根蒂,皆不足信"[②],但这也正是《古今词话》的特点所在。在杨湜的意识里,词是一种抒情文体,其社会功能在聚饮场合有所体现,也时常作为有情人间的"媒介",将抒情具体化。杨湜还以词为引,有意呈现出文学作品能对现实生活甚至人生命运产生不小的影响:

泸南营二十余寨,各有武臣主之。中有一知寨,本太学士人,为壮岁流落随军边防,因改右选,最善词章。尝与泸南一妓相款,约寒食再会,知寨者以是日求便相会。既而妓为有位者拉往踏青,其人终日待之不至。次日又逼于回期,然不敢轻背前约,遂留《驻

---

① 《词话丛编》,第28—29页。
② 《苕溪渔隐丛话》后集,第323页。

马听》一曲以遗之而去。其词曰：（词略）。亦名《应天长》。妓归见之，辄逃乐籍往寨中从之，终身偕老焉。①

蜀中有一寡妇，姿色绝美。父母怜其年少，欲议再嫁。归家有喜宴，伶唱《菩萨蛮》：（词略）。妇闻之，泣涕于神前，欲割一耳以明志。其母速往止之，抱持而痛，遂不易其节。②

李公之问仪曹解长安幕，诣京师改秩。都下聂胜琼，名娼也，资性慧黠，公见而喜之。李将行，胜琼送之别，饮于莲花楼，唱一词，末句曰："无计留君住，奈何无计随君去。"李复留经月，为细君督归甚切，遂别。不旬日，聂作一词以寄之，名《鹧鸪天》曰：（词略）。李在中路得之，藏于箧间。抵家为其妻所得，因问之，具以实告。妻喜其语句清健，遂出妆奁资募，后往京师取归。琼至，即弃冠栉，损其妆饰，奉承李公之室以主母礼，大和悦焉。③

杨湜所记，有词、有事，有人物性格、心理、语言，也有跌宕精彩的情节，显示出批评文体的叙事成分和特质。除《泸南营妓》《聂胜琼》这样以大团圆结局的故事之外，佛教所言人间八苦——生、老、病、死、怨憎会、爱别离、五阴炽盛、求不得，在《古今词话》里几乎都有体现，而相当特别的地方在于，这些情感形态均与词有关。可以认为，杨湜笔下具有传奇意味的词话，既是客观的现象呈现，也是主观的书写实践，其词学思想既包含带有审美意味的词学批评，也有对词所承担的丰富功能之想象、肯定与拓展。

---

① 《词话丛编》，第46—47页。

② 《词话丛编》，第47页。

③ 《词话丛编》，第43—44页。

需要指出的是，词话的故事性还有利于叙述（转述）者巧妙传达出自己的意见。以一种显系传说或故事的文本承担起批评的功能，或能使叙述（转述）者的立场看上去更为"客观"。试读徐度《却扫编》中一例：

> 刘季高侍郎，宣和间尝饭于相国寺，因谈歌词，力诋柳耆卿，旁若无人者。有老宦者，闻之默然而起，徐取纸笔，跪于季高之前，请曰："子以柳词为不佳者，盍自为一篇示我乎？"刘默然无以应。而后知稠人广众中，慎不可有所臧否也。①

徐度在此记述的刘季高和老宦者的态度和言行，很能代表时人对柳词的不同看法。以事论词，或曰借助故事的叙述引出词学观点的表达，也是这类文本的重要功用。

二、"传奇型词话"与词本事和缘事诗学

杨湜对前代词学思想有所承袭，同时他的词话中来源可疑、内容以虚构为主的传闻也对后来的词学批评语言和方式构成影响，甚至可能在一定程度上启发了以政治寄托为核心的"过度诠释"。所不同的是，《古今词话》以自发的性情为本，后者则以理性化的具有"风骚"传统的雅意为本。因此，《古今词话》在当时即受到来自胡仔等学者的责备。

和《古今词话》相比，与之同时或较之稍晚的一些词话的叙事性更为明显，时间、人物、地点、事件具备，细节详实，故事离奇，意味横生。当然，应予承认，这些作者的写作初衷或许并非为了记词、

---

① 〔清〕张思岩辑：《词林纪事》，古典文学出版社，1957年版，第104页。

评词，但在读者面前的文本呈现，其最为核心的亮点就是词。围绕着词所发生的故事和传说倘在读者未能理解词意的情况下，也将成为毫无意义的非相关事件（stand-alone event）。下举张邦基《墨庄漫录》所记"关子东三梦"事为例：

宣和二年，睦寇方腊起帮源，浙西震恐，士大夫相与奔窜。

关注子东在钱塘，避地携家于无锡之梁溪。明年，腊就擒，离散之家，悉还桑梓。子东以贫甚，未能归，乃侨寓于毗陵郡崇安寺古柏院中。

一日，忽梦临水有轩，主人延客，可年五十，仪观甚伟，玄衣而美须髯。揖坐，使两女子以铜杯酌酒，谓子东曰："自来歌曲新声，先奏天曹，然后散落人间。他日东南休兵，有乐府曰《太平乐》，汝先听其声。"遂使两女子舞，主人抵掌而为之节。

已而恍然而觉，犹能记其五拍。子东因诗记云："玄衣仙子从双鬟，缓节长歌一解颜。满引铜杯效鲸吸，低回红袖作方弯。舞留月殿春风冷，乐奏钧天晓梦还。行听新声《太平乐》，先传五拍到人间。"

后四年，子东始归杭州，而先庐已焚于兵火，因寄家菩提寺。复梦前美髯者腰一长笛，手披书册，举以示子东。纸白如玉，小朱栏界，间行似谱，有其声而无其词。笑谓子东曰："将有待也。往时在梁溪，曾按《太平乐》，尚能记其声否乎？"子东因为之歌，美髯者援腰间笛，复作一弄，亦私记其声，盖是重头小令。

已而遂觉。其后又梦至一处，榜曰"广寒官"。官门夹两池，水莹净无波，地无纤草。仰观，嵬峨若洞府，然门钥不启。或有告之者，曰："但曳铃索，呼月姊，则门开矣。"子东从其言，试曳铃索，果有应者。乃引至堂宇，见二仙子皆眉目疏秀，端庄靓丽。冠青瑶冠，衣彩霞衣，似锦非锦，似绣非绣。因问引者曰："此谓谁？"曰："月姊也。"乃引子东升堂，皆再拜。月姊因问："往时梁溪，曾令双鬟歌舞，传《太平乐》，尚能记否？又遣紫髯翁吹新声，亦能记否？"子东曰："悉记之。"因为歌之。月姊喜见颜面，复出一纸，书以示子东曰："亦新词也。"姊歌之，其声宛转，似乐府《昆明池》。子东因欲强记之，姊有难色，顾视手中纸，化为碧字，皆灭迹矣。

因揖而退，乃觉，时已夜阑矣。独记其一句云："深诚杳隔无疑。"亦不知为何等语也。前后三梦，后多忘其声，惟紫髯翁笛声尚在。乃倚其声而为之词，名曰《桂花明》，云："缥缈神清开洞府，遇广寒宫女。问我双鬟梁溪舞。还记得、当时否。碧玉词章教仙语。为按歌宫羽。皓月满窗人何处。声永断、瑶台路。"子东尝自为予言。[①]

张邦基生活在两宋之际，好著作、喜藏书，所著《墨庄漫录》十卷多记当时杂事掌故，有不少关于艺术及鉴藏的见闻和史料。上引词话记述关子东两次梦遇紫髯翁，聆听其奏《太平乐》，又梦月姊示其新词，醒后因以《桂花明》词纪其事，假若此文省略词作，其叙事性和传奇性都将消解趋无。[②]在张邦基构设的这种主观实在（subjective reality）里，诗、梦、词、曲交汇幻融，某种程度上也反映了他对词

[①] 〔宋〕张邦基，范公偁，张知甫撰，孔凡礼点校：《墨庄漫录　过庭录　可书》，中华书局，2002年版，第122—124页。

[②] 日本学者浅见洋二将这种由诗词以外的故事、传奇构成的语境，对文本造成理解和阅读上的限制，称为文学作品的"他律性"，与所谓"自律性"构成对比。详参《诗与"本事"、"本意"以及"诗谶"——论中国古代文学作品接受过程中的文本与语境的关系》，见《唐代文学研究》第十辑，广西师范大学出版社，2004年版，第593页。

学创作和欣赏的看法,即潜意识中的艺术情感会在某种特定的场境被牵引出来,而这种现象亦具可重复性。如词话中紫髯翁所言,"自来歌曲新声,先奏天曹,然后散落人间",似乎也透露出张邦基本人对"有计划""有理想""有寄托"地进行创作与批评的否定。

有关梦境描绘的词话,在南宋人笔记中也数见不鲜。兹复举王明清《挥麈录》中一例:

> 周美成晚归钱塘乡里,梦中得《瑞鹤仙》一阕:"悄郊原带郭。行路永,客去车尘漠漠。斜阳映山落。敛余红,犹恋孤城阑角。凌波步弱。过短亭,何用素约。有流莺劝我,重解绣鞍,缓引春酌。 不记归时早暮,上马谁扶?醒眠朱阁。惊飙动幕。犹残醉,红药。叹西园,已是花深无地,东风何事又恶。任流光过却。归来洞天自乐。"未几,方腊盗起自桐庐,拥兵入杭。时美成方会客,闻之仓黄出奔,趋西湖之坟庵。次郊外,适际残腊,落日在山,忽见故人之妾,徒步亦为逃避计。约下马,小饮于道旁旗亭,闻莺声于木杪分背。少焉抵庵中,尚有余醺,困卧小阁之上,恍如词中。逾月贼平,入城,则故居皆遭蹂践,旋营缉而处。继而得请提举杭州洞霄宫,遂老焉。悉符前作。美成尝自记甚详。今偶失其本,姑追记其略而书于编。①

宋徽宗宣和二年(1120)十一月,方腊于睦州清溪起事,张邦基、王明清二人所录梦中得词事均在这一历史事件前后,可谓无独有偶。此外,洪迈《夷坚志》中亦有梦词的记述,但只是作为一种神异其事的手段,未有"当事者"自作词内容,故此处不作介绍和探讨。

---

① 〔宋〕王明清:《挥麈录》,上海书店出版社,2001年版,第231页。

上举几例词话可以引出对词之本事的关注，而词本事恰恰是"传奇型词话"和"以传奇为词话"现象的源头之一。记录文学创作的原委、背景和经过，是先秦以来逐渐形成的传统，其间亦见"存史"的意识，自六朝志人小说兴起之后，诗本事也往往可见。及至唐代，小说日益成熟、诗赋广泛传唱，第一部专门记录诗本事的著作——孟棨《本事诗》应时出现。此书对后世影响颇大，除已佚的五代处常子和罗隐所撰两部同名《续本事诗》外，尚有佚后复辑而成的杨绘《时贤本事曲子集》等。① 这些著作的名称即显示和标明了仿效对象。

张晖在重读孟棨《本事诗》时，发现其中"情感"类居七编之首，因据《汉书》《春秋》详加考索，指出孟棨所重视的"情感"，"更多侧重于'触事兴咏，尤所钟情'，即认为'情'是对外在的具体事件的感动，而没有单纯地强调情感来自人内心的'情动于中'。正因为如此，孟棨才强调诗歌的'本事'"。② 张晖在此将本事与缘情说建立起关联，并上溯到《春秋》义理、陆机和钟嵘的文学理论，以梳理出包含缘情本事在内的中国文学的抒情传统。不过，在抒情和叙事二者如何包涵的问题上，研究者的观点发生了抵牾。③ 此背景下"缘

---

① 有关《时贤本事曲子集》的流传、亡佚和辑本情况，可参朱崇才《〈时贤本事曲子集〉新考订》，《文献》，2000年第3期。另，该著虽名"本事"，但内容简单，所记仍以词作占主要篇幅，叙事性稍弱，是早期词话的一般形态。

② 张晖：《重读〈本事诗〉："诗史"概念产生的背景与理论内涵》，《杜甫研究学刊》，2007年第2期。相关结论也参考了罗根泽《中国文学批评史》及廖栋梁《试论孟棨〈本事诗〉》的观点。

③ 比如龚鹏程在《诗史本色与妙悟》中提出"诗史"理论中的叙事问题；陈平原认为叙事是"诗史"最重要的内涵；陈文华指出"诗史"是宋人诗教观的一部分，其基本内涵就是"叙事"。张晖对以上观点进行了综合考察，认为基于梳理"诗史"内涵的历史发展顺序而得出"诗史"深受"缘情"理论影响的观点是没有疑义的。详参氏著《中国"诗史"传统》，生活·读书·新知三联书店，2012年版，第19页、第267页以下。

事诗学"的提出,似乎能够较为恰当地解决相关理论难点。①

　　传奇、小说的本质是对事件的叙述,其内容是"事"。一般意义上的词话是评点、记录,而"传奇型词话""以传奇为词话"则是"以事解诗""以事话诗"在词学语境中的变体,也体现了缘事诗学的内涵,其间既有基于历史现实、生活记录、见闻素材的叙述,又有词学创作经验、批评及其功能和相关情感体验的隐性表达,"词叙之事"和"叙词之事"由此形成一种涵裹关系,统一于功能性的表象空间叙事之中,而此"功能"正是这一词学现象和词学思想的意义所在。

第二节　审美路径:细探文本的"情"与"境"

　　鮦阳居士的"复雅"主张固然有其理论意义和变革精神,但与传统诗学批评和北宋时期的词话相比,显得太过疏隔于词作本身及词人情感。与之形成对比的是,另一些文人在他们的笔记和词话中表现出对词作美学内涵和美感特质的格外倾心,客观上形成了对意识形态化的词学思想之反拨。本节以吴曾、张邦基和胡仔等人的词话为例,探讨这类以文本为核心进行审美观照的词学思想之意义。某种程度上说,这类批评实践重申了词学创作的本质是性情感发的艺术思维。南渡初期产生的词话,大多仍是以经验性的、印象式的点评为主,批评者兼擅吟咏,因此他们也常将主观体验带入审美与赏

---

① 论者认为,诗的产生一是"情志不通,始作诗",二是"理发而文见",三是"在事为诗"。基于这三种观念,将中国诗学分为三种类型:缘情诗学、缘理诗学、缘事诗学。缘情诗学诗化情感,让人情真意切;缘理诗学诗化理性,让人切理会心;缘事诗学则是诗化记忆,让人赏心乐事。从诗学地位上看,缘情诗学对中国诗歌影响最大,其次是缘理诗学,最后才是缘事诗学。中国诗歌抒情有余而叙事不足,多与此有关。中国主流诗学在诗的发生上,重"情感"而轻"事感";在诗的创作上,贵"立象尽意"而轻"指事造形";在诗的欣赏上,崇"情景交融"而轻"事景相偕",也与此有关。详参殷学明:《中国缘事诗学纂论》,山东师范大学博士学位论文,2013年。

鉴过程之中。这种方式可谓利弊参半，既使词学批评显得生动灵活，同时也造成"去理论化"的现象。各家依据和参照的接受标准不尽相同，是故也时见一家之言有前后矛盾之尴尬。

一、由词中之"情"生词中之"境"

以博闻强识闻于时的崇仁（今属江西）人吴曾，有杂录及考证笔记《能改斋漫录》传世。吴曾，字虎臣，因应试不第，于绍兴十一年（1141）献书秦桧，得补右迪功郎，后改右承奉郎、宗正寺主簿、太常丞、玉牒检讨官，迁工部郎中，出知严州，辞官后倾心撰述，成《漫录》一书，绍兴二十四至二十七年间刊刻。孝宗隆兴初，《能改斋漫录》被诬告其中"事涉讪谤"，遭到禁毁，重刊时已与旧貌存异。今本《能改斋漫录》共十八卷，分事始、辨误、事实、沿袭、地理、议论、记诗、记事、记文、类对、方物、乐府、神仙鬼怪十三门，近人唐圭璋从中辑出反映吴曾词学思想的六十九则文字，汇为《能改斋词话》。

与一些批评家强调理趣和寄托相比，吴曾对词中之"情"更为重视，这是相当可贵的。他在笔记中录写了不少感伤之词，意下亦以"情"为作词之本，"情"之感发摇动则为作词、吟词之因：

> 开封富民杨氏子，馆客颇豪俊。有女未笄，私窃慕之。遂有偷香之说，密约登第结姻。客既过省，乃弃所好。屡约相会，杳不可得。登第后，密遣人谕女曰："若遂成婚好，则先奸后婚。在法当离，必不能久。尔或落发，则我亦不娶。朝夕游处，庶能长久。"女信之，然思慕已成疾，遂恳请于父母，求祝发焉。或告客已与某氏结婚者，女闻之闷绝。良久，索笔书曰："黄叶无

风自落，彩云不雨空归。"就归字落笔，放手而绝。①

贺方回眷一妓，别久，妓寄诗云："独倚危栏泪满襟，小园春色懒追寻。深思纵似丁香结，难展芭蕉一寸心。"贺得诗，初叙分别之景色，后用所寄诗，成《石州引》云：（词略）。②

绍兴庚午，台之黄岩妓有姓谢，与姓杨者，情好甚笃。为姬所制，相约夜投诸江。好事者有为《望海潮》以吊之：（词略）。③

类似叙说本事的词话在《能改斋漫录》中也为数颇多。应该注意到的是，南宋初期尚有吴曾这样重情而轻理的热心词学批评的学者，不久之后，由于理学地位日益抬升、与文学交互影响不断深入，以及"复雅"观念笼罩词坛，"乏情"乏味之词越来越多，词学批评也不再将主要的注意力置于本该强调的"情"了。

《能改斋漫录》另一特点是其格外留心词的题材，如书中特意将"咏草词""渔父词""茶词""燕词""灯词"等分类标举出来，这表明吴曾在撰述时，已有明确的主题意识，其内在逻辑和思路在一定程度上也影响了后世以词纪时、以词存史的词学思想。总体言之，无论是对词作加以感悟式的艺术审美和想象、在情感和精神层面作超越式的体悟，还是以词为本作析源流、厚人伦、移风俗方面的努力，并弱化"论"词的形式，此类批评方式都显示了南宋词学思想在"因"中渐"变"的发展趋势。

---

① 〔宋〕吴曾：《能改斋漫录》下册，上海古籍出版社，1979年版，第475页。

② 《能改斋漫录》下册，第484页。

③ 《能改斋漫录》下册，第502页。

词的雅化过程也是其案头化的过程，势必以丧失词的活力为代价。与吴曾一样，张邦基也深刻认识到此弊，故而反复强调或暗示，词作为一种文学体裁，应当具有诗那样吟咏本真、出入生活的品质。下引两则词话中尤能看出他的这一思想倾向：

> 苏阴和尚作《穆护歌》，又地理风水家亦有《穆护歌》，皆以六言为句而用侧韵。黄鲁直云："黔南巴□僰间，赛神者皆歌《穆护》，其略云：'听唱商人穆护，四海五湖曾去。'因问穆护之名，父老云：'盖木瓠耳。曲木状如瓠，击之以节歌耳。'"予见淮泗村人多作《炙手歌》，以大长竹数尺，刳去中节，独留其底，筑地逄逄若鼓声。男女把臂成围，扩髀而歌，亦以竹筒筑地为节。四方风俗不同，吴人多作山歌，声怨咽如悲，闻之使人酸辛。柳子厚云："欸乃一声山水绿。"此又岭外之音，皆此类也。①

> 东坡在杭州，一日游西湖，坐孤山竹阁前临湖亭上。时二客皆有服，预焉。久之，湖心有一彩舟，渐近亭前，靓妆数人，中有一人尤丽。方鼓筝，年且三十余，风韵闲雅，绰有态度，二客竟目送之。曲未终，翩然而逝。公戏作长短句云："凤凰山下雨初晴。水风清，晚霞明。一朵芙蓉，开过尚盈盈。何处飞来双白鹭，如有意，慕娉婷。　忽闻江上弄哀筝。若含情，遣谁听。烟敛云收，依约是湘灵。欲待曲终寻问取，人不见，数峰青。"②

---

① 《墨庄漫录》，第 116 页。
② 《墨庄漫录》，第 32 页。按，宋人袁文《瓮牖闲评》卷五亦载其事："东坡倅钱塘日，忽刘贡父相访，因拉与同游西湖。时二刘方在服制中。至湖心，有小舟翩然而前，一妇人甚佳，见东坡自叙：'少年景慕高名，以在室无由得见。今已嫁为民妻，闻公游湖，不避罪而来。善弹筝，愿献一曲，辄求一小词，以为终身之荣，可乎？'东坡不能却，援笔而成，与之。"见文渊阁本四库全书，第 852 册，第 452 页。

张邦基对"原生态"的词曲尤为欣赏,他认为《穆护歌》《炙手歌》和吴人山歌民俗意味浓郁,能传达足够充裕的情感,因此"声怨咽如悲,闻之使人酸辛"。而苏轼在游船时见眼前景、闻耳畔音,也能立时兴感唱出心曲,其中"戏作"二字,更见其情不得不发之势。

二、由词中之"境"发现"婉""雅"之美

胡仔的《苕溪渔隐丛话》是宋代一部相当重要的诗文评类著述。全书搜集留存了有关唐宋诗词的丰富资料,以人物为纲,附录作品、本事、考证和批评赏鉴,既较为真实地反映了诗词发展的实际状况,也对众多作者予以恰当的评价和定位。其中有不少关于"长短句"的专门论述,是探究胡仔词学观念与词学思想的凭据。

胡仔,字符任,徽州绩溪人,因父胡舜陟荫授迪功郎、两浙转运使,官至奉议郎,宋高宗绍兴六年(1136)赴广西,任广西经略安抚司秘书,就差广西提刑司干办事,居岭外七年,约于绍兴十五年(1145)前后退隐吴兴,闲居苕溪二十年,以钓鱼为乐,自号"苕溪渔隐",始撰《苕溪渔隐丛话》,绍兴三十二年(1162)赴福建,官闽中漕幕,三年任满后复归苕溪,续成《苕溪渔隐丛话》后集。《丛话》共一百卷,五十余万字,前集六十卷成于绍兴十八年(1148),后集四十卷成于孝宗乾道三年(1167),与阮阅《诗话总龟》并称宋代诗话之"双璧"。

作为一个跨越两宋、对后世产生深远影响的重要文学流派,江西诗派在艺术法则上遵循着一系列看似相当陈旧和程式化的主张,不过在本质上却和理学家们的文学思想相乖离。北宋后期种种政治运动造成文学气氛的严肃和凝滞,江西诗派的主要成员多是党争中失势的一方。他们消极地顺应形势,唯言性情。这在他们对师法杜甫方式的变化上也可看出,如黄庭坚"早年评杜,是着眼于他对社会

现实的反映，恰与他后来学杜是重其格律、技巧形成鲜明的对照"[1]。胡仔是视黄庭坚为"宋兴以来，一人而已"的仰慕者，他对黄庭坚和江西诗派的评价虽高，但也极为客观和辩证。《苕溪渔隐丛话》成书时，苏黄之学复振，理学家词人和词论尚未深入影响文坛。因此，胡仔的词学观尚显中正，既承元祐余绪，也远未受到意识形态的理论干扰，自如地表达着强调真实、推崇吟咏性情、反对凭空造语和过分藻饰的主张，推重和提倡言简意丰的婉、雅之作，体现出倾心于词作造境之美的趣味。他曾说道：

> 词句欲全篇皆好，极为难得。如贺方回"淡黄杨柳带栖鸦"，柔处度"藕叶清香胜花气"，二句写景咏物，可谓造微入妙，若其全篇，皆不逮此矣。徐幹臣："雁足不来，马蹄难驻，门掩一庭芳景。""驻"字当作"去"字，语意乃佳。周美成："水亭小，浮萍破处，檐花帘影颠倒。"按，杜少陵诗"灯前细雨檐花落"，美成用此"檐花"二字，全与出处意不相合，乃知用字之难矣。赵德麟："重门不锁相思梦，随意绕天涯。"徐师川："柳外重重叠叠山，遮不断愁来路。"二词造语虽不同，其意绝相类。古词"水竹旧院落，樱笋新蔬果"，一本是"水竹田院落，莺引新雏过"，不然，"樱笋新蔬果"，则与上句有何干涉？董武子："畴昔寻芳秘殿西，日压金铺，宫柳垂垂。"然秘殿岂是寻芳之处？非所当言也。[2]

胡仔意识到文本"全篇皆好"的重要性和困难度，他用词句优劣和用字稳妥与否加以证明，方式独特，也显示出其思维习惯和批

---

[1] 马积高：《宋明理学与文学》，湖南师范大学出版社，1989年版，第65页。
[2] 《苕溪渔隐丛话》前集，第410—411页。

评理路。他评价和东坡赤壁词的整体成就不俗，虽语句粗豪，犹瑕不掩瑜：

> 东坡《大江东去·赤壁》词，语意高妙，真古今绝唱。近时有人和此词，题于邮亭壁间，不著其名，语虽粗豪，亦气概可喜，今谩笔之。词曰：（词略）。①

又提出倘要全篇求胜，须得用心经营章法、遣气布局：

> 凡作诗词，要当如常山之蛇，救首救尾，不可偏也。如晁无咎作《中秋·洞仙歌辞》，其首云："青烟幂处，碧海飞金镜，永夜闲阶卧桂影。"固已佳矣，其后云："待都将许多明付与金樽，投晓共流霞倾尽。更携取胡床上南楼，看玉做人间，素秋千顷。"若此可谓善救首尾者也。至朱希真作《中秋·念奴娇》，则不知出此，其首云："插天翠柳，被何人推上一轮明月，照我藤床凉似水，飞入瑶台银阙。"亦已佳矣，其后云："洗尽凡心，满身清露，冷浸萧萧发，明朝尘世，记取休向人说。"此两句全无意味，收拾得不佳，遂并全篇气索然矣。②

在胡仔看来，词作为一种文本，呈现和表达方式与排兵布阵用意一致，一些词家能够顾及前后章法变化，使之疏密得宜，由此获得更好的艺术效果。如果缺失这方面协调的意识和技巧，则不仅不能将全篇"收拾"得当，更可能破坏其本应贯通的气息。可以看出，胡仔的关注点聚焦在词的结构上，就整体美感提出了具体要求。同时，

---

① 《苕溪渔隐丛话》前集，第411页。
② 《苕溪渔隐丛话》后集，第321页。

他也多次显露出对"婉"词和"雅"词的偏好：

>《西清诗话》云：南唐李后主归朝后，每怀江国，且念嫔妾散落，郁郁不自聊，尝作长短句云：(词略)。含思凄惋，未几下世。①

>旧词高雅，非近世所及，如《扑蝴蝶》一词，不知谁作，非惟藻丽可喜，其腔调亦自婉美。词云：(词略)。②

>中秋词，自东坡《水调歌头》一出，余词尽废。然其后亦岂无佳词？如晁次膺《绿头鸭》一词，殊清婉，但樽俎间歌喉，以其篇长惮唱，故湮没无闻焉。其词云：(词略)。③

胡仔执着眷恋于"婉"，既是南唐北宋前期词学思想的重现，也是时代与社会精神使然。靖康之变后，南宋朝廷持续十六年的禁乐政令，终因与市民阶层兴起和市民文化高度成熟的现实相抵牾而弛废，新兴文艺中的音乐文学、讲唱文学以愈加丰富多彩的发展展现出生命力，传统士大夫在此文化变革之际，往往怀想阶层区隔相较更为明显的北宋时期的艺术形式和审美趣尚，并在各类艺文活动中主动反思雅文学的特质，这在一定程度上成为南宋文人推尊词体和"复雅"的重要原因。胡仔举李后主之词，以其含思之"惋"传递出"婉"的审美理想，是有其内在考量的。"此由其知音识曲，而又遭罹多故，思想与行为发生极度矛盾，刺激过甚，不期然而进作怆恻哀怨之音。"④

---

① 《苕溪渔隐丛话》前集，第407页。

② 《苕溪渔隐丛话》后集，第318页。

③ 《苕溪渔隐丛话》后集，第321页。

④ 龙榆生：《南唐二主词叙论》，见《龙榆生词学论文集》，上海古籍出版社，2009年版，第202页。

哀惋凄恻之情被高贵清雅的格调和精神所束约,因而成为一种以"婉"为主要质素的美感。经历国难之后重享太平的胡仔,对李后主词雅中之"惋"当有更深刻的感会和共鸣。正由于有了这层心理基础,其词学思想中的婉雅之尚和对"旧词"的依恋,也才显得合理、合情。

第三节　观念内涵:"词史"意识与学问化倾向

"词史"是词学史和词学批评史上一个内涵颇为丰富的概念,自李清照《词论》以来,学者对所谓"小词"地位和意义的焦虑程度不仅未见稍减,反而在不断讨论和申述中加剧;及至宋元和明清易代之际,词这种文体才因注入对社会和文化危亡之慨而"扩容",由此获有一种类似"诗史"的意味;在理论方面,清代常州词派的批评家又赋予词新的意识形态意义,"词史"意识的形态和内涵终得以基本定型。[①] 本节论及"词史"意识,主要就南宋时期一些词话和词学批评展开,指的是蕴含在这类文本中的一种记述和批评方式及其思想倾向,或表现为以历史眼光看待词作词学,或表现为以笔记存录纪实纪史之词。若从创作层面而言,生活在13世纪前后的词人汪元量和王沂孙已经或显或隐地流露出"词史"观念的萌芽。而要以批评史视角来看的话,批评话语的系统化、学理化转向,则昭示了词学批评"文学—历史—文化"和"叙述—评点—记录"多元并融的特点。因此,以下将"词史"意识和词学批评学问化现象结合讨论,可能更为恰当和便捷。

[①] 清代的学者在传统诗学的影响下反思词文学的美感特质及其历史脉络,也与嘉道时期经史之学勃兴的气氛有关。以周济等人为代表的批评者从推尊词体和别是一家两条逻辑脉络中提取"最大公约数",形成了一种强烈的"史"的意识,既解决了后世评价词这一文学体裁地位时所可能遭遇的困境,又很好地总结了词文学创作中所出现的各种现象和问题的成因。

一、词学批评中"词史"意识的呈现

上节已提及吴曾的《能改斋漫录》,该著其实已经出现一种建立在考据基础上的词史意识,包括为词牌、词调、词句、词旨、词派溯寻根源,如:

> 《颜氏家训》曰:"别易会难,古人所重。江南饯送,下泣言离。北间风俗不屑此,歧路言离,欢笑分首。"李后主长短句,盖用此耳,故云:"别时容易见时难。"又云:"别易会难无可奈。"然颜说又本《文选·陆士衡〈答贾谧〉诗》云:"分索则易,携手实难。"①

> 唐乐府有《忆秦娥》。娥字见《史记·齐悼惠王传》:"王太后有爱女,曰修成君,修成君有女,名娥。"后汉顺帝,乳母宋娥。又《史记·外戚世家》:"武帝时幸夫人尹婕妤、邢夫人,众人谓之娙娥。"②

> 东坡长短句云:"无情汴水自东流,只载一船离恨向西州。"张文潜用其意以为诗云:"亭亭画舸系春潭,只待行人酒半酣。不管烟波与风雨,载将离恨过江南。"王平甫尝爱而诵之,彼不知其出于东坡也。③

> 李和文公作咏菊《望汉月》词,一时称美。云:"黄菊一丛临砌,

---

① 《能改斋漫录》下册,第475页。
② 《能改斋漫录》上册,第29页。
③ 《能改斋漫录》下册,第476页。

颗颗露珠妆缀。独教冷落向秋天,恨东君不曾留意。雕栏新雨霁,绿藓上乱铺金蕊。此花开后更无花,愿爱惜莫同桃李。"时公镇澶渊,寄刘子仪书云:"澶渊营妓,有一二擅喉啭之技者,唯以'此花开后更无花'为酒乡之资耳。""不是花中唯爱菊,此花开后更无花",乃元微之诗,和文述之耳。①

王都尉有《忆故人》词云:"烛影摇红,向夜阑,乍酒醒,心情懒。尊前谁为唱阳关,离恨天涯远。无奈云沉雨散,凭栏杆,东风泪眼。海棠开后,燕子来时,黄昏庭院。"徽宗喜其词意,犹以不丰容宛转为恨,遂令大晟府别撰腔。周美成增损其词,而以首句为名,谓之《烛影摇红》。云:(词略)。②

蜀人李久,善长短句。有"莺掷垂杨,一点黄金溜",识者以为新。余旧见王与善《蝶恋花》词云:"粉面与花相间斗,星眸一转晴波溜。"殆出于此。③

可见吴曾擅识佳作,又好寻源,既道出作词之摹拟、点化、翻变和借鉴手法的普遍性,也显示同一语汇系统内词学表现方式的不同和各自的侧重,其中对词牌名改易原因的记述,反映出他对词学"因变"的留意。吴曾还记述了不少自改前作的词人词事,或为一些词作并非剿袭前人成作辩解:

豫章守当涂,既解印,后一日,郡中置酒,郭功甫在坐,豫

---

① 《能改斋漫录》下册,第477页。
② 《能改斋漫录》下册,第496—497页。
③ 《能改斋漫录》下册,第501页。

章为《木兰花令》一阕示之云:"凌歊台上青青麦,姑孰堂前余翰墨。暂分一印管江山,稍为诸公分皂白。　江山依旧云空碧,昨日主人今日客。谁分宾主强惺惺,问取矶头新妇石。"其后复窜易前词云:"翰林本是神仙谪,落帽风流倾坐席。坐中还有赏音人,能岸乌纱倾大白。　江山依旧云横碧,昨日主人今日客。谁分宾主强惺惺,问取矶头新妇石。"①

王观学士尝应制撰《清平乐》词云:(词略)。高太后以为媟渎神宗,翌日罢职,世遂有逐客之号。今集本乃以为拟李太白应制,非也。②

诗词的写作既是内心特定情感在特点时间、地点的生发,又因其委婉敛约的文体要求而须借用前人成句成意。因此,旧作旧说、旧意生新、新作似旧等现象都是十分常见的。摹拟实际也是"尊体"的一种形式和表现,而旧中出新则是自抒己怀的必然要求。从吴曾的词话来看,他还是相当认同词的传统创作手法的,也对自出新意的词人词作表示欣赏和爱敬,而时常取宋词与唐人诗句比较,则体现出吴曾喜好探求文源词心的古雅品味。

与吴曾相比,作为知名词人兼掌故家的周密(1232—1298)更为人们熟知。周密,字公谨,号草窗,又号四水潜夫、弁阳老人、弁阳啸翁,先祖为济南人,曾祖周秘南渡后,寓居吴兴,周密自少从父周晋宦游浙、闽等地,理宗景定二年(1261)入临安府幕僚,监和剂局,咸淳后历官两浙运司掾、丰储仓检察、义乌令,宋亡后

---

① 《能改斋漫录》下册,第492页。
② 《能改斋漫录》下册,第489页。

迁居杭州。其着意保存文献，以著述终老，有《草窗韵语》六卷、《蘋洲渔笛谱》二卷、《草窗词》二卷、《癸辛杂识》六卷、《齐东野语》二十卷、《武林旧事》十卷、《浩然斋雅谈》三卷。周密作词远祧清真，近师白石，与吴文英（梦窗）并称"二窗"。清人周济《介存斋论词杂著》评曰："公谨敲金戛玉，嚼雪盥花，新妙无与为匹。"① 与作词的审美追求一致，周密选词、评词也均以音韵谐美、和雅清丽为标准，辑有《绝妙好词》七卷，流传甚广。

周密的词学见解主要存见于《浩然斋雅谈》，此书散落在《永乐大典》之中，后辑为一册，上卷考证经史、品评文章，中卷、下卷分别为诗话和词话。四库馆臣认为，周密以词人本色旁涉考证，所得有限，"若其评骘诗文，则固具有根柢，非如阮阅诸人漫然蒐辑，不择精觕也。宋人诗话，传者如林，大抵陈陈相因，辗转援引，是书颇具鉴裁，而沉晦有年，隐而复出，足以新艺苑之耳目，是固宜亟广其传者矣"。② 足见清人对周密在诗词批评领域取得的成就，是相当推重的。

《浩然斋雅谈》中有不少节令词，读之如阅其《武林旧事》中有关风土岁时、人情乐事的记述。如录章牧之《守岁》词、杨缵《除夕》词、《元夕·望远行》词等：

> 章牧之谦亨尝为浙东宪，风采为一时所称，然酝藉滑稽。尝赋《守岁》小词云："团栾小酌醺醺醉。厮捱著、没人肯睡。呼卢直到五更头，便铺了、妆台梳洗。　庭前鼓吹喧人耳。蓦忽地、又添一岁。休嫌不足少年时，有多少、老如我底。"③

---

① 顾学颉校点：《介存斋论词杂著　复堂词话　蒿庵论词》，人民文学出版社，1959年版，第9页。
② 《浩然斋雅谈》，第64页。
③ 《浩然斋雅谈》，第56—57页。

杨缵《除夕词·一枝春》云："竹爆惊春,竞喧阗、夜起千门箫鼓。流苏帐掩,翠鼎暖腾香雾。停杯未举。奈刚要、送年新句。应自有、歌字清圆,未夸上林莺语。　从他岁穷日暮。纵闲愁,怎减刘郎风度。屠苏办了,迤逦柳欺梅妒。宫壶未晓,早骄马、绣车盈路。还又把、月夕花朝,自今细数。"又,罗希声、孙化翁所书《除夕》一词云："小童教写桃符,道人还了常年例。神前灶下,被除清净,献花酌水。祷告些儿,也都不是,求名求利。但吟诗写字,分数上面,略精进、尽足矣。　饮量添教不醉。好时节、逢场作戏,驱傩爆竹,软饧酥豆,通宵不睡。四海皆兄弟,阿鹊也、同添一岁。愿家家户户,和和顺顺,乐升平世。"此集中所无也。①

古词有《元夕·望远行》："又还到元宵台榭,记轻衫短帽,酒朋诗社。烂漫向、罗绮丛中,驰骋风流俊雅。转头是、三十年话。　量减才悭,自觉是、欢情衰谢。但一点难忘,酒痕香帕。如今雪鬓霜髭,嬉游不忺深夜。怕相逢、风前月下。"翁宾旸谓是孙季蕃词,然集中无之。②

在编选《绝妙好词》之外,周密偶有新见,往往录诸《浩然斋雅谈》,是故词话中每有某某"集中无之"等语,可见他有着非常明晰的文献意识和存史习惯。《四库全书总目》也说："密本南宋遗老,多识旧人旧事,故其所记佚篇断阕,什九为他书所不载。"③上引三段关于节令词的文本,与周密一直留心的民俗相关,不但记述与描绘

---

① 《浩然斋雅谈》,第49—50页。

② 《浩然斋雅谈》,第57页。

③ 《四库全书总目》,第1790页。

出极具生活气息的现实场景,也使读者看到词学表现空间拓展的可能。此外,周密在笔记中还记录了宋宫昭仪王夫人在宋亡后所作的一首《满江红》,并附文天祥和词二首、邓郯和词一首。作为亡宋入元不仕的遗民,周密面对这组悲慨之声的回音则是"不着一字":

> 宋谢太后北觐,有王夫人题一词于汴京夷山驿中,云:"太液芙蓉,浑不似、旧时颜色。曾记得、春风雨露,玉楼金阙。名播兰馨妃后里,晕潮莲脸君王侧。忽一声、鼙鼓揭天来,繁华歇。　龙虎散,风云灭。千古恨,凭谁说。对山河百二,泪盈襟血。客馆夜惊尘土梦,宫车晓碾关山月。问姮娥、于我肯从容,同圆缺。"文宋瑞丞相和云:"燕子楼中,又捱过、几番秋色。相思处,青春如梦,乘鸾仙阙。肌玉暗销衣带缓,泪珠斜透花钿侧。最无端、蕉影上窗纱,青灯歇。　曲池合,高台灭。人间事,何堪说。向南阳阡上,满襟渍血。世态便如翻覆手,妾身元是分明月。笑乐昌、一段好风流,菱花缺。"又代王夫人再用韵云:"试问琵琶,胡沙外、怎生风色。最苦是、姚黄一朵,移根丹阙。王母欢阑瑶宴罢,仙人泪满金盘侧。听行宫、半夜雨淋铃,声声歇。　彩云散,香尘灭。铜驼恨,那堪说。想男儿慷慨,嚼穿龈血。回首昭阳辞落日,伤心铜雀迎新月。算妾身、不愿似天家,金瓯缺。"邓光荐和云:"王母仙桃,亲曾醉、九重春色。谁信道、鹿衔花去,浪翻鳌阙。眉锁姮娥山宛转,髻梳坠马云欹侧。恨风沙、吹透汉宫衣,余香歇。　霓裳散,庭花灭。昭阳燕,应难说。想春深铜雀,梦残啼血。空有琵琶传出塞,更无环佩鸣归月。又争知、有客夜悲歌,壶敲缺。"[①]

---

① 《浩然斋雅谈》,第55—56页。

词中"浑不似、旧时颜色""曾记得""繁华歇""龙虎散,风云灭""千古恨""泪盈襟血""人间事,何堪说""满襟清血""世态便如翻覆手""菱花缺""移根丹阙""仙人泪满金盘侧""铜驼恨""男儿慷慨,嚼穿龈血""金瓯缺""夜悲歌""壶敲缺"等语词,都显露出凄凉哀怨的深刻痛楚。周密将之记入词话,正如汪元量以词存史,从情感体验与个人经历方面补《宋史》《元史》之所未及"[1],而其不加评骘,更让人感到一种"无声胜有声"的潜隐力量。

《浩然斋雅谈》中与词有关之文字的文史特性,与周密撰写《武林旧事》的观察角度、叙述方式和写作思路有很大关联。《四库全书总目》这样评价《武林旧事》:"记宋南渡都城杂事。盖密……流寓杭州之癸辛街,故目睹耳闻,最为真确。于乾道、淳熙间三朝授受、两宫奉养之故迹,叙述尤详。自序称欲如吕荥阳《杂记》而加详,如孟元老《梦华》而近雅。……南宋人遗篇剩句,颇赖以存,近雅之言不谬。"[2] 借助文质兼善的《武林旧事》,或许能够还原南宋都城临安的城市形貌、市肆经纪、风俗节物以及市民生活,而以词纪实、以词存史的《浩然斋雅谈》,则可视为一个诱发情感、辅助想象的特别范本。

二、词学批评学问化倾向的流露

历史意识植根于一种宏阔的视野,依赖联系、比较的思维和方法,词学批评中历史意识的浮现,本身亦是其学问化的一种体现。宋人作诗多有以学问成之者,作词亦如此。虽然这种倾向在以《沧浪诗话》为代表的批评话语和观念中未能得到正面肯定,却一贯作为潜流存在。两宋之际,有关词学的记述和评点文本数量渐多,南宋时期在

---

[1] 孔凡礼辑校:《增订湖山类稿》,中华书局,1984年版,第1页。

[2] 《四库全书总目》,第626页。

此基础上凸显出的几部较为深刻的词学理论著述，其背后正伴随着词学批评精致化和学理化的过程。

以"夺胎换骨"为不二法门的江西诗派对"宋诗"之形塑至为重要，其对炼字炼句与推考事典本源的重视及对学问的追尚，甚至影响到词学创作和词学批评。前已论及，以收录诗话为主的《苕溪渔隐丛话》体现出编者胡仔对黄庭坚和江西诗派诗学思想的承继。而在阅读、审览词作之时，胡仔也敏感地注意到他们是如何推敲字句的：

> 《漫叟诗话》云："前人评《杜诗》，云：'红豆啄残鹦鹉粒，碧梧栖老凤凰枝。'若云'鹦鹉啄残红豆粒，凤凰栖老碧梧枝'，便不是好句。余谓词曲亦然，李景有曲'手卷真珠上玉钩'，或改为'珠帘'，舒信道有曲云：'十年马上春如梦。'或改云'如春梦'，非所谓遇知音。"①

杜甫对诗中字句的排布章法当然是特别重视的，上引《秋兴八首》其八中的诗句，同样七字，位置发生改变，句意和境界也随之不同。诗词的句语应当与日常性的字词和事物名称有别，因此熟句中字词的位移，亦能起到境界升华的意外效果。

推敲词句和变换字序，体现了炼字和炼句的过程。《苕溪渔隐丛话》中，时见胡仔或他人为词作改易字句：

> 先君尝云：柳词"鳌山彩构蓬莱岛"，当云"彩缔"；坡词"低绮户"，当云"窥绮户"。二字既改，其词益佳。②

---

① 《苕溪渔隐丛话》前集，第406页。

② 《苕溪渔隐丛话》前集，第407页。

鲁直书荆公集句《菩萨蛮词》碑本云:"数间茅屋闲临水,窄衫短帽垂杨里。花是去年红,吹开一夜风。娟娟新月偃,午醉醒来晚。何许最关情,黄鹂三两声。"因阅《临川集》,乃云:"今日是何朝,看余度石桥。"余谓不若"花是去年红,吹开一夜风"为胜也。①

　　张仲宗有《渔家傲》一词云:"钓笠披云青嶂绕,绿蓑雨细春江渺。白鸟飞来风满棹,收纶了,渔童拍手樵青笑。　明月太虚同一照,浮家泛宅忘昏晓。醉眼冷看城市闹,烟波老,谁能认得闲烦恼。"余往岁在钱塘,与仲宗从游甚久,仲宗手写此词相示,云:"旧所作也。"其词第二句,元是"撅头雨细春江渺"。余谓仲宗曰:"撅头虽是船名,今以雨衬之,语晦而病。"因为改作"绿蓑雨细",仲宗笑以为然。②

宋诗颇尚"理趣",诗中字句与自然、造化、世情不合者多需改换。胡仔的词学思想显然渊源于此。他对考究字词和语句是否在"道理"上妥当兴趣不浅,津津乐道于炼字炼句成功之例。这也是受到熙宁变法以来文人好考经义的余风熏染所致,因而《丛话》中亦多考述词调、词事之源流者:

　　东坡《别参寥》长短句云:(词略)。《晋书》:"谢安虽受朝寄,然东山之志,始末不渝,每形于颜色。及镇新城,尽室而行,造泛海之装,欲须经略粗定,自海道还东,雅志未就,遂遇疾笃,还都寻薨。羊昙为安所爱重,安薨后,辍乐弥年,行不由西州路,尝因大醉,不觉至州门,左右白曰:'此西州门。'昙悲感,以

---

① 《苕溪渔隐丛话》后集,第326页。
② 《苕溪渔隐丛话》后集,第327页。

马策扣扉,诵曹子建诗曰:'生存华屋处,零落归山丘。'因恸哭而去。"东坡用此故事,若世俗之论,必以为谶矣;然其词石刻后,东坡自题云:"元祐六年三月六日。"余以《东坡先生年谱》考之,元祐四年知杭州,六年召为翰林学士承旨,则长短句盖此时作也。自后复守颍,徙扬,入长礼曹,出帅定武,至绍圣元年,方南迁岭表,建中靖国元年北归,至常乃薨,凡十一载,则世俗成谶之论,安可信邪?①

唐初歌辞,多是五言诗,或七言诗,初无长短句。自中叶以后,至五代,渐变成长短句。及本朝,则尽为此体。今所存,止《瑞鹧鸪》《小秦王》二阕是七言八句诗并七言绝句诗而已。《瑞鹧鸪》犹依字易歌,若《小秦王》必须杂以虚声乃可歌耳。其词云:"碧山影里小红旗,侬是江南踏浪儿,拍手欲嘲山简醉,齐声争唱浪婆词。 西兴渡口帆初落,渔浦山头日未敧,侬送潮回歌底曲,樽前还唱使君诗。"此《瑞鹧鸪》也。"济南春好雪初晴,行到龙山马足轻,使君莫忘雪溪女,时作阳关肠断声。"此《小秦王》也。皆东坡所作。②

对于尚无确切答案和多种说法并存之题,胡仔宁可存疑不作决断,或以兼呈俟考的方式处理,这也显示南宋时期的词学批评逐渐走上理论化与系统化之途。试读二例:

《西清诗话》云:"南唐后主,围城中作长短句,未就而城破:'樱桃落尽春归去,蝶翻金粉双飞,子规啼月小楼西。曲栏金箔,

---

① 《苕溪渔隐丛话》后集,第322—323页。
② 《苕溪渔隐丛话》后集,第323页。

惆怅卷金泥。门巷寂寥人去后，望残烟草低迷。'余尝见残稿点染晦昧，心方危窘，不在书耳。艺祖云：'李煜若以作诗工夫治国事，岂为吾虏也。'"苕溪渔隐曰："余观《太祖实录》及《三朝正史》云：'开宝七年十月，诏曹彬、潘美等率师伐江南，八年十一月，拔升州。'今后主词乃咏春景，决非十一月城破时作。《西清诗话》云后主作长短句，未就而城破，其言非也。然王师围金陵凡一年，后主于围城中春间作此诗，则不可知，是时其心岂不危窘，于此言之乃可也。"①

《古今诗话》云："江南成文幼为大理卿，词曲妙绝，尝作《谒金门》云：'风乍起，吹皱一池春水。'中主闻之，因案狱稽滞，召诘之，且谓曰：'卿职在典刑，一池春水，又何干于卿？'文幼顿首。"又《本事曲》云："南唐李国主尝责其臣曰：'吹皱一池春水，干卿何事？'盖赵公所撰《谒金门》辞有此一句，最警策。其臣即对曰：'未如陛下小楼吹彻玉笙寒。'"若《本事曲》所记，但云赵公，初无其名，所传必误。惟《南唐书》与《古今诗话》二说不同，未详孰是。②

与之前不少词话和词学批评侧重本事的传奇性不同，《苕溪渔隐丛话》对传播与词学有关的故事并不十分在意，而愿意将更多的注意力放在考索事实真相上，一旦缺失必要证据和判断依据，胡仔便"置之勿论"。《苕溪渔隐丛话》也因此更具史料价值和科学精神。③

---

① 《苕溪渔隐丛话》前集，第 406—407 页。
② 《苕溪渔隐丛话》后集，第 318 页。
③ 朱崇才即以南宋中后期词学考证的兴起和词籍序跋的兴盛为例，证说当时"以学问为词"的风气。详参《词话史》，中华书局，2006 年版，第 101—113 页。

第三章　形态与内涵研究：词学批评的文本属性 | 115

　　宋元之交是历史、社会和文化的转型时期。其间由宋入元的文人儒生，也经历了家国身世的巨变。宋亡后，他们中不少以遗民自居，隐逸终老，有些则出任文职，整理故典、校考文献、讲学授徒。其中才学卓荦的刘壎即是一位身跨宋元二朝的文士。刘壎，字起潜，号水村，江西南丰人，刘镗之侄，南宋理宗嘉熙四年（1240）生，少负诗名，综览群经，咸淳六年（1270）开馆授学，元武宗至大四年（1311）为南剑州学官，年七十后，始迁延平教授，元仁宗延祐六年（1319）卒于家。作为一位名儒，刘壎著述甚多，有《水云村稿》十五卷等，其文学思想与礼乐思想多蕴于《隐居通议》，四库馆臣则谓此书"于征文考献，皆为有裨"①。

　　刘壎论词的观点与其诗学思想颇为类似，即折衷辩证。晚宋以来的诗家在探索和效仿前人作法之时，逐渐悟会唐、宋诗文之别，实际是两种视角、两种心理和两种文化之别。后世关于宗唐、宗宋及唐型文化、宋型文化之论由此肇始。当时诗家不仅作诗时各有偏尚，更在诗话、词话、文话中或自觉或未自觉地表达出对唐、宋两种不同的形式与内涵的取舍态度。与其时力主宗唐之风不同的是，"折衷唐宋"是刘壎文学思想的精核。他"既推崇黄庭坚、陈师道，又倡'生人性情'"②。这种折衷的观念本身虽不具有鲜明特点，但在当时批评语境中却有着矫枉的意义。

　　《隐居通议》之中，刘壎时常将诗词置于一处论述，因此其诗学思想与词学思想多在同一语境呈现，这种"折衷"之感也更能表达透辟。不过，与诗学的"折衷唐宋"不同，刘壎的词学思想折衷的"二元"范围更广，比如诗词的不同特质、词的艺术情趣与道德内涵等：

---

① 《四库全书总目》，第1049页。

② 《宋金元文学批评史》，第981页。

世言杜子美长于诗,其无韵者,辄不可读。曾子固长于文,其有韵者,辄不工。东坡词如诗,少游诗如词。此数公者,皆名儒大才,俱不免有偏处。①

这段文字实由秦观、陈师道之语翻出。秦论载于《苕溪渔隐丛话》前集卷九:"人才各有分限,杜子美诗冠古今,而无韵者殆不可读;曾子固以文名天下,而有韵者辄不工:此未易以理推之也。"②陈论则见于《苕溪渔隐丛话》卷三十八:"世语云:苏明允不能诗,欧阳永叔不能赋;曾子固短于韵语,黄鲁直短于散语;苏子瞻词如诗,秦少游诗如词。"③不同的是,秦观之说点出了杜诗和曾文中"别体"的"异质性",并没有加以解释,只是以"未易以理推之"作结;陈师道列举诸家短处,更无论述;刘壎提出了相似的观点,并由诗、文之别延伸到诗、词之别,关注到不同文体间的差异,也体察到其间联系及相通性,至于最后用以评点的"不免有偏处"几字,则是对"东坡词如诗,少游诗如词"显示失望的同时,表达欲调和短长的期望。这种语调亦见于刘壎论李、杜、苏、黄诗文之相通处:

少陵诗似《史记》,太白诗似《庄子》,不似而实似也;东坡诗似太白,黄、陈诗似少陵,似而又不似也。④

作为受江西派熏染的诗文家,刘壎一生最为服膺的是杜甫、黄庭坚和陈师道,甚至论文亦有"江西体"的提法。因此,他对于杜

---

① 〔元〕刘壎:《隐居通议》,商务印书馆,1937年版,第191页。
② 《苕溪渔隐丛话》前集,第55页。
③ 《苕溪渔隐丛话》前集,第255页。
④ 《隐居通议》,第55页。

诗与《史记》之"似",实际是称赏极甚的。由此也可见刘壎本来认可"东坡词如诗、少游诗如词",故"不免有偏处"的"不免"二字,在惋惜之外,尚有可以探寻的深意在焉。

又如其论利登之词:

> 《水调》曰:"相聚不知好,相别始知愁。笋与伊轧穿尽,斜照右平洲。今夜荒风脱木,明夜山长水远,后夜已他州。转觉家山远,何计去来休。　　酒堪沽,花可买,月能留。相思酒醒,花落五更头。长记疏梅影底,一笛紫云飞动,相对大江流。此别无一月,一月一千秋。"此词极涵婉沉细。其自况词有云:"花外潮回,剑边虹去,抚寒江千里。"意气又豁然矣。赋《虞美人·草》云:"当时养士知何许,总把降幡去。汉家王气塞乾坤,一树盈盈不为汉家春。"意度弥佳。他词盈帙,丽语层出,但儿女情多,终伤正气耳。①

刘壎以利登的一首《水调歌头》和自况词为例,辨明"涵婉沉细"和"意气豁然"两种不同的情致。它们同出于一人之手,看似矛盾,其实却属正常,也是可以理解的。刘壎对此认知感到兴奋,又在其后拈出利登的《赋虞美人草》,指出其"意度"高妙。实际上,"意度"作为一种品评人物而后移诸论文的范畴,其本身意义空间阔大,也恰好可以包纳"涵婉沉细"和"意气豁然"两类美感特质于其中。

上引论述末尾,刘壎以"丽语层出,但儿女情多,终伤正气"作为利登词的总评,饶有意味。"丽语"系于词的语言形式层面,而"儿女情"则在情感范畴,本属超脱于形式的风格层面。"正气"与前二

---

① 《隐居通议》,第100页。

者又不一样，已非专论文学，而直入道德领域。刘壎以学正、教授终其业，大半生涯在江西度过，颇受当地名儒陆九渊学说影响。陆学亦往往将知识技能技巧都归入道、艺两部，强调以道为主、以艺为辅，艺的功用在于辅助对道的深入体会，以此自观心中良知良能。论词之际，刘壎或也不自知地带入此类观念，因此在品析利登词"丽语层出，儿女情多"的特质之时，仍不忘慨叹其"终伤正气"。这也分明可见，对艺术趣味和道德内涵加以"折衷"的思想贯穿刘壎品词与论词的始终。

包弼德（Peter Bol）在研究理学如何对读书人产生影响之时，指出它既是一种学说立场，也是一种身份认同甚至社会运动。[①] 刘壎作为一个颇具理学底色的批评家，他的词学思想带有不少较之"学问化"更进一步的学理化的理想形式。对此也该看到，词学批评的话语形态是刘壎主动进行身份确证的媒介——至于诗学批评，则更为明显。同时，刘壎这种带有学理烙印的折衷辩证思想，在当时的批评史观照下自有一种近乎"运动"的意义。也正因此，他的很多批评旨趣看似"摇摆"于多元之间，甚至"颇为含混"，"语焉不详，使人有难以揣度之感"[②]。不管怎么说，一个应当承认的事实是，简略的批评话语的确难以尽显和表明蕴藏其后的观念，有关思想内涵的研究需要多重形态文本的交互参证,南宋时期词学批评自然不乏"近雅"者，而在此基础上能得"加详"，或许更有利于文体的突破和意识的超越。

[①] 《历史上的理学》，第96—98页。

[②] 《宋金元文学批评史》，第981页。

第四章　表现研究：
南宋词"变"与"深"的词学特质

　　从南宋时期的词学批评来看，苏轼进行词体改造的部分意义已被发现、接受和认知，"以诗为词"对词之雅化进程的推动作用甚至有被过度强调的状况。从同一时期词坛风貌来看，苏学后劲也在尝试从各个方面继承苏轼作词"变"的手法和思想。如张孝祥（1132—1170）和张元干（1091—约1161）即是其中的翘楚，他们将对家国、身世、时局、人情的复杂情感写入词中，词风或忠愤悲慨，或萧飒凄壮，使词晕染上了浓郁的时代特色，将词的"变体"导入豪放一途。① 而苏轼拓展词境的理想，也在二张这里因为注入新的历史话语与情愫，得以变化发展。

---

① 最早将词别为豪放、婉约二体的，是明代张綖的《诗余图谱》，文称："词体大略有二：一体婉约，一体豪放。婉约者欲其辞情酝藉，豪放者欲其气象恢弘……大抵词体以婉约为正。"诗学上的"豪放"，早在《二十四诗品》中即被拈出。虽然宋代就有以苏轼为豪放词之代表者，但一般认为苏词的风格特征主要还是旷达。比如王国维说："东坡之词旷，稼轩之词豪。无二人之胸襟而学其词，犹东施之效捧心也。"又如辛更儒指出，苏辛之别的根本在于历史环境之不同："辛虽以豪放悲壮为主，但兼具多种风格，而苏词则以旷放为宗。苏辛风格不同实由所居时移世变决定。辛弃疾既以歌词为武器，反映抗金报国重大主题思想和爱国志士壮志难酬的悲剧坎坷遭遇，其境界之阔大雄奇，其气势之郁勃激荡，当非以词为自遣之具的苏轼所能比拟。"详参《辛弃疾词选》，中华书局，2005年版，第8页。基于此，我们可以讲，张孝祥和张元干才是为豪放词构设基本风格和基础者。

本书第一章提到，真正将缘情之词用以言志者，还是上承二张的辛弃疾，南宋词"变体化"的发展，也因辛弃疾稼轩词的出现而显示出巨大的魅力和争议性。稼轩词运用比兴手法创造出许多震撼人心的物象和事象，以寄托他跌宕不凡的身世经历、桀骜不屈的文化人格、高远雄大的政治理想和激愤苍凉的情感状态。应当意识到，"大"而"变"的稼轩词在意象构设方面，与"秀"而"深"的南宋咏物词颇有近似之处，分析这两种不同表现背后的词学思想异同，或对理解南宋词学之"极其变"和"极其深"的特点不无裨益。

　　"极其变"与"极其深"之说，源自王国维引朱彝尊词话："词家时代之说，盛于国初。竹垞谓：词至北宋而大，至南宋而深。"[①]朱氏《词综·发凡》原文谓："世人言词，必称北宋。然词至南宋，始极其工，至宋季而始极其变。"[②]王国维的《人间词话》对南宋词带有不小偏见，但他对朱彝尊所论之"误记"却有其原因——朱氏认为南宋词"极其工"是基于词的作法而言，王氏所称之"大""深"是就词境而言，"工"是达到"深"的手段和途径，"深"是"工"的必然结果。在朱彝尊看来，韩愈所说的"欢愉之言难工"与词并不相契，词多是欢愉之辞，"工者十九"，而言愁苦能工者则极少。[③]他还认为学作小令当以北宋词人为师，学作慢词则应效法南宋词家。[④]事实上，南宋词之所以呈现出"深"的总貌，正是因为

----

① 彭玉平指出，王国维是针对以朱彝尊为代表的浙西词派"家白石而户玉田"来提出反面意见的，不仅从作法上贬低，更要在理论主张上进行批判，因此他虽然不认可与朱彝尊意见相左的周济等人的创作水准，但认为他们尊北宋贬南宋的理论富有真知灼见。详参《人间词话疏证》，中华书局，2011年版，第263—266页。

② 屈兴国，袁李来点校：《朱彝尊词集》，浙江古籍出版社，2011年版，第391页。

③ 详参《紫云词序》，《朱彝尊词集》，第406页。

④ 详参《鱼计庄词序》，《朱彝尊词集》，第408页。

相较北宋词而言，慢词尤多；也由于时代变化，使以往"欢愉之言"的浅斟低唱不再成为主流，词人们围绕着身世家国，或为曲婉低回的抒情，或为高疾宏亮的言志，从而在不同层面构设和营造出"深"境。根据上述历史和理论背景，本章将从"变"和"深"的角度着眼，探索稼轩词和南宋咏物词的表现手法及其蕴含的词学思想。

第一节 "极其变"："以文为词"及稼轩词的"象"与"事"

前人将李清照（号易安）和辛弃疾（1140—1207，字幼安）并称为"二安"，当然主要考量的是二人皆为山东济南籍词人，字号中都有"安"字。[①] 不过支持这种并称的依据似乎非仅如此，仔细了解和分析他们的人生境况和文学情感，会很明显地感受到"二安"共有的那股郁勃不平之气。

生于金国的辛弃疾，自幼受家庭影响，祖父辛赞的精神气质对之濡染尤甚。辛赞虽出仕于金，却不忘家国，因身心之间巨大矛盾而蕴生的激愤情怀，感染了自小随其读书的辛弃疾。正如辛弃疾在《美芹十论》开篇自述那样："臣之家世，受廛济南，代膺阃寄，荷国厚恩。大父臣赞以族众拙于脱身，被污虏官，留京师，历宿亳，涉沂海，非其志也。每退食，辄引臣辈登高望远，指画山河，思投衅而起，以纾君父所不共戴天之愤。"[②] 可以说，"君父所不共戴天之愤"就是辛弃疾一生之愤，而"纾君父所不共戴天之愤"，则是辛弃疾一生的

---

① 王士禛在《花草蒙拾》中称："婉约以易安为宗，豪放为幼安称首，皆吾济南人，难乎为继矣。"详参《丛书集成续编》，集部第164册，上海书店出版社，1994年版，第24a页。

② 〔明〕黄淮、杨士奇编：《历代名臣奏议》，上海古籍出版社，2012年版，第1281页。

理想与志业。

然而遗憾的是，类似苏轼"一肚皮不合时宜"，辛弃疾收复失地的理想并不与统治者的主流想法契合，而他"归正人"的身份犹如面颊上的一道刺文，似乎总向人们提示着他政治上的"不可靠"。因此，不管辛弃疾是在"隆兴和议"后条陈卓有见识的国策，还是每每在被安排管理民政、平定内乱时均有卓越表现和成绩，他都始终无法得到南宋朝廷重用，甚至稍有差池，立遭弹劾罢官，遑论筹措抗金、率军杀敌。及其晚年，终有权相韩侂胄起用大批主战人士，辛弃疾预其事尚未成，又遭弹劾；开禧三年（1207），韩侂胄再欲对金国用兵，辛弃疾力辞不就试兵部侍郎之职，未几病逝。即使如此，在韩侂胄被史弥远设计杀害、"开禧合议"成事后，竟有人追劾辛弃疾迎合韩侂胄开边之罪。起伏不定的人生际遇、无可实现的报国理想与辛弃疾所经历的那个充满动荡、危机和变数的时局，造成了他悲剧性的人生。而他的苦痛、愤懑和悲怀，不得不以一种特殊的方式宣泄，因此留下了至今可见的六百二十余阕"稼轩体"词。

一、"以文为词"对"以赋为词"和"以诗为词"的超越

以比较传统的观念来看，词与诗、文相比，固然是一种边缘的文体，即使对词体有明晰认知和定位的李清照，也不讳言词并不高贵的出身。辛弃疾在政治上的边缘身份使他有意选择词体进行创作，纾解苦闷和压抑；同时，由于辛弃疾曾因作诗触犯当局之忌而引来麻烦，故转而多番利用人所轻视的词体抒怀。试看其赠门人范开的一首《醉翁操》：

> 长松，之风。如公，肯余从，山中。人心与吾兮谁同？湛湛千里之江，上有枫。噫送子于东，望君之门兮九重。女无悦己，

谁适为容？　不龟手药，或一朝兮取封。昔与游兮皆童，我独穷兮今翁。一鱼兮一龙，劳心兮忡忡。噫命与时逢。子取之食兮万钟。①

词前长序云："顷予从廓之求观家谱，见其冠冕蝉联，世载勋德。廓之甚文而好修，意其昌未艾也。今天子即位，覃庆中外，命国朝勋臣子孙之无见任者官之；先是，朝廷屡诏甄录元祐党籍家：合是二者，廓之应仕矣。将告诸朝，行有日，请予作歌以赠。属予避谤，持此戒甚力，不得如廓之请。又念廓之与予游八年，日从事诗酒间，意相得欢甚，于其别也，何独能恝然。顾廓之长于楚词而妙于琴，辄拟《醉翁操》，为之词以叙别。异时廓之绾组东归，仆当买羊沽酒，廓之为鼓一再行，以为山中盛事云。"② 按，廓之即范开表字。序中"属予避谤，持此戒甚力，不得如廓之请"甚可注意。淳熙十六年（1189）二月，宋光宗受禅，此后再次甄别元祐党人。虽然这对身为北宋元祐党人范祖禹后人的范开来说有利，但久见政坛波谲云诡的辛弃疾仍然不敢掉以轻心而破"诗戒"，因此就有了这篇采用楚辞体句法写成的特殊词作。其实，早在淳熙九年（1182）所作一首词的序中，辛弃疾就提到"余诗寻医久矣"③的境况——当年，苏轼受乌台诗案之累发出"避谤诗寻医"的无奈感叹，在辛弃疾的政治生涯和文学书写中得到了再现和共鸣。

回看这首《醉翁操》，很能体现辛弃疾"以文为词"的作法。其下语甚硬，既有明白如话的句子，又含有不少典故，比如"长松之风"

---

① 邓广铭笺注：《稼轩词编年笺注》（增订本），上海古籍出版社，1993年版，第263页。
② 《稼轩词编年笺注》（增订本），第262页。
③ 《稼轩词编年笺注》（增订本），第135页。

借用《世说新语》中"长松下当有清风"之语,谓范开品质高洁;"人心与吾兮谁同""湛湛千里之江,上有枫""望君之门兮九重"则为《楚辞》语句的化用,分别来自《抽思》的"何灵魂之信直兮,人之心不与吾心同"、《招魂》的"湛湛江水兮上有枫,目极千里兮伤春心",以及《九辩》的"岂不郁陶而思君兮,君之门以九重"。《诗经》也成为辛弃疾词句借用和加以转换的对象,"女无悦己,谁适为容"用《卫风·伯兮》中的诗句,"劳心兮忡忡"则出自《召南·草虫》。此外,《庄子》和《孟子》中"不龟手药"和"食万钟"的典故,也被辛弃疾运用得恰到好处。短短一阕小词,转化了来自"四部"的文化资源,有描述、有慨叹、有对话、有抒情,腾挪变幻,新鲜活泼,充分体现了辛弃疾驾驭语言、驱遣文史的高超艺术腕力和特殊创作思维。

为"避谤"而戒诗作词的辛弃疾,显然无法满足于本色词体的规约。相比"曲子中缚不住"的苏轼而言,辛弃疾改造词体的要求更为迫切和强烈。《醉翁操》采用的是楚辞体句法,这固然缘于酬赠对象范开"长于楚词而妙于琴",以楚辞体作词能够表明一种亲近和尊重,但更当意识到这是稼轩词中的重要一类。每当辛弃疾以楚辞体作词,往往还要在词序中特别说明,以示"有意为之"。如用《天问》体所写《木兰花慢》:

> 可怜今夕月,向何处,去悠悠?是别有人间,那边才见,光影东头?是天外空汗漫,但长风浩浩送中秋?飞镜无根谁系,姮娥不嫁谁留? 谓经海底问无由,恍惚使人愁。怕万里长鲸,纵横触破,玉殿琼楼。虾蟆故堪浴水,问云何玉兔解沉浮?若道都齐无恙,云何渐渐如钩?[①]

[①] 《稼轩词编年笺注》(增订本),第408页。

小序云:"中秋饮酒将旦,客谓前人诗词有赋待月,无送月者,因用《天问》体赋。"[1] 这首词作一反中秋诗词怀人思乡的套路,仿照《天问》通篇发问,接连提出九个问题而无一回答,相当罕见。从章法来看,上下片所承担的基本的叙述与抒情功能虽未得发挥,但全篇一气贯注,达到了浑成的效果。

又如状写怪石之《山鬼谣》词:

问何年此山来此?西风落日无语。看君似是羲皇上,直作太初名汝。溪上路,算只有红尘不到今犹古。一杯谁举?笑我醉呼君,崔嵬未起,山鸟覆杯去。　　须记取:昨夜龙湫风雨。门前石浪掀舞。四更山鬼吹灯啸,惊倒世间儿女。依约处,还问我:清游杖屦公良苦。神交心许。待万里携君,鞭笞鸾凤,诵我远游赋。[2]

词前原序云:"雨岩有石,状怪甚,取《离骚》《九歌》,名曰山鬼,因赋《摸鱼儿》,改今名。"[3] 因知所谓"山鬼谣",乃辛弃疾专为此词内容改"摸鱼儿"之名所成者。词上片仿《山鬼》内心独白式的叙述,下片则变静为动,由远处及近处,由虚渺的上古回归目见的当下,亦见新奇之致。

又如"用些语再题瓢泉"的《水龙吟》:

听兮清佩琼瑶些。明兮镜秋毫些。君无去此,流昏涨腻,生蓬蒿些。虎豹甘人,渴而饮汝,宁猿猱些。大而流江海,覆舟如芥,

---

[1] 《稼轩词编年笺注》(增订本),第408页。
[2] 《稼轩词编年笺注》(增订本),第176页。
[3] 《稼轩词编年笺注》(增订本),第176页。

君无助,狂涛些。　路险兮山高些。块予独处无聊些。冬槽春盎,归来为我,制松醪些。其外芳芬,团龙片凤,煮云膏些。古人兮既往,嗟予之乐,乐箪瓢些。①

此处"些"读 suò,是楚辞《招魂》中句末的助词。《招魂》为模仿民间招魂习俗写成的长篇招辞,从自叙过渡到招魂,呼唤楚王的灵魂回到楚国来。蒋之翘《七十二家评楚辞》引李贺语云:"宋玉赋当以《招魂》为最幽秀奇古,体格较骚一变。"又引孙鑛语云:"构法奇,撰语丽,备谈怪说,琐陈缕述,务穷其变态,自是天地间瑰玮文字。"②辛弃疾的这首《水龙吟》,足可称作是"对模仿的模仿",也是"变体中的变体"。

"变"得高明,当臻于浑化之境,使人难以察觉熔裁雕摘的痕迹。辛弃疾熟诵《离骚》,不但作词时能够任意模仿,更在抒怀时自然表现出与屈原近似的精神心理,词句化用语典也并不生硬、不显张扬。如其《千年调》咏开山径得石壁事:

左手把青霓,右手挟明月。吾使丰隆前导,叫开阊阖。周游上下,径入寥天一。览玄圃,万斛泉,千丈石。　钧天广乐,燕我瑶之席。帝饮予觞甚乐,赐汝苍璧。嶙峋突兀,正在一丘壑。余马怀,仆夫悲,下恍惚。③

辛弃疾因在瓢泉附近开山得见石壁,由此展开一段浪漫的想象,与屈原在《离骚》的后一部分产生了情感的呼应——或者说辛弃疾对

---

① 《稼轩词编年笺注》(增订本),第355页。
② 杨金鼎主编:《楚辞评论资料选》,湖北人民出版社,1985年版,第559页。
③ 《稼轩词编年笺注》(增订本),第513—514页。

屈原的同情已经成为思考创作的惯性。在《离骚》中，屈原上叩"天阍"，遭到冷遇；下求宓女宓妃、有娀氏女和有虞之二姚，也均落空；复寻神巫灵氛占卜，灵氛劝他去国远游，巫咸则劝其暂留楚国以待明君；屈原犹豫不决，最终决心"从彭咸之所居"，一死以殉其"美政"理想。《千年调》中，"叫开阊阖""览玄圃"等与《离骚》取意相同，最后三句也化用"仆夫悲余马怀兮，蜷局顾而不行"，自言美梦惊醒，悲伤惆怅，于是辞别天宫回返尘世。裁剪变化之间，虽然气势奇崛雄伟，却能将《离骚》采摘得不着痕迹，的为佳制。

上引数阕拟楚辞体的词作，虽然不能代表辛弃疾词学创作的最高成就，却可以直观呈现"以文为词"的手法与思路。与作为韵文的诗相比，"文"是一种未经声乐加工的文体，与多数为齐言的诗各具不同的美感；而词则多为长短句，形式上较"文"为近，只需在韵律上稍作修饰，则更容易呈现"文"的形态和美感。詹安泰指出，词体的发展从小令至于慢词，体量、内容逐渐扩大，"自议论之词兴，取材乃愈益复杂，经史诸子以至佛典、小说，亦在所猎取之列矣。词而至于可以议论出之，乃不得视为小道，而足与诗、文并驾矣"。[①] 在詹氏看来，词取资于诗歌，仍为抒情，词采仍美，感人仍深，但散文化的词则加入了很多非纯文学所独具的功能与意义，词采便非全为美者，"故取资于诗歌者，词之正也；取资于经、史、诸子及其他杂书者，词之变也"。[②] "以文为词"和"以诗为词""以赋为词"是词学史上的一组重要概念，相对后两者，"以文为词"之于词体具有程度更高的"变"态。

本书第一章已指出，由于《词论》的论辨，"正体"和"变体"

[①] 汤擎民整理：《詹安泰词学论稿》，广东人民出版社，1984年版，第158页。

[②] 《詹安泰词学论稿》，第158—159页。

的区别逐渐清晰,"本色化"和"变体化"成为描述南宋词学"雅化"进程所可能梳理的路径。① "以诗为词"是词的重要"变体"而非"词之正也","以文为词"则是"极其变"的体现。相反,"以赋为词"谨守词的抒情本色,与"以诗为词"和"以文为词"有着根本的区别。柳永和辛弃疾可视为"以赋为词"和"以文为词"的代表。如对这两种作法及此二家词作稍加比较,不难发现:就体性而言,前者尚属"本色",后者则为"变体";就功能而言,前者多以抒情,后者于抒情外,尚堪言志与叙事;就主题而言,前者集中于情感体验,所涉皆他(她)与我,后者落在家国身世之上,兼涉历史与现实;就章法而言,前者多实,后者则虚实结合;就音乐性而言,前者较后者为强;就物象特点而言,前者往往有类型化的倾向,后者颇见新奇性;就意象特点而言,前者模糊,后者明晰;就行文手法而言,前者多白描、铺陈,后者则叙议结合;就用典而言,前者明显少于后者;就写作和结构特点而言,前者多属程式化的铺叙展衍,后者则腾挪变幻,随意性强;就美感形式而言,前者柔美,后者壮美;就表现手法而言,前者自是以赋为主,后者尤多用比、兴。可以认为,"以赋为词"者缺少跳脱词学旧传统并对之改革的欲望和动机,而"以文为词"和"以诗为词"则蕴含了强烈和明确的革新意识。

辛弃疾之"以文为词",早在南宋时期就已被人们所注意,如陈模在《怀古录》中评其"乃是把古文手段寓之于词"[②]。同样是词之变

[①] 木斋认为,雅俗消长难以描述后苏轼时代的词学发展态势,"东坡体处于由俗而雅的变革时期,故其地位易于确立,而稼轩词派则处于雅格词派的深化期,词史发展到稼轩体时代,最为重要的使命应该是设法区别稼轩体和白石体同样是词的两大派系"。详参《宋词体演变史》,中华书局,2008年版,第228页。本书的观点则是,稼轩体是"变体化"发展到极致的标志,而白石体则统一了"本色化"和"变体化"的矛盾。

[②] 《稼轩词编年笺注》(增订本),第599页。

体,"以文为词"与"以诗为词"的区别,或曰前者对于后者的超越之处,值得讨论。所谓"以诗为词",是指将诗的表现手法移之于词。以苏轼词作为例,可从其修辞方法、表现内容、承担功能和形式变化几个层面来讨论"以诗为词"的内涵。首先,苏词尝试用诗句入词的方法作词,比如增减前人诗句或全用前人成句,以及檃括前人诗作和词作,著名者如《水调歌头》(昵昵儿女语),几乎全从韩愈《听颖师弹琴》翻出,在词中大量运用典故也使词意分外厚重,具有诗的言外之旨。其次,苏词促使词从花间樽前走出,面向山川江海、台阁以及天地、人生,宋诗所表现的理趣也被他借用词来表达。再次,由于表现内容的变化,词更承担起了应歌、应社之外的言志功能,不再纯粹作为一种代言,而是缘事而发、因时而作的文体。最后,苏轼还发展了词序的形式,使长于抒情、不宜叙事的词在便于交代写作时地和创作缘起的同时,审美内涵得以丰富和深化。

至于辛弃疾的"以文为词",不仅具有上述"以诗为词"的所有特点,更且有全词皆用经史诸子中词句及全篇为散文之体者,其怪诞奇崛,莫可名状,似唯有韩愈险峭涩辣的"以文为诗"可与比拟。试看此例:

> 池上主人,人适忘鱼,鱼适还忘水。洋洋乎,翠藻青萍里。想鱼兮、无便于此。尝试思,庄周正谈两事。一明豕虱一羊蚁。说蚁慕于膻,于蚁弃知,又说于羊弃意。甚虱焚于豕独忘之。却骤说于鱼为得计。千古遗文,我不知言,以我非子。 噫。子固非鱼,鱼之为计子焉知。河水深且广,风涛万顷堪依。有网罟如云,鹈鹕成阵,过而留泣计应非。其外海茫茫,下有龙伯,饥时一啖千里。更任公五十犗为饵。使海上人人厌腥味。似鲲鹏、变化能几。东游入海此计,直以命为嬉。古来谬算狂图,五鼎烹死,

指为平地。嗟鱼欲事远游时。请三思而行可矣。[1]

明人毛晋跋六十家词本《稼轩词》有云："宋人以东坡为词诗,稼轩为词论,善评也。"[2] 上引《哨遍》正是一阕议论之词。按照一般论文的行文方式,辛弃疾在上片借《庄子》"于鱼得计"指出问题所在,又虚言自己并非庄子,搁置议题,至下片才用两段论述阐述"鱼计"问题,结末五句分析现实并提出建议。此词全篇几乎毫无"词意",均用散行单句,大量使用虚词如"乎""兮""却""之""而""其""更""矣",这些都是"文"的书写方式,非属诗词的话语体系,辛弃疾毫不避忌,这固然有"以文为戏"的成分,但更可贵的是他尝试深化"变体"的主动性。辛弃疾思辨能力极强,又兼熟稔实务,这些无不是稼轩词文法凸显、论点突出的原因,而他在现实世界中的愤懑不平,也催使他用词来表达词当干预时政、疏导人情的理念。在这两种情况作用之下,辛弃疾主动尝试、积极实践的"以文为词"也呈现出一种"后设性",即他在对古典进行演绎、变翻、模拟的时候,作为叙述者或抒情者的自我与前者产生了交融或背忤,稼轩词由此成为"关于文学的文学"。[3] 而辛弃疾在作词过程中,犹能跳出文本的叙事抒情框架,对自我的书写表达期许和规定,使其词又成为"关于词的词"。[4] 这

---

[1] 《稼轩词编年笺注》(增订本),第485页。
[2] 《稼轩词编年笺注》(增订本),第601页。所谓宋人之评,当指《怀古录》所引潘访言"东坡为词诗,稼轩为词论"。
[3] 这里包括辛弃疾对以往虚拟故事的借用和化用,以此构成对自己的词的虚构的指涉;此外还包括他对与之创作意识与方式类似的韩愈的模拟,使得两种传统和现实的对话在词中呈现,甚至有九十多首词一百余处直接用到韩愈诗文。
[4] 辛弃疾没有单独的词论,但往往在词作中提出对词的看法,但这些词又非"论词词",因此可视为"关于词的词"。

些都是"以文为词"的稼轩体超越以往词体旧式之所在。

二、兴"象"与兴"事"背后的生命寄托和政治隐情

詹安泰提出,辛弃疾的"以文为词"化用经史诸子小说,使词可以议论出之,是对词体的重要变革,既是词体之尊,也是词体之坏。① 对此说法,宜当有所辨析:首先,稼轩词之尊体,非一味避忌词之"本色",而是一种呈现为复杂动态的行为——随着辛弃疾政治处境和心态的变化,他对词的看法和利用方式也有所不同。其次,"词体之坏"的说法亦有待商榷,文体的发展由于众多参与其事者禀赋、手段和观念有所差异,因此并不表现为一成不变的态势。而词作为一种既是创作主体借以抒情、又在特殊场合承担社会功能的文体,其与外在的时代同步变迁的程度就更为明显,即使稼轩词"以文为词",它仍是词,而不是诗,也不是文,更不是曲。若言词因在音乐性上有所缺失与不足而导致词体之"坏",那么责任更不当归于辛弃疾一人。自北宋晚期以来词的"雅化"进程,本身即伴随着词体逐渐脱离音乐的过程,这个层面的"词体之坏",实是历史自然的选择和结果。② 本节关注的是稼轩词学思想及其表现,故以下仅就上述第一个问题展开讨论。

辛弃疾对词体的态度复杂,上文已经谈到,在以诗文触及权贵引来祸害之后,辛弃疾是以作词来保持"诗戒"的,在他和时人的意识里,词这种边缘文体无关国政王事,非属"危险文学"范畴,不致引发矛盾和险情。因此,辛弃疾得以在词这一领域开辟出许多瑰奇曼妙

---

① 《詹安泰词学论稿》,第158页。

② 也有学者根本否定了词是音乐文学,认为词体之成为体是在于其"律",并声称"将词视为隋唐燕乐的音乐文学是20世纪词学研究中的一个根本性大失误"。详参洛地:《词体构成》,中华书局,2009年版。

的世界,既足以寄情山水,亦可以针砭时弊,还能够思接千载,将政治抱负化为雄伟的想象。辛弃疾几乎全以词来书写自己一生重要的经历和生活、思想和感慨——他有苏轼的不凡遭际和豪雄气概,而无苏轼在文章之外以余力作词的态度;他有柳永"专力填词"的取径,而殊少其"剪红刻翠""浅斟低唱"的内容。正如辛弃疾在词中所说,"须作猬毛磔,笔作剑锋长","写尽胸中,块垒未全平"。稼轩词的这种表达及其词学思想的如斯呈现,正基于强烈的生命精神和寄托以及幽微的政治隐情,而展现此寄托和隐情并使之具体形象而生动感人的,则是稼轩词中奇特的"象"与"事"。

"兴象"作为一种诗学概念,原为唐人殷璠提出,强调诗中艺术形象之丰富及其与诗人情志的密切关系。由此"兴",而使独立的物象与诗人产生了联系与共振,从而融合为一。"兴"起源甚早,是为《诗经》"六义"之一。[①]孔子谓"兴于诗",又云"诗可以兴",足见古典文学的感发特质。陈世骧在研讨中国文学的起源和特性时,特别注意到"兴"的含义,既有"复沓""叠覆""反复回增"的形式,又有"文已尽而意有余"的效果,且能"结合所有《诗经》作品的动力,使不同的作品纳入一致的文类,具有相同的社会功用和相似的诗质内蕴"。他还从文字学和文化人类学的角度,指出"兴"是初民合群聚物旋游时所发出的声音,带着神采飞逸的气氛,又引据和比较了察恩伯爵士(Sir Edmund K. Chambers)关于"繁衍是群众欢舞的中心精神"等观点,认为女性在中国早期诗歌中的地位崇高,反映的

[①] "风雅颂赋比兴"被周礼称为"六诗",毛诗则称为"六义",孔颖达疏解释"赋比兴"是诗之"所用","风雅颂"是诗之"成形"。可见,"兴"主要指的是文学表现手法。朱熹云:"兴者,先言他物以引起所咏之词也。"比较明晰地确认了"兴"具体的作法。详参《诗集传》,中华书局,1958年版,第1页。

是古老诗歌形成的典型。①这些讨论和描述使得"兴"更加生动、具体、可感,因此不仅宜乎借助"兴"来理解稼轩词中的"象",更当以之理解其中的"事"——传统的"用事"一词已不足以说明稼轩词事典背后的生命力量和丰沛情感,也唯有"兴"才能传达辛弃疾"文字起骚雅"的这种上承诗骚传统的词学思想。

历来解读、阐释和研究稼轩词的成果相当丰硕,此处自不欲作全面概述,仅拟结合上文所述陈世骧有关"兴"的含义,分析稼轩词"象"与"事"背后的思想寄托与隐藏情感。因此,首先要找到稼轩词中反复出现的意象和事象,尤其是与女性相关的早期文化符号与象征,以便考察其内涵及与辛弃疾生命经历之联系。

在稼轩词的世界中,"美人"频繁出现,而"美人"也正是楚辞传统中一个最为重要也最为典型的意象。按,王逸《楚辞章句》序言:"《离骚》之文,依《诗》取兴,引类譬谕,故善鸟香草,以配忠贞;恶禽臭物,以比谗佞;灵修美人,以媲于君;宓妃佚女,以譬贤臣;虬龙鸾凤,以托君子;飘风云霓,以为小人。"②这段话虽不免堕入儒学中心主义的偏见,但作为楚辞学的经典论述,它实际揭破了浪漫文学传统中的若干密码。而词这一文体在产生之初,就是以女性为中心的,词的命意和用字,也颇与楚辞的寓旨和辞藻类通。不过,早期词史从表现上来看,与楚辞关系并不密切,仅有的一些有关楚辞的字句,也只是比较表层的借用和象征——稼轩词则极为不同,辛弃疾一改"代言"的方式直抒自己的政治襟抱,是将"香草美人"传统运用到实际之处最为明显的词家。以下试引一词为例:

---

① 陈世骧:《原兴:兼论中国文学特质》,见《抒情之现代性:"抒情传统"论述与中国文学研究》,第52—89页。
② 〔汉〕王逸章句,〔宋〕洪兴祖补注,〔宋〕朱熹集注,夏剑钦,吴广平校点:《楚辞章句补注·楚辞集注》,岳麓书社,2013年版,第2页。

更能消几番风雨？匆匆春又归去。惜春长怕花开早，何况落红无数。春且住。见说道天涯芳草迷归路。怨春不语。算只有殷勤，画檐蛛网，尽日惹飞絮。　　长门事，准拟佳期又误。蛾眉曾有人妒。千金纵买相如赋，脉脉此情谁诉？君莫舞。君不见玉环飞燕皆尘土！闲愁最苦。休去倚危栏，斜阳正在，烟柳断肠处。①

这首《摸鱼儿》是辛弃疾比较著名的作品。淳熙六年（1179）三月，他由湖北转运副使改任湖南转运副使，同僚为其送行，遂有此词。在此前的三四年间，鄂、湘、赣等地爆发了私茶贩子的暴动，之后又有因政府征粮过苛导致的连州、郴州武装起事和湘桂交界处的动乱。其间，辛弃疾不仅承担并完成了多次平靖事件的任务，同时还到相关地区详细调查询访，最终给孝宗皇帝上了一条论盗贼劄子，详陈致盗之由和弭盗之术，也表达了他"不胜忧国之心"。不过，就在辛弃疾平乱和上书进言的前后，不少人对他这个"归正人"的言行动机都抱有恶意的怀疑。"被劾凡十"的辛弃疾苦闷彷徨，借与同僚告别之时，写下这首看似伤春实则忧世的词。在词的下片，辛弃疾特意借助古典，兴以长门深宫的美人（"蛾眉"）形象，写尽"曾有人妒"的郁闷苦楚，并诅咒谗害自己的小人必无善报，怨愤之感甚烈。

由于辛弃疾的身份本来就不利自处于南宋朝廷，且其力图收复北方失地的政治意见与诸多主和权贵龃龉，因此时遭排斥，仕途偃蹇，忧谗畏讥之情感竟与屈原无二。这正是稼轩词中反复出现"美人见妒"形象的缘由。其《满庭芳·和洪丞相景伯韵》也写道：

倾国无媒，入宫见妒，古来辇损蛾眉。看公如月，光彩众星稀。袖手高山流水，听群蛙鼓吹荒池。文章手，直须补衮，藻

---

① 《稼轩词编年笺注》（增订本），第66页。

火粲宗彝。　痴儿公事了，吴蚕缠绕，自吐余丝。幸一枝粗稳，三径新治。且约湖边风月，功名事欲使谁知。都休问，英雄千古，荒草没残碑。①

此词所和原作之作者洪适，字景伯，曾于乾道元年（1165）拜为尚书右仆射、同中书门下平章事兼任枢密院使。他意欲振起、收复中原，但任阁揆后才发现朝廷软弱的实际现状，大局已难挽回，再加上主和派诽谤攻讦频来，洪适最终辞去相位。辛弃疾与之本为同情共体之一派，眼见洪适虽位居宰执亦不能实现光复大业，心中痛苦和沮丧可知。这首词中再度出现"入宫见妒"的"蛾眉"，既比之洪适，也是辛弃疾的自比。

如果说以上两首词中的"蛾眉"还是因为被动遭妒而生感愤的话，那么在《蝶恋花·月下醉书雨岩石浪》中，辛弃疾便已开始"习惯性"地颓唐自怨了：

九畹芳菲兰佩好。空谷无人，自怨蛾眉巧。宝瑟泠泠千古调，朱丝弦断知音少。　冉冉年华吾自老。水满汀洲，何处寻芳草？唤起湘累歌未了。石龙舞罢松风晓。②

此词作于带湖闲居之际，其中所兴尽为《离骚》意象，然有"怨"而无"愤"，充满空寂哀戚的无力感，以一声无可奈何之叹收束全篇。前引诸作尚有希望上达天听的诉求，或是对阻碍美人君王相见之人的愤恨与诅咒，而此处的"蛾眉"则完全消退了种种强烈情感。面对"朱丝弦断知音少"的悲凉情境，生命几乎已无可寄托。

---

① 《稼轩词编年笺注》（增订本），第82页。
② 《稼轩词编年笺注》（增订本），第177页。

一般认为,辛弃疾的"女性抒写"反映了他的女性观,以及"对于女性的关注焦点","对于女性权力的透视","甚至体现出了对于女性的关怀",也再现了"特殊的审美心理"。[①] 实不尽然。辛弃疾这类以"美人""蛾眉"为中心的词,不能等同于一般意义上"男子作闺音"的代言体,而是有极其突出的自我意识的抒愤感怀之作,是其主动接续诗骚传统,并联系自我身世与情感的产物。这类词作承载着辛弃疾的生命遭遇和政治隐情,其中尚有"功名事""英雄千古"等字句者,更是他强烈的事功心怀无法掩藏的流露。

倘将"香草美人"视为一种屡在稼轩词中兴起之"象",那么另一易于引发读者进行"知识考古"[②]的女娲形象,则是稼轩词"兴事"的典型。"兴事",不仅见意象,更见行为、事迹。之所以谓"兴",是极言此行为或事迹与"兴事"者关联密切,非同一般用事言外之事和他人之慨,更且贯穿全篇,统领诸"象"。最具代表性的,当属《归朝欢·题赵晋臣敷文积翠岩》一词。全篇以《史记》与《淮南子》所记共工怒触不周山故事起兴,复言女娲补天事与今世"补天"事:

我笑共工缘底怒,触断峨峨天一柱。补天又笑女娲忙,却将此石投闲处。野烟荒草路。先生拄杖来看汝。倚苍苔,摩挲试问:千古几风雨?　　长被儿童敲火苦,时有牛羊磨角去。霍然千丈翠岩屏,锵然一滴甘泉乳。结亭三四五。曾相暖热携歌舞。细思量:

---

① Tan, Shi Hui. 论《稼轩词》的女性抒写. Final Year Project, Universiti Tunku Abdul Rahman, 2011. p.14.
② "知识考古"本是福柯(Michel Foucault)提出的概念和方法,指用考古学的方法梳理人类知识。对于古典诗词的用事而言,无疑它使诗词的阅读方式和阐释方式产生了(相对于没有用事的诗词的)变化,确立了(基于不同阅读者知识背景的)规范。因此,对于用事情况的考察,当然近似于一种"知识考古"。

古来寒士，不遇有时遇。①

辛弃疾罢官赋闲的友人赵晋臣家有座石山，即积翠岩，辛弃疾由此联想到上古神话，出以戏谑的"笑"，背后却有着深挚的"细思量"。全词似以女娲炼石补天为引来状摹石山，实际却是借现实中一块普通的石山来表达"我"之"补天"未成的叹息。情中之"我"又与词中之"我"不同。词中之"我"一是闲居家中的赵晋臣，辛弃疾视他为自己的一面镜子，对之寄以同情；二是废弃无用成为石山的积翠岩，虽然材质美好，但不仅要忍耐千万年的寂寞，更遭儿童敲击、牛羊磨蹭。结句的"不遇有时遇"因此亦具有三重意味：既表达对友人赵晋臣的慰问和祝福，又实写了积翠岩经过重视、改造、利用后的热闹现状，同时也寄托自己的政治理想，期待结束瓢泉之隐，再为朝廷起用——重操"补天"旧业。词以"补天"事起兴，更贯穿全篇，结末寄托犹不离斯事，足见其隐意。类似这样以"补天"兴事的词还有不少，试引如次：

> 鹏翼垂空，笑人世苍然无物。又还向九重深处，玉阶山立。袖里珍奇光五色，他年要补天西北。且归来谈笑护长江，波澄碧。　佳丽地，文章伯。金缕唱，红牙拍。看尊前飞下，日边消息。料想宝香黄阁梦，依然画舫青溪笛。待如今端的约钟山，长相识。（《满江红·建康史帅致道席上赋》）②

此篇作于乾道五年（1169），辛弃疾时在建康通判任上，史致道

---

① 《稼轩词编年笺注》（增订本），第463页。
② 《稼轩词编年笺注》（增订本），第9页。

则为建康知府。辛弃疾以"补天"事喻史氏为能够飞天的大鹏和补天的女娲,实际并非一味奉承上官,而是和上述他对赵晋臣的态度一样,将自己的期望、理想投射在受赠词作对象的身上,或是以称扬作劝勉。辛弃疾赠史致道的数首词,无不出之对其力抗金军、收复河山的寄望。乾道四年(1168)春,史致道在建康府设立船场,增造战船,提高了水军的战斗力;五年,又重修建康府城墙,增强防守能力。辛弃疾看到希望,激情亢奋,词中兴以迷离五色,女娲补天也成为他能够想象到的最为极致的典事,"袖里珍奇光五色,他年要补天西北",跃跃欲试,摩拳擦掌,希冀无限。不过,史致道的政治立场与辛弃疾颇违,亦与主战派领袖张浚不合,后为御史王十朋上疏弹劾去官。但不论如何,只有机会,辛弃疾总会表露出抗金与收复故土的强烈冲动,这种心情和精神化为文字,便是词中所兴之事。淳熙十六年(1189),辛弃疾闲居上饶,在读了陈亮寄给他的和词之后,昂扬奋烈的心情再度激起,写下"道男儿到死心如铁。看试手,补天裂"这样的句子,词中全无寒暄客套无谓之语。基于二人高度一致的政治理想,辛弃疾借此词表达出至死不渝的决心,更为"补天"典事的意涵注入决绝和壮烈的色彩。

女娲补天传说,在《山海经》《竹书纪年》《淮南子》等书中均有载录和描绘。刘再复认为,补天神话是一种知其不可而为之的精神体现,其间有一种原始的天真,"古代的神话英雄,不仅知其不可为而为之,而且其所作为的一切都是建设性的,都是为人间造福的。要么是为世界填补空缺,要么是为生民创造绿洲,要么是为天下赢得安宁,要么是为百姓治理洪水"。[①] 他引奥斯瓦尔德·斯宾格勒

---

① 刘再复:《沧桑百感》,香港天地图书公司,2004年版,第216页。

（Oswald Spengler）关于历史的"伪形"①现象和变化的论述，指出中国文化的变迁也可以用原形和伪形的视角观照："如果说《论语》是儒家文化的原形，那么《山海经》则是整个中华文化的形象性原形原典。"《山海经》产生于天地草创之初，其英雄女娲、精卫、夸父、刑天等等，……代表着中华民族最原始的精神气质，她们的所作所为，说明中华民族有一个健康的童年。她们所做的大梦也是单纯的、美好的、健康的大梦。"②在政治上，辛弃疾也是一个单纯的人，他一心只想早日实现山河一统，民众能身有所托、心有所寄。同样显得单纯进取、别无他顾的"补天"，实际上成为稼轩词内词外的一条重要长线，而辛弃疾的实践理性也让"补天"典事在稼轩词中显得更为真实和震撼人心。③

稼轩词之"兴事"，是以情感的真实化为前提，现实与神话之间，应有能够沟通的桥梁和媒介。感于事和物而"兴"，将自己的幽微情志、激烈愤慨、迫切理想寄诸"象"与"事"中，成为稼轩词区别于以往代言之词的特质。辛弃疾兴事以托心绪的创作心理，曾在刘辰翁为其所作序文中被揭示出来：

---

① 《西方的没落》中，"伪形"这一概念又译为"历史上的假晶现象"。"假晶现象"指自然界一种岩石的熔岩注入他种岩石的间隙和空洞中，以致造成一种共存、混生的"假晶"体，即"貌似乙种的岩石，实际上包裹的却是甲种岩石"。斯宾格勒借用矿物学上的概念来解释文化的交融、入侵、容受，显得非常形象。

② 刘再复：《双典批判》，生活·读书·新知三联书店，2010年版，第13页。

③ 正如赵维江在《"补天"原型与稼轩词》中强调的：稼轩词里的"补天"意象"不可简单地视为一般的用典，更不能作为通常的比喻来解释"，"'补天'作为一种象征，显示了词人强烈爱国主义精神下面所蕴涵的深厚的文化心理内容。这一作为爱国主义精神根基和动力的文化心理原型，大致包含了复圆、忧天和补阙这样三个层面。由此分析稼轩词有关恢复的内容，我们可以更清楚地认识到它所具有的民族性格和所体现的民族精神，从而更深刻地理解其爱国主义的深刻含义"。详参《齐鲁学刊》，2000年第4期。

稼轩胸中今古，止用资为词，非不能诗，不事此耳。斯人北来，暗呜鸷悍，欲何为者；而谗摈销沮，白发横生，亦如刘越石陷绝失望，花时中酒，托之陶写，淋漓慷慨，此意何可复道，而或者以流连光景、志业之终恨之，岂可向痴人说梦哉！①

　　辛弃疾本是一位怀有恢复中原宏大抱负的奇士，但由于现实政治和个人身份的认同问题，屡遭屈抑，一生未酬的壮志，遂化入因避人眼目而熟用各类典事的词中，其浪漫幻想和激烈感怆背后的隐情，实在不可不察。从这个角度，也可以理解辛弃疾词中隐含的是为家国与身世之悲，而苏轼词则大多表现为时代与文化之悲，一据以现实，一根植理想，故稼轩悲而无法抽身，东坡则悲而一反为乐，虽同为"变体"，而"豪壮""旷达"之判，其在兹矣。

第二节　"极其深"：比兴传统视阈中的南宋咏物词

　　有关两宋审美趣味的移易，始终是治文化史与文学史者关心的问题。一个颇具代表性的观点认为，11世纪的中国士大夫在美学方面开拓了不少新的天地，也由此造成了新的"焦虑"。②他们对"美"

---

① 《稼轩词编年笺注》（增订本），第600页。

② 艾朗诺的原文是"the problem of the beauty"，译者翻译为"美的焦虑"。这是艾朗诺与译者陈毓贤（艾朗诺夫人）、杜斐然及审稿人反复商讨的结果。杜斐然认为，"problem"在翻译成中文的时候如果译为"问题"，那其实是暗含两个解释方向：一是这个时代中存在的几个主题、讨论的问题、当时代人的concern，另外一个方向才是作者想要它传达的意思——即"存在问题"的意思。按她的理解，因为与传统观念有所冲突，北宋士大夫意识到他们对美的鉴赏和追求是"有问题"的，从而引起心理矛盾以及试图克服矛盾的曲折表述，这才是英文书名所要传达的意思。从这个角度说，"焦虑"是原书名的一个传神的译法。详参朱刚：《从"焦虑"到传统——读艾朗诺〈美的焦虑：北宋士大夫的审美思想与追求〉》，《文汇报》，2014年3月26日。

的追求在各个领域都跨出以往的范围,冲破了看似不可逾越的障碍和藩篱,像词这种俗文学的代表,恰在其时得以光大,甚至被认作是能够代表文学最高成就的文体。①这些正说明,北宋是文化资源不断被发掘、文化新现象不断出现、文化形态不断丰富的时期,文化精英无不自觉地进行着"再造传统"的努力。②然而靖康变乱后宋室南渡,此前的拓展型文化模式突然易轨为内向型、后顾式的,怀旧、内省、趋于精细的情感渗浸着士大夫和文人的精神空间。本节内容对此当然无意再做过多分析和叙述,由于将要谈到的咏物词涉及两宋之变,故稍述背景,以期对南宋既"工"而"深"的咏物词形态及其表现思想作出合适评估和定位有所参考。

宋人对物具备一种超越性的理性关怀。物常作为媒介而存在,人们抱有通过发现、研求、状摹、描述物而触及物背后所蕴藏者的目的——这蕴藏着的,可能是某种信息、情感、真相、精神。物成了"谜面"。格物以求理的态度,一直贯穿整个宋代可见的诸种文本。即以"物理"一词在诗词中出现概率而言,唐诗得见者不过十余首,宋人则竞相谈之,几乎无时不有。至于词中咏物之作,敦煌曲子已见咏剑、松、琴、燕子、大雁者,花间词以牛峤咏燕子和鸳鸯的两首《望江南》为最早,经过张先、柳永、梅尧臣、章质夫、苏轼、周邦彦等词家的实践,咏物词逐渐独成一宗,至南宋臻于极盛,妙手迭出。相较北宋,南宋咏物词的特点相当明显,所谓既多且工,而"词家多以

---

① [美]艾朗诺:《美的焦虑:北宋士大夫的审美思想与追求》,上海古籍出版社,2013年版,第1—2页。
② 正如刘子健所认为的那样,"宋代以后的中国或可称为新传统主义"。见《中国转向内在——两宋之际的文化内向》,第9页。

寄托身世之感,或以抒羁旅离别之情,大抵不出比兴之义"。① 是知,"比兴之义"正是进入南宋咏物词堂奥以明其本事、析其深义的门钥。

一、两宋咏物词之变:从"赋"到"比""兴"

在借助"比兴之义"观照南宋咏物词以前,或有必要对比兴与物的关系及其传统稍作梳理。

诗词审美有着明显的发展趋势和方向,从中国文学的源头来看,基于具体的物象构设意境的作法和思想就已经根植在文学作品之中,同时,鲜明强烈的"情志"也蕴藏其间。这首先是由于具象思维模式所致,中国思想的特质"在紧握现实,返回即时的直觉。在中国,'抽象'与'系统'几乎全为具体的直觉所代替",如真能深入品味体察,"便完全觉得抽象理论之无味"。② 对事物认知的敏感,以及日常中形象思维的实时运用和思考事物时对直觉的依赖,成为早期文学的创

---

① 宋人咏物词约占已知全部宋词什一以上,有三千多首,数量十分可观。前代学者已发现这一特征,如清人谢章铤《赌棋山庄词话》就曾说:"咏物南宋最盛,亦南宋最工。"见唐圭璋编:《词话丛编》,第 3415 页。南宋词之"工"也是非常突出的特点,清初朱彝尊就有"词至南宋,始极其工,至宋季而始极其变"的重要判断,对南宋词颇见推重。见《朱彝尊词集》,第 391 页。又,深研南宋词的刘永济在解说吴文英《花心动·柳》一词的时候指出:"南宋词家咏物之作最多,亦最工","此等词,词家多以寄托身世之感,或以抒羁旅离别之情,大抵不出比兴之义,其描绘物态,以不粘不脱为妙"。见氏著《唐五代两宋词简析 微睇室说词》,中华书局,2010 年版,第 216 页。关于宋末咏物之风的盛行,刘永济认为有两个原因,一是"此时词家有偏重艺术之倾向,于是专喜以比兴之法填词",二是"自宋末起,直至元初,有词社之组织,社中每以咏物为题,入社者多宋之遗老,虽有兴亡之感而不敢明言,故多托之比兴"。见《唐五代两宋词简析 微睇室说词》,第 113 页。显然,比兴之法的普遍运用及其在寄托兴亡的实践中愈加成熟,与词人对物的特别关注,一道构设了咏物词在南宋"既多且工"的景观,而刘永济以宋季词人因社题甚多而频繁咏物,则是对周济"南宋有无谓之词以应社"一语的发挥。

② 法国汉学家戴密微(Paul Demiéville)注译《临济语录》有此感慨,见饶宗颐:《澄心论萃》,上海文艺出版社,1996 年版,第 184 页。

作动因和特殊方式。

《诗经》和楚辞中,源于"直觉"、现之"具象"、附以"比拟"的书写模式得以应用的概率甚高。朱熹曾特地解释《诗经》六义中的"比""兴","比"即譬喻、模拟,包括人人相比、物物相比、人物相比等,其所运用的正是形象思维,以一种形象性的比喻将两个不同事物联系在一起,寻找其中的共同点,这种譬喻和模拟使相比的事物特征更加鲜明突出和形象化;"兴"即借助与将歌咏表达之事物相别的其他事物作为咏唱发端,再通过模拟和联系引起所咏内容。可见,"兴"中实际含有"比"的成分,因此亦有"比兴"之称。"比"与"兴"的差别,前人撰述叙之甚详,尤能拈出"显"与"隐"两种概念予以分别,如《诗序正义》言:"比与兴虽同是附托外物,比显而兴隐,当先显后隐,故比居先也。《毛传》特言兴也,为其理隐故也。"[1]《文心雕龙》亦云:"毛公述传,独标兴体,岂不以风异而赋同,比显而兴隐哉? 故比者,附也;兴者,起也。附理者,切类以指事,起情者,依微以拟议。起情故兴体以立,附理故比例以生。比则蓄愤以斥言,兴则环譬以托讽。"[2]《诗式》更从形式与内容、形象与内涵的角度阐述"显""隐"之异,所谓"取象曰比,取义曰兴"[3],对"比""兴"概念做出重要辨析。

文学创作日益自觉,文学批评对比兴的关注亦渐增多。如《礼记·乐记》论艺术发生,即着重谈及"人心感物而动"这一原因:"凡音之起,由人心生也。人心之动,物使之然也。感于物而动,故形于声。声相应,故生变,变成方,谓之音。比音而乐之,及干戚、

---

[1] 转引自〔清〕刘熙载撰:《艺概》,上海古籍出版社,1978年版,第50页。
[2] 〔梁〕刘勰著,周振甫注:《文心雕龙注释》,人民文学出版社,1981年版,第394页。
[3] 〔唐〕皎然著,李壮鹰校注:《诗式校注》,人民文学出版社,2003年版,第31页。

羽旄,谓之乐。乐者,音之所由生也,其本在人心感于物也。"①钟嵘表述为:"气之动物,物之感人,故摇荡性情,形诸舞咏。"②陆机则谓:"若夫应感之会,通塞之纪,来不可遏,去不可止。"③凡此种种,都在强调艺文创作之偶然性和实时性动因。"物"作为一个引发感兴、感会的触媒,其意义已非单纯的物质、物品,而是可与人呼应共振、能与人形成参照的对象。对此,刘勰在《文心雕龙·物色》里不仅总结了外"物"对本"心"的感发效应,也强调了本心即审美、创作主体的能动作用:

> 春秋代序,阴阳惨舒,物色之动,心亦摇焉。盖阳气萌而玄驹步,阴律凝而丹鸟羞,微虫犹或入感,四时之动物深矣。若夫珪璋挺其惠心,英华秀其清气,物色相召,人谁获安?是以献岁发春,悦豫之情畅;滔滔孟夏,郁陶之心凝;天高气清,阴沉之志远;霰雪无垠,矜肃之虑深。岁有其物,物有其容;情以物迁,辞以情发。一叶且或迎意,虫声有足引心。况清风与明月同夜,白日与春林共朝哉!④

刘勰强调在诗文创作中应对物有所"感":对"物"产生充分的想象,才能真正体现"情"。这是中国文学尤其是诗歌创作极为重要的观念。情景交融,物我合一,正是感兴的必然结果。

由是不难发现,运用和强调比兴的传统与对物的体认和思考,是

---

① 〔汉〕郑玄注,〔唐〕孔颖达疏,龚抗云整理,王文锦审定:《礼记正义》,北京大学出版社,2003年版,第1074页。

② 〔梁〕钟嵘著,陈延杰注:《诗品注》,人民文学出版社,1961年版,第1页。

③ 〔晋〕陆机著,张少康集释:《文赋集释》,人民文学出版社,2002年版,第241页。

④ 《文心雕龙注释》,第493页。

共同存在于诗学审美的一贯历程中的，甚至有观点认为："有了人类的语言行为，就有了'咏物'这种表达方式。"①而咏物传统的形成和确立，正由早期咏物文学创作以及富于民族特征的审美方式和表达习惯共同引发。

随着词文体的兴起，咏物词自然渐成为一类题材。从目前可知的源头考察，唐五代文人的咏物词多系应制供奉之作，这一点已被研究者所认识。路成文将它们的创作特点概括为"偶发性"和"被动性"，花间词人中，毛文锡较多咏物词作，但其"对于对象的观照完全流于浅层次的观察而不是深层次的体验"，"即用'赋体'创作咏物词，以求达到'穷形尽相'的审美效果，而不是努力发掘对象物所蕴含的深层次内涵；具体表现手法则以直接铺陈刻画对象的外在形貌特征为主"。②其实，早期咏物词的这类局限和不足也与小令篇幅本身较小、书写空间太过有限有很大关系。按道理，以赋的方法作词往往需要较长的篇幅，所谓"铺陈其事"。但事实是，此时咏物词主要作法集中和体现在"直言"上，简约轻快甚至不避俚俗的小令对此倒也颇为适应。北宋咏物词相较前代，特色仍不明显，即使像词人中最常咏物的苏轼，也只有如《水龙吟·次韵章质夫杨花词》等若干首，以其人格化的品咏方式为词史所重。③至于另一位善咏自然景物的词家周邦彦，作词常会不断变换铺叙的角度、层次，力图

---

① 路成文：《中国古代咏物传统的早期确立》，《中国社会科学》，2013年第1期。

② 路成文：《宋代咏物词史论》，商务印书馆，2005年版，第59—60页。

③ 王国维对《水龙吟·次韵章质夫杨花词》评价甚高，谓其"和韵而似原唱"，又说："咏物之词，自以东坡《水龙吟》为最工，邦卿《双双燕》次之。"见《蕙风词话 人间词话》，人民文学出版社，1960年版，第208、209页。苏轼此词特点正是人格化的品咏方式。宋学达认为，这种方式的优胜之处在于可于词作中构建出物象层与人物（意蕴）层相互映的多重文本空间结构。详参氏著《不滞于物：宋代咏物词的物象空间与意蕴空间》，《南阳师范学院学报》，2021年第2期。

使其结构更为复杂，并将身世飘零、仕途偃蹇之感寄寓其间，但在作法上还是以赋为主，未能"去类型化"，相较柳永咏物殊少蕴藉而言，清真词已显现出结构上的精致感，同时启发后来者追求言外之旨、语外之韵，明确对"密"意的追求。① 直至南宋，咏物词终成一大宗，当时最著名的词人如辛弃疾、姜夔、张炎、吴文英等，无不是咏物高手，然而经过其间的发展迁衍，咏物词实际经历了一个由赋到比、兴的过程，即北宋是咏物词"赋"的时期，南宋是咏物词"比""兴"的时期。②

如前所论，南宋的政治气候与文化氛围相比北宋已然大不相同。伴随经济地理和政治地理的转移，"背海立国"③的半壁江山在对金的屈和下偏安一时，士大夫虽无北宋承平时代的优渥，仍多余裕，尚文的风习也在各个阶层渐趋普遍化，文人大量结社，点题品咏成为艺文交流的重要形式。此时，人们的美学视角不断局缩、审美趣味日渐转易，创作主题不断变化，这都是自然而然之事。如果说北宋文人对物的关注更接近一种开放式的发掘、搜求、探索，那么南宋文人的体物之情则往往带有剖析理质、构设关联、层累意义、制造隐喻的冲动和需求。以梅花为例，第一部赏梅词集《梅苑》出现于

---

① 蔡嵩云在《柯亭词论》中即指出："自屯田出而词法立，清真出而词法密，词风为之丕变。"见《词话丛编》，第4902页。

② 前引刘永济语，即表示其认同南宋是咏物词"比""兴"的时期。孙维城在研究中也指出，宋代咏物词从宋初的取神到北宋的形神俱似，再到南宋的形神与情的结合，完成了发展成熟的过程，这一过程又可表述为从"赋"到"兴"的发展。见孙维城：《宋韵——宋词人文精神与审美形态探论》，安徽大学出版社，2002年版，第245页。

③ 刘子健在讨论南宋的地理形势时提出这一概念，认为南宋不但是"背海建都"，而且是"背海立国"，这样其实具备特殊优势，能够带来稳定性。详参《两宋史研究汇编》，台湾联经出版事业股份有限公司，1987年版，第21—40页。

12世纪,而伴随它的产生,梅花图谱、植物学著作等都先后被文人、书画家和植物学家编辑整理出来。毕嘉珍（Maggie Bickford）认为,这是由于跨越长江的宋代人发现了梅花是南方最可爱的景观之一,他们欣喜地将文学传统上的梅花形象与实物细致地对比并进行研究——就像六百年前的南朝文人一样,南渡的宋人疏离了中心地带,两个时代的文化趋向和偏好也变得类似起来,它们共同的特征是梅花传统得以孕育的文化语境。[①]于是相应地,梅花在咏梅词中便逐渐明显地带上了身世之感、家国之恨,"比兴"意涵尤甚。试看词人朱敦儒笔下的梅花:

> 见梅惊笑,问经年何处,收香藏白。似语如愁,却问我、何苦红尘久客。观里栽桃,仙家种杏,到处成疏隔。千林无伴,澹然独傲霜雪。　　且与管领春回,孤标争肯接,雄蜂雌蝶。岂是无情,知受了、多少凄凉风月。寄驿人遥,和羹心在,忍使芳尘歇。东风寂寞,可怜为谁攀折。[②]

与前人和同代作家的咏梅词相比,这首《念奴娇》的情与意尤觉丰足。邓子勉考此词为绍兴四年（1134）春朱敦儒由两广应诏赴临安途经临川时作,首句"见梅惊笑"即非凡俗之笔,对梅如晤旧友,为梅赋予血肉神气——实际上,朱敦儒问梅和应梅之问,都是将自我投映在梅花上。奉召入京,他将面对种种可能,在此情况下,朱敦儒对过往、当下、将来都作了一番思索。描述梅花的出身、养成,实是他倾诉自我的手段,而这些又都在他借梅花的品格表明自我决

---

① 详参［美］毕嘉珍:《墨梅》,江苏人民出版社,2012年版,第42—44页。
② 〔宋〕朱敦儒著,邓子勉校注:《樵歌校注》,上海古籍出版社,2010年版,第35页。

心后，得以升华为"比兴"之义。词末"东风寂寞，可怜为谁攀折"一句，显然又表达出多愁善感而缺少决断的心曲，物我同一而物我互证，浑化于无形。可以看出，与北宋早期咏物词相比，这首咏梅之作内蕴的情感更深挚、多元且富于个性。它表现的不是古往今来常见的泛情，所用更不是实书其景的"赋"法，而是通过借景引情、借物寓意发抒自己在南渡后奉诏前遭受离乱、命途未畅、志气难申的身世感叹，在低徊委宛之中动人心神。

作为引发情感和重拾过往经历的媒介，梅花在南宋另一名作手姜夔笔下的隐晦之意似乎更加强烈。试看他的《疏影》：

> 苔枝缀玉，有翠禽小小，枝上同宿。客里相逢，篱角黄昏，无言自倚修竹。昭君不惯胡沙远，但暗忆、江南江北。想佩环、月夜归来，化作此花幽独。　　犹记深宫旧事，那人正睡里，飞近蛾绿。莫似春风，不管盈盈，早与安排金屋。还教一片随波去，又却怨、玉龙哀曲。等恁时、重觅幽香，已入小窗横幅。①

此作与《暗香》（旧时月色）是姜夔咏梅的姊妹篇，也可目为白石词的代表作。词借梅花以兴其情，用深婉幽微之笔写出隐藏在内心对合肥琵琶妓的爱恋与思念。值得说明的是，由于词中梅花形象迷离、所指不定，对整首词的阐释也就具有多种可能。清人张惠言认为它实际表达了姜夔对靖康之变的忧愤，词中"昭君不惯胡沙远，但暗忆、江南江北"是支持其观点的证据，"想佩环、月夜归来，化作此花幽独"似乎更是寄慨于二帝蒙尘；郑文焯点校白石全集时表述了近似观点；宋翔凤在《乐府余论》中也认为这首《疏影》及《暗

---

① 夏承焘笺校：《姜白石词编年笺校》，上海古籍出版社，1981年版，第48页。

香》都是"恨偏安"的隐晦书写。[①] 不管怎么说,首先应该承认的是《疏影》将"我"的情感并入对梅花风神的状摹,通过梅花的形态、处境及人情的变化,掺以回忆中相逢、别离的经历和相关典故,构设出一种莫可名状的忆念。景中带情,情随事变,物我相融,既有"赋"的写法,更出于"兴"的触感与串接。至于是否寄托词人的政治关怀,本来难以坐实,也不便遽然否定,毕竟梅花作为一种"可为人感知的南方的身份证明"[②],其所能够引发的联想与寄托是非常丰富而又确定的。姜夔流寓江湖,遍尝世态百感,固然以追求孤高雅洁的人格与精神为务,但身处日衰的颓世,更经历易代的深痛,因此咏物之作的情志与内涵"显得沉郁哽咽,绝非后人所评价的那样纯粹是字谜,了无意蕴"。[③] 应当看到,"比"的意涵在南宋以姜夔为代表的词人作品中,产生了趋于诗学传统的转向。本书最后一章对此还将继续展开讨论。

以上仅举南宋咏梅词两阕为例,是为说明彼时的创作主体,已经开始逐渐深入于物并主导词的变化理路。这种词学思想及其实践的出现实非偶然。在北宋晚期咏物词处于"赋"的时代,当创作主体体物之欲渐强,前者对后者的介入也自然加深,"代言"让位于"立言"。"以赋为词"之作的物象特点、书写方式和表达效果,多系类型化、模式化和浅表化,正是由于作为既是一种表现又是一种体制的"赋"的束缚和规定,早期的咏物词只能拘泥于对物的勾摹,情感抒写明

[①] 张惠言还认为《暗香》《疏影》二词表达了姜夔曾经的用世之志因为年老而被消磨,因此他寄望于范成大。蒋敦复则别出心裁地指出词中隐含有关南北议和之事。这些看法皆遭夏承焘否定。详参《姜白石词编年笺校》,第49页。

[②] 《墨梅》,第73页。

[③] 《宋代咏物词史论》,第54页。

显乏力,难以跳脱传统的主题模式。[1]即使经过多位名家的尝试和努力,总体上看还是困于时代与文化环境,展拓有限。有必要在此提出的是,对"比""兴"的倚重作为一种词学思想,既在12世纪大量出现的咏物词作中得以实践,同时也体现于批评话语中。比如本书第二章最后论及的《乐府指迷》,就专门总结了咏物词的作法和基本理念:

> 如咏物,须时时提调,觉不分晓,须用一两件事印证方可,如清真咏梨花《水龙吟》,第三、第四句,须用"樊川""灵关"事,又"深闭门"及"一枝带雨"事,觉后段太宽,又用"玉容"事,方表得梨花。若全篇只说花之白,则是凡白花皆可用,如何见得是梨花?(《咏物用事》)[2]

所谓"全篇只说花之白",乃是比较蹩脚的"赋"法,而"用一两件事印证",正是咏物词"兴"和"比"的手段。书中又说道:

> 炼句下语,最是紧要。如说桃,不可直说破桃,须用"红雨""刘郎"等字;说柳,不可直说破柳,须用"章台""灞岸"等字。又用事,如曰"银钩空满",便是书字了,不必更说书字;"玉箸双垂",便是泪了,不必更说泪。如"绿云缭绕",隐然髻发;"困

---

[1] 孙维城相当重视赋法对咏物词的影响,他指出"后来咏物词在柳永慢词铺叙的手法催化下得到长足发展,章质夫和苏轼的杨花词及其引发的艺术评论,可以视为彼时咏物词词学思想的体现","可以说慢词铺叙手法给咏物词注入了强大的生命力,慢词为竞相描摹物的形神开拓了广阔的空间,而铺叙又为这种描摹提供了手段。铺叙即是赋,不过赋既是一种表现,又是一种体制。赋与咏物词的联姻,为咏物词规定了形神兼备的基本形态"。见《宋韵——宋词人文精神与审美形态探论》,第237页。
[2] 《词源注 乐府指迷笺释》,第58页。

便湘竹",分明是簟;正不必分晓,如教初学小儿,说破这是甚物事,方见妙处。往往浅学俗流,多不晓此妙用,指为不分晓,乃欲直捷说破,却是赚人与耍曲矣。如说情,不可太露。(《语句须用代字》)[①]

词是一种抒情文体,尤忌说"破"、说"露"和平铺直叙的白话。人的情感本来幽渺难测,即对某人、某物、某事有所感会,缘由往往莫名、多端、复杂,各种情愫、情绪的产生,不便断言其来源,诗人所谓"忧乐无端"的情感特点也决定了表达过程中不宜发断语和下结论。这种特质反映在咏物词上,首先就表现为叙"物"不应点出本名;其次则是借助所指多元的语典来替代所咏之物,既将"物"的形态并入文学传统之中,使其意蕴更加丰厚,也将借咏物而抒情的作者的情感与所兴之"象"与"事"建立联系。《乐府指迷》对学词者所提上述建议,正是批评家自觉认知咏物词"比""兴"之重要性的体现。在此理论的引导和影响下,南宋词由"婉"而"雅"、由"工"而"深",可谓有以。

二、精深的极致:吴文英的"深密"与王沂孙的"深厚"

本节探证南宋咏物词之"深",必应以吴文英和王沂孙为研究与论述的重心。作为风雅词派在不同时期发展的代表人物,吴文英生活在宁宗至理宗时期,王沂孙则跨越了宋、元两个王朝;他们一个终身不第,流寓苏杭,以幕客终老,一个虽在入元后出任学正,但终是才秀人微,不著于史。功名不遂、生活暇裕和饱尝兴亡之痛,让他们有更多契机体悟人情世相的微渺闳深,对于词的"比""兴"

---

① 《词源注 乐府指迷笺释》,第61页。

之用亦更臻熟稔，乃将咏物词引入全新境地。

刘熙载《艺概·词曲概》云："词深于兴，则觉事异而情同，事浅而情深。"① 吴文英号梦窗，以善写梦闻名。梦，即是人人皆有但人人所感各异者，浅深不同，幻化难言。试看其咏梦小令：

> 门隔花深梦旧游。夕阳无语燕归愁。玉纤香动小帘钩。　落絮无声春堕泪，行云有影月含羞。东风临夜冷于秋。②

难以捕捉留存的梦兼具流动性和具象性，因此既可视为"物"，也可视为"事"。③ 此词所咏小梦虽短，兴象尤多：首句"门隔花深"写梦境中旧游之地曲径花深，如隔重门；"夕阳"脉脉无语，"燕子"归飞且含愁思无限；玉手搴起帘帷而入，"香动"之际，正是梦深之时。吴文英将心中所感（所梦）投射到天地万物之间，故所见也愁、所感也悲。既见夕阳归燕，暮色已深，于是搴开帘帷进屋，均以闺阁中人视角来写。下阕的时间线索，承前言夕阳西下之后，由傍晚而至月夜，句子虽全从前人诗词中化出，却能融合无痕、象事双协，如"落絮无声""行云有影"，对仗工整，既为一天所见景致的写照，又满含愁情，白昼对花看絮，夜来望云赏月，可见愁情之终日不可遣。"落絮无声春堕泪"，将柳絮随风飘落拟为"春堕泪"，渲染悲情层层深入，弥散在天地间；"行云有影月含羞"，既写彩云遮月、月若含羞的情态，也是闺阁中人的写照。春寒料峭，夜风袭来，似乎

---

① 《艺概》，第118页。
② 〔宋〕吴文英著，吴蓓笺校：《梦窗词汇校笺释集评》，浙江古籍出版社，2007年版，第296页。
③ 咏物之"物"，广义而言是一种"物件"，梦虽非具体之"物"，但却有"境"与"象"。另有一种咏物词，所咏虽为具体之"物"，但意不在物，亦不在寄托，只是写出一种感觉、构设一种境界，值得注意。

比秋夜还凉——"冷于秋"折射出这种来自内心深处的失望,非关天气,故俞陛云评其结句"尤凄韵悠然"[1]。针对词中的"春堕泪""月含羞"二语,陈洵认为一为怀人,一因隔面,"义兼比兴","俯仰之间,已为陈迹,即一梦亦有变迁矣"。[2] 这正道破梦窗写梦致深的原因,在于所言他物与欲兴情感实无前后之序、泾渭之别,本来同在"事"的演进过程中混融为一体,全篇因此也形成一种致密结构,虽短、小而不显散、空。又如《花犯》一首,咏郭希道所赠水仙云:

> 小娉婷,清铅素靥,蜂黄暗偷晕。翠翘欹鬓。昨夜冷中庭,月下相认。睡浓更苦凄风紧。惊回心未稳。送晓色、一壶葱蒨,才知花梦准。　　湘娥化作此幽芳,凌波路,古岸云沙遗恨。临砌影,寒香乱、冻梅藏韵。熏炉畔、旋移傍枕,还又见、玉人垂绀鬓。料唤赏、清华池馆,台杯须满引。[3]

此作虽系咏物,但写法相当奇特——"梦"为题前话,未送水仙前先已有梦,故吴文英见友人所赠水仙,依然沉浸梦中。词由如"花"之喻体少女起兴,行至上阕结句,复以"梦"兴,实是"花""梦"同兴。这种回闪(flash back)的手段,不仅造设出一片梦幻意境,也加深了词人情感的蕴涵。下阕续接"准"字而来,实写眼前水仙的婀娜多姿,却又再兴故实,眼前水仙即是词题中所言郭希道所赠水仙,为实有之事,但因心尚在梦中,睹此景亦幻若梦境,似梦而非梦。吴文英将水仙拟作湘娥,从具体物象而论,因水仙需贮水养于壶中,花茎

---

[1] 俞陛云:《唐五代两宋词选释》,上海古籍出版社,1985年版,第495页。
[2] 见《词话丛编》,第4849页。
[3] 《梦窗词汇校笺释集评》,第279页。

细小，幽香怡人，若娇小女子弱不禁风貌，遂以湘妃凌波水上为譬喻；从字面而言，水仙又可解为水之仙，水仙之怨因以比拟湘妃投水之恨，由此寄托吴文英对去妾的思念。词中名物字字切题而来，力求必不使一字落空，因而字密意繁，情思也因之显得深沉浓郁。后世评者论梦窗务博密实，由此可得解之。

相较北宋，南宋的国土面积仅为其十分之六，宋民行走区域、目视范围，都已极窄仄。吴文英一生不仕，布衣终老，足迹未出江浙，生活空间则更狭小，况其人情感至为细腻内敛，他将与在杭州所遇湘女之间的感情深埋心底，偶出以迷婉幽深的词句，正和李商隐的诗谜类似。显然，吴文英词之深自是基于私密的情感与想象，其致密亦得之于此。而王沂孙词之深则关乎本来客观存见的历史事件和正大沉厚的家国情怀，但其感兴寄寓却因身处异族治下而不能不处理得极端隐晦难解。

清人颇重词之寄托，因此推尊王沂孙，以之为"词坛三绝"。所谓"词味之厚，无过碧山"[1]，如果视梦窗词为"深密"的话，那么碧山词可以称为"深厚"：王沂孙不仅在作法上将词的"比""兴"深化得更臻极致，咏物深隐幽微之外，用情之深往往"流露于不自知"[2]，更时常寄以故国之伤，能无一犯复且出以中正之音，沉郁温厚、言近旨远——这也正是"词有碧山，而词乃尊"[3]的原因所在。

王沂孙存词六十四首，咏物之作三十四首，占其集一半强，这在有宋一代词人群体和词史中均属罕见。更当注意的是，王沂孙以

---

[1] 陈廷焯称周邦彦词法最密，姜夔词格最高，王沂孙词味最厚，甚至认为在王沂孙词前，姜夔都"未能免俗"。详参屈兴国校注：《白雨斋词话足本校注》，齐鲁书社，1983年版，第175页。

[2] 〔清〕况周颐原著，孙克强辑考：《蕙风词话 广蕙风词话》，中州古籍出版社，2003年版，第153页。

[3] 《白雨斋词话足本校注》，第196页。

咏物寄托，客观上为宋词"尊体"和"诗化"的进程画上了一个沉重的休止符。下引其词为例略作析论，以察"深衷新义"的所在：

> 一襟余恨宫魂断，年年翠阴庭树。乍咽凉柯，还移暗叶，重把离愁深诉，西窗过雨。怪瑶佩流空，玉筝调柱。镜暗妆残，为谁娇鬓尚如许。　　铜仙铅泪似洗，叹移盘去远，难贮零露。病翼惊秋，枯形阅世，消得斜阳几度。余音更苦。甚独抱清高，顿成凄楚。谩想熏风，柳丝千万缕。①

这首《齐天乐》是王沂孙咏蝉名作，背后隐指重要史事。元世祖至元十五年（1278），胡僧杨琏真伽在宰相桑哥支持下，盗掘宋高宗以下六代皇陵，发冢戮尸，帝妃遗骸遍掷于地，震动一时。未几，杨琏真伽又在杭故宫建"镇南塔"厌胜，"杭民皆悲戚不忍仰视"②。其时，唐珏、谢翱、郑思肖等遗民都作诗伤悼。杨琏真伽发陵固然是为了"利其宝货"，也为了"藉以压邪"、震慑江南遗民，但却是所谓"奉旨"的肆意作为，因故帝后骨骸弃于草莽之中而人莫敢收。作为亡宋旧民的王沂孙不能明表心中屈辱愤恨，只有与周密等人作同题品咏之词潜抒其恨。秋日蝉蜕，本是主题情感非常明确的意象，体现追忆过去而伤痛于当下的一种取舍和判断。配合这一意象，王沂孙描写种种景况，以使读者感兴凄楚幽恨的情味。如此正契沈祥龙所言："咏物之作，在借物以寓性情。凡身世之感，君国之忧，隐然蕴于其内，斯寄托遥深，非沾沾焉咏一物矣。"③此篇首句"一襟余

---

① 〔宋〕王沂孙著，詹安泰笺注，蔡起贤整理：《花外集笺注》，广东人民出版社，1995年版，第53页。

② 詹安泰《杨髡发陵考辨》引邵远平《元史类编》卷四十一，见《花外集笺注》，第178页。

③ 《词话丛编》，第4058页。

恨宫魂断"用齐后尸变为蝉之典,既寓以宋室江山覆亡的惨痛,又引人联想后妃陵寝被掘的不堪之状。次句点出蝉的栖息处——翠阴庭树,但此处或为"咽凉柯",或为"移暗叶",皆离愁不断,也可想见尸骨弃野、不得其所。下两句用"瑶佩""玉筝"形容蝉鸣,与虞世南《蝉》中的"流响出疏桐"之意同,"娇鬓"即"蝉翼","镜暗妆残,为谁娇鬓尚如许",意即骆宾王《在狱咏蝉》中的"那堪玄鬓影,来对白头吟",又切后妃。过片用金铜仙人辞汉宫故事,谓故国已难回首。"翼"着一"病"字,写出其气息奄奄,秋将尽矣,无奈此生,只得以枯形阅世之沧桑,足见王沂孙在遗民悲歌的追怀与无奈中老此余生之念。虞世南所谓"居高声自远,非是藉秋风",王沂孙则化成"独抱清高",指顾间,清高之音又已转为"凄楚"。谩想夏日之熏风习习,回顾眼前秋日,正是重翻李后主"天上人间"之叹。按,"熏风"隐指传为上古舜帝所作之《南风歌》:"南风之熏兮,可以解吾民之愠兮。南风之时兮,可以阜吾民之财兮。"古谣虽不可确考作于何时,但战国秦汉之际已广泛传播。它既是对舜帝及其时代的回望,也是一种祈盼。世间万物接承熏风的恩泽,尤盼能够长沐毋违,所传递的正是先民美好的政治愿景。"南风"作为寄托,在精神上给民众以期冀,在实际中亦足解决具体困境,符合"内圣外王"理想的表达。余英时在分析南宋士大夫集团的政治取向时认为,当时的理学家并不如以往认为的那样,仅仅专情于"内圣之学",他们在政治领域所主动承担的责任与活动也相当多,"内圣"和"外王"由此形成不可避免的紧张,"他们继承了北宋儒家重建理想秩序的运动,'回向三代'也依然是他们的共同要求"。[1] 王沂孙在词末所用"熏风"

---

[1] [美]余英时:《朱熹的历史世界:宋代士大夫政治文化的研究》,生活·读书·新知三联书店,2011年版,第420页。

意象，将沉积心底的悲慨悄然转易为对上古理想社会的追念和赞美，正是儒家古老观念"得君行道"的体现，同时又看似未多着力地倾诉了对宋室的特殊情感。这正是这首咏蝉词的关键及其意涵，也体现了碧山词在理学影响下所承载的原始儒学精神。王沂孙写蝉，既深得"香草美人"之旨，又浑化黍离之感，"表面是咏物、是赋，深层是表情、是比"[1]，内外交融为一体，由此造成情与理的纵深，兼有沉重、浓郁之感。全篇由物到景再到意、到情，最后导向深厚的寄托，足堪推为宋季咏物词的冠冕。

王沂孙另有《天香》一阕咏龙涎香，也可视为碧山词之代表：

> 孤峤蟠烟，层涛蜕月，骊宫夜采铅水。泛远槎风，梦深薇露，化作断魂心字。红瓷候火，还乍识、冰环玉指。一缕萦帘翠影，依稀海天云气。　　几回殢娇半醉。剪春灯、夜寒花碎。更好故溪飞雪，小窗深闭。荀令而今顿老，总忘却、樽前旧风味。谩惜余熏，空篝素被。[2]

龙涎香为名贵香料，传说出自大食国。近海旁有龙睡于云气之下，土人守候一两年等云散龙去之际采其唾液涎沫，存放一段时间，自然坚固，气味也由原来的腥臭变为芬芳。其物实系抹香鲸肠内分泌物经海水浸泡漂去杂质而成。此作先从传说叙及龙涎香生成的奇诡和采集的艰难，对前人旧说发散敷衍，熟用典故，笔下营造出海天之间波光月影的苍茫气象。其中有骊龙卧睡的静态描绘，也有对采香人星夜摇橹，盗取龙涎的动态想象，使人心情随词句变化产生不

---

[1] 《宋韵——宋词人文精神与审美形态探论》，第249页。

[2] 《花外集笺注》，第1页。

同状态，时为之惊叹，时为之紧张。第二层言及采得龙涎后如何加工制作研和成香，蔷薇花的露水加上所谓龙涎，这样的结合增添无尽的意味，"梦深"和"夜采"也有一定的对应关系，最终形成"断魂心字"。以往笺注者常将"心字"解释为心形的龙涎香。按，香道一途有"打香篆"之法，即将铜制香篆放在香炉底部铺平的香灰上，然后用香勺把香粉填进槽中，再将香篆轻轻提起，这时香粉形状便与香篆上镂刻的形状一致。词中所说"心字"，即指铜香篆上镂刻的是一笔贯通到底的"心"字形，香粉也因势成形为"心"。打香篆并不容易，若是生手，往往容易在提起香篆的一刻碰断聚积起的香形，香粉连贯的形状遂被破坏。因此，词中"断魂"有双关之意，既实指香形，又虚指心理感受。而后写到焚香情景，红色瓷炉燃着龙涎名香，轻烟的形状竟映照出女子纤指和玉环，这便将缥缈无形的香烟化而为实，读者亦更有切近的感受。"一缕紫帘翠影，依稀海天云气"则与"孤峤蟠烟，层涛蜕月"呼应，从海上的水汽迷漫到屋中的香霭氤氲，引人感兴、遐想。面对香雾重重，王沂孙又在下片转笔写人，往事"几回"，重现脑海，女子娇憨困倦之态亲切逼人，寒夜剪灯的具体动作使得幻境中人愈加真实可感。其后"故溪"实为说"故人"，"小窗深闭"则明写静室烧香、暗写温馨的日常生活，人香俱馨，生动非常。

《天香》全篇虚实相参，梦幻朦胧，所兴景象幽深远渺，而随词句所咏，由远及近、由物及人，由虚物之实到实物之虚，境界层层深入，工而不腻、深而有味，及至最末二句始明寄托深意。杨琏真伽盗发帝陵后，十四位词人以五调分咏五事，汇成《乐府补题》，王沂孙此词即《乐府补题》压卷之作，"大抵龙涎香、莼、蟹以指宋帝，蝉与白莲则托喻后妃",也可能寓指宋室覆于崖山。① 不管怎么说,咏香是"言他物"之兴,以香指宋帝是比,感伤之衷终是沉郁非常,对比今昔,追念当时风华,当下的凄清哀婉被反衬得更觉不忍直面。从"故事"到"琐事"到"情事"到"世事"再到"史事",《天香》的兴寄也如其词句造境一样虚实生化,事浅情深,在奇特的象征和暗昧的隐喻之中使全篇得以具有层次丰富的"厚"味。

王沂孙的词以咏物为主,其中同题同调者亦多,且多见比兴寄托。不难看出,他对词的表现力抱有充分信心,对一事一物不忌反复讽咏,且都能体察入微、运意雕琢,以致各具意态情境。这实际也是咏物词之"赋"法在晚宋不断进益转向的表征,由于"比""兴"的技巧和意识成为主要成分,词中甚至已然难容平白浅简的铺叙。王沂孙词之"深厚",正是其熟用比兴所致。虽然客观上反映出"诗化"的倾向,但就词体而言,仍是未经"破体"的一种"本色",因而其狭深在某种程度上也可视为"保守""内向"之弊。

应当承认,"赋"法确实为唐五代以来的小词注入了生命力,这与北宋时期人们逐渐对物产生特别的探索欲构成呼应,咏物词因此具备了发展的空间。13 世纪的词学家意识到这些变化,他们在批评中提出种种规范、倡导和理想,但理论总是偏爱更为"高级"的技法及其实践,诗学中的"比""兴"传统因此备受青睐,被当然地视为一种正确。经过姜夔、史达祖、高观国、吴文英等人持续在相同审美向度上的努力,即使是词家别宗如辛弃疾,其咏物词中的情志内涵依然与风雅词派的"骚雅"特质有所契合。"比""兴"手法的

---

① 前说出自夏承焘:《〈乐府补题〉考》,见氏著《唐宋词人年谱》,上海古籍出版社,1979 年版,第 377 页。后说见肖鹏:《〈乐府补题〉寄托发疑——与夏承焘先生商榷》,《文学遗产》,1985年第 1 期。夏承焘《〈乐府补题〉考》(后记二)同此说。

普遍运用，不仅使南宋咏物词有别于以"赋"为主的北宋咏物词，甚至能在不断雅化、诗化的过程中进一步回归"本色"。我们分明可见那些贯有追求的词坛名手奔竞于潜设寄寓、巧构隐喻之途，题材的狭窄、笔法的致密、表义的含混、意境的迷离，愈臻其极、愈见其"深"。咏物词终在南宋遗民如王沂孙那里形成了又一类既新实古的"传统"——这一"传统"不久即失其音声，当嗣响再传，已是入清以后词学中兴之时了。

第五章 范畴研究：
"清空""骚雅"的思想内涵

　　词学和画学在南宋进入全面自觉的阶段，经过前代的发展，词与画在技法层面已达到足够的高度，这成为理论总结与转向的基础和资源。就词学批评史而言，主要内容构思和完成于宋季元初的《词源》堪称两宋词理论的结穴，作者张炎在书中标举的"清空"则成为宋元及后世词学批评领域的一个重要范畴。对"清空"的解读和阐释代不乏人，但多囿于就词论词、就词学论词学的局面。本章试图从较为宏观的艺术史和批评史的视角，以"清空"为中心，详析词学与画学的关系并作比较，以期对旧有的问题进行更进一步的诠释。

　　就美学旨尚而言，《词源》中"清空"范畴的内涵突显出词的抒情化倾向，有意无意间乃总括式地描绘出两宋词学思想史的审美路径与样貌，而抒情化的倾向也正是包括绘画等在内的当时各种文艺形式的转变之途，尤其是山水画从北宋到南宋的风格更易，其变化之深刻在某种程度上也影响了元代"绘画的文学化"的完成；至于艺术创作和批评的互动，在以"清空"范畴为核心的《词源》及其作者张炎的词学思想和张炎所推崇的姜夔的词学实践中，均得以充分表现。

第一节 "清空"新释：基于词学与画学的比较视角

深入挖掘词学批评中的范畴内涵，是理解词学思想的必由路径。张炎《词源》是"王灼《碧鸡漫志》后最有系统的词学理论著作"[①]，同时也是宋代词学思想的重要总结，它以姜夔及其词为典型而提出的"清空"范畴，作为一种文学风格与审美理想，树立了与花间词派及晏、欧、周、柳词风相区别的一宗，具有特殊的意义。以往对"清空"内涵的论述，多以文学美学为本位，较少跳脱出词学语境加以观照和阐释，本节尝试将"清空"范畴带入批评史和艺术史开放的对话系统中，找寻其观念参照和思想渊源，或能提供一种新的观察视角和方法。

一、词与画的"疏""密"二体

晚清冯煦在《宋六十一家词选》例言中有一段话论及吴文英和姜夔，同时提及沈义父和张炎对两人词作的看法，颇可注意：

> 梦窗之词丽而则，幽邃而绵密，脉络井井而卒焉不能得其端倪。尹惟晓比之清真，沈伯时亦谓深得清真之妙，而又病其晦。张叔夏则譬诸七宝楼台，眩人眼目。盖《山中白云》专主"清空"，与梦窗家数相反，故于诸作中独赏其《唐多令》之疏快，实则"何处合成愁"一阕，尚非君特本色。《提要》云："天分不及周邦彦，而研炼之功则过之。词家之有文英，如诗家之有李商隐。"予则谓商隐学老杜，亦如文英之学清真也。[②]

[①] 《宋金元文学批评史》，第 676 页。

[②] 〔清〕冯煦：《宋六十一家词选》，扫叶山房石印本，1910 年版，第 5b 页。

这段批评实际上代表了清季以来一些重要词家的观点：吴文英词有着"丽""密"的特点，"疏快"非其本色，他的这种词风是对北宋周邦彦的继承。与冯煦几乎同时的陈廷焯及王、朱、况、郑四家，也多持此论，他们与张祥龄、蔡嵩云等学者均在著述中拈出"疏""密"这一对概念，以论周、吴、姜等人词风差异，"他们认为疏密就是空实，或曰清空密实"。① 张炎在《词源》中提出的"清空""质实"二分，从"体"的角度而言，实可等视为"疏""密"之别。② 虽然《词源》并未明确标示出"疏""密"二字，但以姜夔白石词为代表的"疏"体和以吴文英梦窗词为代表的"密"体，实际上成为引导张炎对之进行比较分析而后总结并标举"清空"这一重要范畴的研究标本。③

本书在第二章中已经谈过，姜、吴二人的词风存在"疏""密"之别。从技法上分析，"疏"大体是景语较少，"密"则表现为无甚虚字、景语较多，同时借助时空的转换交错，营造出意象密集的空间。面对两家极具体派特性的不同词风，张炎显然更倾心白石词的美感特质。试举一例可知，《词源》如何在要求词风疏密相宜的基础上隐含崇疏抑密之主张：

> 词中句法，要平妥精粹。一曲之中，安能句句高妙？只要拍搭衬副得去，于好发挥笔力处，极要用功，不可轻易放过，读

---

① 孙维城：《从比较中看吴文英词的密实》，《南阳师范学院学报》，2002年第5期。

② 关于以"疏""密"论词的历史传统和"疏—密"二元语境下对温庭筠、韦庄、姜夔、吴文英、张炎等人词作的观照，可参杨海明《唐宋词风格论》，上海社会科学院出版社，1986年版，第229—243页。

③ 饶宗颐指出姜夔在词乐以外还精于书法与琴律，其在《续书谱》中即有"书以疏为风神，密为老气"的说法；时人以晋宋雅士目之，就是从姜夔的人品、书品和词品来做总评的。详参《文辙——文学史论集》（下），台湾学生书局，1991年版，第642页。

之使人击节可也。如东坡《杨花词》云:"似花还似非花,也无人惜从教坠。"又云:"春色三分,二分尘土,一分流水。"如美成《风流子》云:"凤阁绣帏深几许,听得理丝簧。"如史邦卿《春雨》云:"临断岸新绿生时,是落红带愁流处。"《灯夜》云:"自怜诗酒瘦,难应接许多春色。"如吴梦窗《登灵岩》云:"连呼酒,上琴台去,秋与云平。"《闰重九》云:"帘半卷,带黄花、人在小楼。"姜白石《扬州慢》云:"二十四桥仍在,波心荡、冷月无声。"此皆平易中有句法。(《句法》)①

张炎在此认为,作词的句法十分重要。所谓句法,就是一篇词中每个句子扮演的角色应当如何,某一句子该有什么样的功能和起到什么样的作用。因此他说:"一曲之中,安能句句高妙","于好发挥笔力处,极要用功,不可轻易放过"。所谓"平易中有句法",是指词中各句虽然看上去关系平等、结构并列,但仍要依据词的叙述线索形成起、承、转、合等内在张力和逻辑。这种句法(从整首词来看也是章法)特征显然是吴文英"质实"的"密"体所不具备的。

在论"虚字"部分中,张炎又指出:"词与诗不同,词之句语有二字三字四字至六字七八字者,若堆叠实字,读且不通,况付之雪儿乎?合用虚字呼唤,单字如'正''但''甚''任'之类,两字如'莫是''还又''那堪'之类,三字如'更能消''最无端''又却是'之类,此等虚字,却要用之得其所,若使尽用虚字,句语自活,必不质实,观者无掩卷之诮。"②由于深刻认识到词与诗的区别,张炎尤其重视作词时对虚字的运用,并举单字、双字、三字等习见的虚字加以说明。如前所述,

---

① 《词源注 乐府指迷笺释》,第14页。
② 《词源注 乐府指迷笺释》,第15页。按,末句许氏娱园刊本作:"若使尽用虚字,句语入俗,虽不质实,恐不无掩卷之诮。"

姜夔词之"疏"正在于好用虚字和善用虚字，由于虚字的大量出现，既减少了景语意象的数量，又使得句法产生内在关联，这就是虚字"呼唤"句子的原因，也是句法逻辑决定于字面的关键所在。

其后，张炎于论"咏物"中言：

《齐天乐》赋促织云："庾郎先自吟愁赋，凄凄更闻私语。露湿铜铺，苔侵石井，都是曾听伊处。哀音似诉，正思妇无眠，起寻机杼。曲曲屏山，夜凉独自甚情绪！　西窗又吹暗雨，为谁频断续，相和砧杵！候馆吟秋，离宫吊月，别有伤心无数。豳诗漫与，笑篱落呼灯，世间儿女。写入琴丝，一声声最苦。"此皆全章精粹，所咏瞭然在目，且不留滞于物。至如刘改之《沁园春》咏指甲云："销薄春冰，碾轻寒玉，渐长渐弯。见凤鞋泥污，偎人强剔；龙涎香断，拨火轻翻。学抚瑶琴，时时欲剪，更掬水鱼鳞波底寒。纤柔处，试摘花香满，镂枣成斑。　时将粉泪偷弹，记切玉曾教柳傅看。算恩情相着，搔便玉体；归期倦数，划遍阑干。每到相思，沉吟静处，斜倚朱唇皓齿间。风流甚，把仙郎暗掐，不放春闲。"又咏小脚云："洛浦凌波，为谁微步，轻尘暗生！记踏花芳径，乱红不损，步苔幽砌，嫩绿无痕。衬玉罗悭，销金样窄，载不起盈盈一段春。嬉游倦，笑教人款捻，微褪些跟。　有时自度歌匀。悄不觉微尖点拍频。忆金莲移换，文鸳得侣；绣裀催衮，舞凤轻分。懊恨深遮，牵情半露，出没风前烟缕裙。知何似？似一钩新月，浅碧笼云。"二词亦自工丽，但不可与前作同日语耳。[①]

所谓"瞭然在目，且不留滞于物"，表明词并不拘于事物的叙述描摹，自有情感存焉，所举姜夔此词中的"凄凄""私语""露""苔"

---

① 《词源注　乐府指迷笺释》，第20—21页。

"石井""哀音""夜凉""暗雨""月""伤心""灯""琴丝"等字词，也均显示出幽寂、疏寥、暗淡、清冷的色彩和意味，是故"不留滞于物"。而后举两首则几乎全由丰富密丽的名物意象堆积而成，所谓"工丽"，正是不为张炎所取者。

张炎的"清空"观及其对"疏""密"两种词风的看法，在词学思想史上有着不同寻常的意义。首先，他有意识地区分了词之"疏""密"二体，将词学审美和批评引入一个全新的视域，在此人们既能够明确地感知两种词风各自的美感，同时也可以有效地遵循两种作法，尝试不同风格的创作；其次，对"疏""密"二体下意识的辨析，使得词学批评实践具备了一种形象化思维，在此基础上对二者的评骘更使此形象化思维得以超越和完善，由此完成词学批评从抽象到具象、在此具象之上又回归于更高级抽象的过程。

分辨"疏""密"二体，让词学批评的想象空间得到拓展，也因此与传统画学批评思维构成了思想场域（Idea Field）。在这个场域中，两种艺术门类的语言和观念互相影响、形成张力，其中既有共同的思想和文化传统的渊源，又有艺术风尚以外各自侧重的技法规范的不同。画学至宋代臻于全盛，词学的理论总结亦于此时取得硕果，有关两者的比较研究因此显得自然而且必要。

中国画一向有工笔和写意之分，其理论源头当是唐人张彦远在《历代名画记》中所提出的"疏""密"二体的对立。他在评价前人用笔时说道："顾、陆之神，不可见其盻际，所谓笔迹周密也。张、吴之妙，笔才一二，像已应焉，离披点画，时见缺落，此虽笔不周而意周也。若知画有疏、密二体，方可议乎画。"[1]风格体派的划分，背后往往暗含批评者的风格祈向。在《论画六法》中，张彦远以述"史"

---

[1] 秦仲文，黄苗子点校：《历代名画记》，人民美术出版社，1963年，第25页。

表达出对"疏""密"二体的看法：

> 上古之画，迹简意澹而雅正，顾、陆之流是也。中古之画，细密精致而臻丽，展、郑之流是也。近代之画，焕烂而求备。今人之画，错乱而无旨，众工之迹是也。[1]

这段描述性的评点十足体现出张彦远的画学思想，其间不仅含有一位复古主义者对"上古之画"简澹雅正的追念和崇拜，也可见一名史家对绘画语言渐趋繁密而导致"错乱无旨"的现实所产生的焦虑与苦闷。正如人们所认识到的那样，隋唐时期画学思想体现了三教并举而互补的态势，张彦远标举的"迹简意澹而雅正"的风格，显然既有庄学的精神归依，也有儒家的思想根源，内容上虽更倾向于道家，其背后的叙述逻辑则是儒学主义的——确立"古已有之"的法度，并通过对变革式发展模式的批评建立复古情感，最终描绘出一条轮回式的"传统"。

张彦远对"疏""密"二体的态度有时似乎显得矛盾，甚至会将某类画既归入"疏"体又归入"密"体。如他对吴道子画的评价，既称其"离披点画，时见缺落，此虽笔不周而意周也"，又谓其"六法俱全，万象必尽……其细画又甚稠密"。[2]张彦远并非不想或没能对"疏""密"二体的内涵作严格界定和分辨，事实上他更愿意灵活地看待它们。这二体在他看来本是相对的概念，其意义产生于比对之时，如此始能避免批评语境中"疏""密"二体可能具有的片面性。[3]

---

[1] 《历代名画记》，第13页。

[2] 《历代名画记》，第25、14—15页。

[3] 关于《历代名画记》中这一看似矛盾说法的合理性的论述，还可参看张晴《中国绘画"疏密"二体的语言构造和风格意蕴》，南京艺术学院硕士学位论文，2011年。

在张彦远之后,"疏""密"二体(及关于繁、简的论述)作为绘画笔法和结构层面的概念和范畴,仍不断被提及和使用,如欧阳修《六一画跋》称:"萧条澹泊,此难画之意,画者得之,览者未必识也。"[①]郭若虚《图画见闻志·叙论》言:"六法精论,万古不移,然而古法用笔以下五法可学,如其气韵,必在生知,固不可以巧密得,复不可以岁月到,默契神会,不知然而然也。"[②]11世纪以后,强调疏密兼美的互济之说渐成画学思想主流,如葛守昌就明确提出:"大抵形似少精,则失之整齐,笔墨太简,则失之阔略。精而造疏,简而意足,惟得于笔墨之外者知之。"[③]正是努力找寻"疏""密"两个向度张力之外的向心力。艺术史上可见的杰作和事实当然也证明,"疏""密"二体的互渗是存在的,正像饶宗颐所言:"笔迹周密和点画离披,好像是不同的两面,真实正是相反相成,从作画的功夫上言,必先能密而后求疏,密是疏的基础,在构图上论,疏、密随心,因境而异,疏密本无定则,有时可以极密亦可以极疏,密中有疏,同样地亦可以疏中见密,语云:'宋人千岩万壑,无一笔不减,倪迂疏林瘦石,无一笔不繁。'于繁中见简,在简出现繁,便是这个道理。"[④]

与之类似,张炎也看到了姜夔"疏"与吴文英"密"的共通处,

[①] 俞剑华编著:《中国古代画论类编》(修订本),人民美术出版社,2005年版,第42页。

[②] 《中国古代画论类编》(修订本),第59页。

[③] 《中国古代画论类编》(修订本),第66页。

[④] 饶宗颐:《画䫢——国画史论集》,台北时报文化出版公司,1993年版,第210页。又,饶宗颐在《姜白石词管窥》中对姜夔之"疏"与吴文英之"密"进行辩证的同时,亦将两人的词与元人黄公望、王蒙的画类比:"一般以为玉田主疏而梦窗主密。寻白石论书,以疏为风神,密为老气,则疏密兼用。余谓以疏密论,姜意密而笔疏,吴则意疏而笔密。姜之疏笔,兴会标举,故往往说得远;吴之笔密,极钩转顺逆之致,故靠得紧。譬诸作画,白石如大痴,梦窗则如黄鹤山樵。此其异也。各擅其胜,不用轩轾。"详参《文辙——文学史论集》,第647页。

如谓二家"善于炼字面",多从晚唐诗中来(《字面》);又如发现调整词中语句的"宽"与"工",可以改变词的"窒塞"和"宽易"(《杂论》);有关咏物词之作法,张炎明确提出"体认稍真,则拘而不畅,模写差远,则晦而不明。要须收纵联密,用事合题"(《咏物》)的观点。

清人张祥龄在《词论》中言:"词至白石,疏宕极矣。梦窗辈起,以密丽争之。至梦窗而密丽又尽矣,白云以疏宕争之。三王之道若循环,皆图自树之方,非有优劣。"① 显然,这只是孤立地看到张炎"词要清空,不要质实"的主张,并未结合《词源》中更多的内容来分析其词学思想,因此将张炎对"疏"体的推赏视为"图自树之方",这样的说法无疑是失当的。由于时间上相对画论同一议题较为晚出,故而张炎在意识到"疏""密"二体之别的同时,即已主张在作法上要尽量兼擅二者之长——尽管张炎显然更倾向"清空"的"疏"体,但并不影响其批评话语和体系的妥善程度,《词源》的有关论述更成为后世如《蕙风词话》倡导"疏密相间之法"等词学思想的渊源。

二、"清空中有意趣":词与画的抒情化倾向

"疏"与"密"是一种关于"体"的划分,而"清空"与"质实"则有关审美层面的意义。理解"清空"的内涵,还应同时注意到张炎在论及"清空"时所特别提到的另一词语——"意趣"。《词源·意趣》云:

> 词以意为主,不要蹈袭前人语意。如东坡中秋《水调歌》云:(词略)。夏夜《洞仙歌》云:(词略)。王荆公金陵怀古《桂枝香》云:(词略)。姜白石《暗香》赋梅云:(词略)。《疏影》云:(词略)。此数词皆清空中有意趣,无笔力者未易到。②

---

① 《词话丛编》,第 4211 页。

② 《词源注 乐府指迷笺释》,第 18 页。

所谓"不要蹈袭前人语意",是诫示作词要不落前人窠臼。述论中所引东坡二词为题咏中秋和夏夜的名作,它们没有依循前人相同主题的用意,而是寄托独特的个人体验和情思,由此成为后人难以模仿的绝妙好词;荆公的怀古之作乃于情感之外,以潜行流转的笔力使词作增添丰饶的历史意蕴;白石咏梅则借梅花的身影写人,言在此而意在彼,为词打开一个"意外"空间,借此抒发心中潜藏的情事与情绪。可以看出,"意趣"甚至对"清空"有补弊之功:"清空"不能空无一物,应具意义和趣味——意义是不蹈袭步踵前人,趣味则是借所咏对象抒发别样性情。

张炎标举的"意趣"宜结合他对词的功能的看法等予以系统考察,即需要理解在张炎看来作词目的为何,以及技法如何服务于这一目的。这一点往往被人们所忽视,因此很难为张炎的观点找到思想传统上的意义与价值定位。

《词源·赋情》言:"簸弄风月,陶写性情,词婉于诗;盖声出莺吭燕舌间,稍近乎情可也。若邻乎郑、卫,与缠令何异也!"[①]此段文字常被用作论证张炎推崇雅正的词学观,又每与《杂论》中"词欲雅而正,志之所之,一为情所役,则失其雅正之音"[②]一段结合,认定张炎力主"雅"而排斥"情"。其实,从"陶写性情,词婉于诗"一句可以看出,张炎早已认识到词这一文体的专长正在于抒情。他从来没有否认抒情的合理性和合道德性,只是因为论者以往过于关注其推崇"雅志"的观念,而忽视了他对词之功能所固有的基本认知——也是关键认知。在张炎看来,情有高远、切近之分,高远则雅正清丽,切近不免平实浅俗,所以他对周邦彦的看法也是辩证的:"美

---

① 《词源注　乐府指迷笺释》,第23页。
② 《词源注　乐府指迷笺释》,第29页。

成词只当看他浑成处，于软媚中有气魄，采唐诗融化如自己者，乃其所长；惜乎意趣却不高远。所以出奇之语，以白石骚雅句法润色之，真天机云锦也。"[1] 清真词之"浑成"以及"于软媚中有气魄"，看来已经大致符合"清空中有意趣"的美学标准了，但他"采唐诗融化如自己者"的长处同时也是缺点，与张炎所主张的不因袭前人而自抒性情相悖，因而虽能"融化如自己者"，较之"出奇"并以"骚雅句法润色之"的词作，终究略逊一筹——"出奇"即不蹈袭前人的"意"，"骚雅句法润色之"即抒发雅正情感的"趣"——这才是张炎"清空中有意趣"的真正内涵。

在《词源》的最后，张炎写道："康、柳词亦自批风抹月中来，风月二字，在我发挥，二公则为风月所使耳。"[2] "风月"所指自然是情，甚至是"邻乎郑卫"之情，倘依照一般观点来看，这必然是为张炎所排斥者。但张炎于此却近乎调笑般地说出"风月二字，在我发挥"，这样通脱的态度较之前引《赋情》中"声出莺吭燕舌间，稍近乎情可也"，似乎还要更进一步，也可视作他为"意趣"所下的注脚。

从对"意趣"内涵和"陶写性情""发挥风月"等词作用和作法的理解，可证张炎主情的态度非常坚定。此前人们将视域过度局限在这个"情"的性质和构成上，反而忽视了张炎关于词应抒情的说法和理念，造成一定程度上的误解。应该认识到的是，《词源》于宋元之际在理论上确证了词的抒情性，在以"意趣"为旨尚的基础上细致分别了各种抒情之法和所抒之情，并予以价值判断，由此将两宋词学思想史中潜藏的词之抒情化的路径凸显出来。

文化生产的形式与内容，自北宋而至南宋，经历着众多值得注

---

[1] 《词源注　乐府指迷笺释》，第30页。

[2] 《词源注　乐府指迷笺释》，第33页。

目的转变。靖康之变及其余震对人们精神层面形成的冲击与南渡以后商业繁盛的现实,在以士大夫为代表的传统精英阶层思想中形成矛盾。他们很难在"盛世"中息止感伤和忧虑,但面对朝廷的偏安和妥协,那些有关收复失地、振作进取的呼声多数时候被掩藏和压抑。因此,在那些并不太能承载宏大主题的艺术形式中,他们的创作表现出一种"抒情化"的趋向。①

《词源》作为宋代词学的重要总结,其作者张炎深刻感会和理解到词体抒情功能的本质和表现。因此,他既主张"清空中有意趣",又以"骚雅"的标准来匡正抒情的浅俗化,在言忠怨之志和缘绮靡之情以外,凭借"高远的意趣"而构设出一个超然的抒情理想,客观上也描绘出两宋之际词学发展的抒情化倾向和绝大多数词人的思想依归:虽然他们没有主动参与构设新的文化趣味的实践,但却受到因契时趣而得风行之文学形式与艺术类型的影响,即在主体意识的作用之下,他们的作品既于形式上可见时代质素,思想内容亦与之构成对抗或拒斥的张力,故而在传统所谓的"情""志"以外找寻抒情化表现方式的诉求便不可避免。由此也可明确,"清空""骚雅"本是处在同一词学思想体系内且能相互补充的两个范畴。

若将视点置于同一时期的绘画艺术领域,就山水画而言,南北宋之间也存在一个从雄伟到抒情的过渡过程。所谓"抒情化",可以理解为高居翰所说的"画家内在特质的流露"和"关注情感上的'超

---

① 对于词在南宋的抒情化转向,林顺夫概括为"日趋狭窄的视野、充盈声色的意象以及对精致与唯美的普遍追求",并特别指出咏物词的发展趋势表现为"言志"传统在词中所占成分的减退、作家视野日益局限、从对抒情主体的关注到对抒情客体的关注等。见张宏生译:《中国抒情传统的转变——姜夔与南宋词》,上海古籍出版社,2005年版,第4、7页。与之相对应的是,绘画在两宋之际的抒情化转向也大致经历了构图上全景向局部的变移、色彩的淡抑即雅逸境界的凸显、对细节刻画越发注重等明显的转易。参见徐习文《理学影响下的宋代绘画观念》,东南大学出版社,2010年版,第91、116页。

然'"。① 方闻曾以普林斯顿大学艺术博物馆所藏一幅李公年（约活动于1120年）《冬景山水》为例，指出它预示了南宋院体山水画风格的流行："作为北南宋之间一幅过渡性作品，李公年的山水画带有奇异的雄伟样式与亲切抒情样式交替混合的表现，它凭借难以忘怀之美，意味深长地倾诉了一个动乱时代的忧患。而它连贯的空间退缩的新方法，使得那些山水画得比前人更近乎天然，从北宋语汇引申而来的矮小人物形象，沉浸在一种虚假、怪诞而又感觉凄清苦涩的冬景当中。"② 以一位"非著名"画家的一件作品试图揭橥12世纪画风的潜易似乎缺乏说服力。因此，方闻又借助日本京都高桐院藏南宋宫廷画师李唐所绘两幅山水立轴来描述这一变化，其中一幅是约作于12世纪50年代的《秋景》，与李公年《冬景山水》的结构十分接近，"放大的细部里，它们同较早的《万壑松风》一样，表现出相同的实感力度，相同的心理控制和集中。高桐院山水画前景的树木扩大到了整幅画高的三分之二，已经取代了北宋前期作为构图中心点的主峰，山水画的尺度也相当抒情，画内各种物象的比例十分自然。在李公年《冬景山水》上曾见过的雄伟气派与师法造化种种冲突方法而引起的紧张感也消除了"。③ 若将视野再扩大到花鸟画领域，还可看到北宋后期以崔白作品为代表的"野逸"画风的出现，实际也显示了此前重彩精工的绘画形式和风格正在面对抵制和反动。文人对于笔墨情趣的偏爱最终推动了主流绘画及其观念的抒情化进程。绘画中的北宋雄伟风格在南宋虽然有所再现，但画院以外疏淡简约

---

① 转引自［美］谢柏轲（Jerome Silbergeld）《现身于宋代的"文人画"》，见上海博物馆编：《翰墨荟萃——细读美国藏中国五代宋元绘画珍品》，北京大学出版社，2012年版，第188页。
② 《心印：中国书画风格与结构分析研究》，第54—55页。
③ 《心印：中国书画风格与结构分析研究》，第57页。

的抒情趣味与审美风尚更加流行，以马远、夏珪为代表的画人引领和述说了画风变革传统。

跨越两宋的画史之变，从很大程度上来说与政治、文学变革同时存在。与北宋晚期新政和王朝威权的心理距离，造成大批士人对堂皇富丽的皇家笔墨与精致画技的厌弃，转而追求古淡疏简的画风，以抒情性为其核心。正像石守谦所谈论的那样："他们追求的新艺术，因此带着鲜明的反画技倾向，而以平淡、古拙，蕴涵深刻隽永的意味为上。创作者的这个新风格取向，使山水画的意义由外向的再现造化之磅礴生命转至内敛的感应自然的'寓兴'。它之所以能被成功地提出，正是因为创作者所属的特定文士群，虽在政争中落败，却在全国性的文化界里占据了领导地位，新风格即在他们的推动中迫使郭熙式的风格退居次要地位。"[①]

如今已不易确认张炎词学思想中的抒情化倾向与当时画学风尚的抒情化转易关联程度若何，但张炎和姜夔的不少词序都透露出他们有关词画之间相通的审美体验。如张炎《湘月》序云："戊子冬晚，与徐平野、王中仙曳舟溪上，天空水寒，古意萧飒。中仙有词雅丽；平野作《晋雪图》，亦清逸可观；余述此调，盖白石《念奴娇》鬲指声也。"[②]张炎在此将其对词与画的观感圆融于一。徐平野画、王中仙词，都给人一种"清逸"之感。这种美学感受既来自词与画作品本身，也与"天空水寒，古意萧飒"的现实场景有关。纸面上和天地间的气象氤氲融汇，营造出一种开放的艺术境界，词与画、词画与自然间产生了互动和语意转换，因此词境、画境都大为拓展。又如其《台城路》序云："夏壶隐壁间，李仲宾写竹石，赵子昂作枯木，娟净峭

---

① 石守谦：《风格与世变——中国绘画十论》，北京大学出版社，2008年版，第11页。

② 吴则虞校辑：《山中白云词》，第37页。

拔，远返古雅。余赋词以述二妙。"①所谓"峭拔""古雅"，本就是张炎论词之语："词要清空，不要质实；清空则古雅峭拔，质实则凝涩晦昧。"②此处移来评价李、赵等人画作，足见张炎在论词时已构设出相应的画面，而当论画之际，也习惯性地使用词学审美的思维和语言，词与画的美感特质在此已是合二为一。

姜夔在《湘月》序中也表达了他面对实景产生画意的联想，因而引发作词的灵感和冲动："长溪杨声伯典长沙楫棹，居濒湘江，窗间所见如燕公、郭熙画图，卧起幽适。丙午七月既望，声伯约予与赵景鲁、景望、萧和父、裕父、时父、恭父，大舟浮湘，放乎中流，山水空寒，烟月交映，凄然其为秋也。坐客皆小冠练服，或弹琴，或浩歌，或自酌，或援笔搜句。"序中"燕公"为何人已难确考。③但其后提到的郭熙自是有名。作为11世纪最值得关注的绘画理论著作《林泉高致》的作者，郭熙在书中所表达的对山水及山水画的态度，足以代表一个时代的艺术情感和想象：

> 君子之所以爱夫山水者，其旨安在？邱园养素，所常处也；泉石啸傲，所常乐也；渔樵隐逸，所常适也；猿鹤飞鸣，所常亲也。尘嚣缰锁，此人情所常厌也；烟霞仙圣，此人情所常愿而不得见也。直以太平盛日，君亲之心两隆，苟洁一身，出处节义斯系。岂仁人高蹈远引，为离世绝俗之行，而必与箕、颍、埒素、黄绮同芳哉？白驹之诗，紫芝之咏，皆不得已而长往者也。然则林泉之志、烟霞之侣，梦寐在焉，耳目断绝。今得妙手，郁然出之，

---

① 《山中白云词》，第134页。
② 《词源注 乐府指迷笺释》，第16页。
③ 夏承焘据《宋朝名画录》《图绘宝鉴》等指出当时燕姓的名画家有燕文贵和燕肃。然未能确定姜夔此处所指是这两人或其中某一人，详参《姜白石词编年笺校》，第8—9页。

不下堂筵，坐穷泉壑，猿声鸟啼，依约在耳，山光水色，滉漾夺目，斯岂不快人意，实获我心哉！此世之所以贵夫画山水之本意也。不此之主，而轻心临之，岂不芜杂神观、溷浊清风也哉！

画山水有体：铺舒为宏图而无余；消缩为小景而不少。看山水亦有体：以林泉之心临之，则价高；以矫侈之目临之，则价低。（《山水训》）[1]

在郭熙看来，山水与山水画是一种精神意义层面的空间，即使"不下堂筵"，也能"坐穷泉壑"。士大夫身在朝阙、心慕烟霞的矛盾由此解决。凭借画外的修养，于山水之间抒其情志也是姜夔的追求，所不同者是他以词高蹈，通过词境之构设完成对"五湖旧约，问经年底事，长负清景"的回答，而画境与词境的互映与交融，本身也正是抒情艺术的抒情化体现。

从上引张炎和姜夔的词序中，不难看出"一种时代旨趣，两种媒介表达"。两种媒介就是词与画。在张炎所强调的"清空"的语境下，有关词与画的审美体验达到高度统一，词人仿佛成为画师，画师笔下营造的意境也充满文学的魅力，极具"意趣"。可以认为，"文人与画师同处一种文化氛围；文字与图像不约而同地传达出对某一类似的画意的特定的时代想象和企求"[2]。这种想象和企求无疑就是张炎对于"高远"的一种抒情化的理想，也是《词源》中最核心的主张和两宋词学的终极趣尚——"清空中有意趣"。

---

[1] 〔宋〕郭思编：《林泉高致》，中华书局，2010年版，第11、15页。

[2] 〔美〕汪悦进：《"乱山藏古寺"：〈晴峦萧寺图〉及北宋诗画互涉新议》，见《翰墨荟萃——细读美国藏中国五代宋元绘画珍品》，第161页。

三、"逸"：艺术批评关于主体人格的理想

从传世的艺术批评文献来看，中国古代文艺思想传统具有一种相当特别和突出的特点，即对创作主体的修养和人格提出诸多要求。而历代批评家也几近一致地认同，艺术是表现和象征创作主体人格修养的标志性载体。从批评史的角度来看，"人"的影子无处不在。优秀的古典艺术理论向来都非仅限于探讨技巧、结构、体势、章法，多数时候都会更深一层赏会其意味、风韵、格调、精神，深入其创作者——人的内部世界，品评其人的品格和修养。如果避开艺术实践来讨论"书如其人""文如其人""画如其人"等命题，将会很明显地觉察到，这种强调创作主体与创作成品精神一致的观念，其实仅是一种批评习惯、判断标准和创作旨归，而非有关必然现象的客观描述，更无发生学层面的意义。即使如此，诗词书画等艺术仍被认为是一种高阶的精神表现形式，因为这些艺术门类尤其强调创作主体的修养和人格，强调艺术形式与实践渗透和塑造"自我"的重要性。可见的现实是，传统的艺术理论和批评一直遵从着人格化品评这一圭臬，融入众多品藻人物之类语言以评论艺术的高下优劣，这就将艺术作品的品格完全视同于人的品格了。

在张炎《词源》以前，尚未见任何词学著述以一种艺术趣尚标举出批评者所推崇的人格类型。正是《词源》在积极评价姜夔之际拈出的"清空"范畴，将词学审美与人格审美进行了完美圆融，提升了词学批评的思想高度，拓展了词学批评的精神空间。吴调公在《说"清空"》一文中就明确指出，"清空"是一种"论艺术"与"论人格"相结合的范畴："清空的思想基础，首先应该具有高超、洒脱的情趣。""主要是指一种经过艺术陶冶，在题材概括上淘尽渣滓，从而表现为澄净精纯，在意境铸造上突出诗人的冲淡襟怀，从而表

现为朴素自然的艺术特色。""清空却无愧为具有民族特色,显示文人高蹈精神的风格之一。"①对此议题,张惠民也有类似感受。他总结道:"清空之境如野云孤飞,故是高蹈远举者的心态与情趣的象征。表现一种不受人间世拘系的自由精神,而具一种自甘寂寞的凄清韵味。能超越名利,能洁身自好,则见品性人格之挺异卓荦,加上骚雅深厚的文化修养,正气逸韵,自占地步,飘逸潇洒,使读者生高举远慕之想。"②可以说,只有理解了"清空"是一种隐含追崇理想人格的艺术批评范畴,才能看出张炎在《词源》各处强调的"挺异""特立""清新""高出人表"和其贬斥的"尘俗""谀佞""软媚""迂阔虚诞"等词语的真正含义和所指,这些语词不仅可见张炎在词学审美层面的取舍,也将其追崇的主体人格勾摹和解释出来,而他一向称誉有加的姜夔及其词的艺术特征和优长,更得以清晰地展现在人们面前。

姜夔其人其词是张炎提出"清空"这一风格概念的重要资源和参照,他身上当然也兼具一种"清空中有意趣"的抒情化理想。这主要表现在姜夔的创作和生活两个层面所具之"距离感":与前人旧作的表达距离和与自然山水的审美距离。在张炎看来,正是姜夔本身的"清空"之质,将词作提升到具有"高远"的"意趣"的美妙境地。对于姜夔这种超然的品格,论者判断与表述各异。周济认为是"放旷",王国维认为是"有格而无情",张惠民认为是"孤高"③,孙维城认为是"狷洁"④。其中,周、王坚持姜夔"浅于情"的看法,而张、孙则认为姜夔是"看似超然却有情"⑤,"把对山水的深诣与爱情的执

---

① 吴调公:《古典文论与审美鉴赏》,齐鲁书社,1985年版,第372、366、367页。

② 张惠民:《宋代词学审美理想》,人民文学出版社,1995年版,第284页。

③ 《宋代词学审美理想》,第284页。

④ 《宋韵——宋词人文精神与审美形态探论》,第210页。

⑤ 《宋代词学审美理想》,第213页。

着融为一体"①。姜夔的词风与人格精神,实际上是南宋时期诸种艺术形式的审美理想最为集中和完美的实现,他作为一个文化符号,代表了传统知识精英和主流思想所追求和认可的内心之于外界的疏隔、我者之于他者的独立、高雅之于浅俗的超拔、清旷之于纷扰的逃离,对此,"超然""放旷""孤高""狷洁"等词语或能揭示出其某一方面的特质,但若要整体综合概论这种文化理想与精神实践,唯有借助另一范畴来完成,那便是"逸"。

徐拥军曾用"萧条冷淡"与"清新高逸"概括姜夔"未归与归后的两种风格",并以画论中的"逸格"联系张炎对"清空"词境的推许。②可见,他已经认识到以"逸"揭示姜夔其词其人所象征的"清空"理想的重要性和必要性,但因所论目的是为梳理"隐逸词史",故对"逸"的理解也集中和局限于"隐逸"。③实则"隐逸"与"超然""放旷""孤高""狷洁"等词语一样,均不能与内涵更为丰富的"逸"等同。此外,徐文也未能阐述传统批评话语以"逸"论艺的人格化倾向,而这一点恰是本节欲以"逸"概括姜夔词境与其文化人格、理解张炎对一种词风和主体人格的理想如何想象的关键所在。

许慎《说文解字》对"逸"的解释是:"失也。从辵兔。兔谩訑善逃也。"④由此可见,"逸"是一种有关"逃离"属性特征的行为和理想。所谓"逃离",首先应是"对客观存在的逃离",画学批评与理论中常见"逸品"之称,它暗印了中国绘画从"再现"到"表现"

---

① 《宋韵——宋词人文精神与审美形态探论》,第215页。

② 徐拥军:《唐宋隐逸词史论》,苏州大学博士学位论文,2010年,第162、215页。

③ 徐拥军在博士论文中借用徐复观在《中国艺术精神》中论述魏晋士人精神的概念"隐逸性格"来概括姜夔的性格,详参《唐宋隐逸词史论》,第167页。他在此后的研究中,仍沿用了"隐逸性格"的说法,详参《唐宋词体研究》,暨南大学博士后出站工作报告,2013年,第104页。

④ 〔汉〕许慎:《说文解字》,中华书局,1963年版,第203页。

的过渡与超越。这种"逸出性的逃离"不单是拒绝单纯模仿、寻求表达主体精神,而且通过重构以建立一个新的审美体系。此外,对一切"旧有"的逃离和规避,也是"逸"之内涵所指。因此,有"逸"格的画作,当不仅与现实生活隔开一层,更在作为艺术要素的造型、技法、构图等方面远离"俗"或"熟"。传统画论中列为"逸品"的名家杰作,其特点、价值与意义正在于"不拘常法"。对"常法"的"逃离",形成了布莱希特所谓的"间离效果"和什克洛夫斯基所谓的"陌生化"效果。王国维在《人间词话》中以与之近似的"隔"与"不隔"论词境优劣,也是基于对"逸"之内涵的理解的深化和推导。饶宗颐《〈人间词话〉平议》言:"王氏论词,标隔与不隔,以定词之优劣,屡讥白石之词有'隔雾看花'之恨。又云:'梅溪梦窗诸家写景之病,皆在一隔字。'予谓'美人如花隔云端',不特未损其美,反益彰其美,故'隔'不足为词之病。"[①]其实,词体形式上的长短错落、承转曲折,正决定了其内容与情感表达上的婉曲。"逸"于现实和常理之外,由此产生"隔"感,而言外有意、有意与无意相参的状态恰是词这一文体的美学特质。具有"逸"的内涵与"隔"的形式的艺术作品,其认知与再现方式均别具殊格,对旧有一切艺术内部元素的革新和转换使其显得超于凡俗。王国维虽指出姜夔"隔"的特点而加以批评,但内心还是接受了关于词体美学特质的有关共识,他"毕竟承认了'水中之影,镜中之象'的兴趣说,毕竟写下了'一切景语皆情语'这句话,这无异于间接地承认了'隔'"[②]。这也可见王国维的矛盾心态。

从对客观事物、自然社会等的"逃离",到对艺术内部一切"熟"与"旧"的"逃离",可以说"逸品"的超越性由此完成。这种超越

[①] 饶宗颐:《〈人间词话〉平议》,选堂丛书,1955 年线装自印本,第 2b 页。

[②] 孙维城:《千年词史待平章——晚清三大词话研究》,安徽大学出版社,2010 年版,第 175 页。

性既存在一种出世的理想，又含有一种变革的精神，也与既存的经验之间形成张力。从画论史的角度来看，对于"逸品"的理解和判断也有一个变化的过程，宋元以后逐渐定论，此后人们一直将之视作书画艺术的超越性价值和追求。① 这同宋元之际的社会文化转型、社会心理变化以及审美取向转变关联甚深。"逸"作为一种艺术品格与审美标准，它反映的实是宋元之际士人阶层的文化立场、美学主张和精神信念、生命追求，在各个层面具体体现为逐渐轻视客观外在、拒斥熟旧庸常，甚至有意回避主流。因此，"逸"不仅具备艺术内涵，更有道德内涵、政治内涵与宗教内涵。本于这样的文化观照，始能更好理解张炎何以借助"清空""质实"这种既具象又抽象的概念来论述词境，何以用"古雅峭拔"来论词与画，何以标榜"清空中有意趣"来表达一种求新与脱俗的抒情化理想，何以激赏姜夔词风的背后乃是要表达对其人格的推崇，何以唯有"逸"字才能完美状述姜夔其人其词的文化品格，等等。

---

① 比如，"逸品"思想在元代画家倪瓒那里被总结性地阐释为由"逸笔"构成并透溢出的"逸气"。他在《题自画墨竹》中说："以中每爱余画竹。余之竹聊以写胸中逸气耳，岂复较其似与非，叶之繁与疏，枝之斜与直哉？"又在《答张藻仲书》中写道："今日出城外闲静处，始得读刿源事迹。图写景物，曲折能尽状其妙处，盖我则不能之。若草草点染，遗其骊黄牝牡之形色，则又非为图之意。仆之所谓画者，不过逸笔草草，不求形似，聊以自娱耳。近迂游偶来城邑，索画者必欲依彼所指授，又欲应时而得，鄙辱怒骂，无所不有。冤矣乎！讵可责夺人以髯也！是亦仆自有以取之耶。"可见，倪瓒作画是不以自我旧有经验和他者的期待为依凭的。"逸笔草草，不求形似"，是对既有的人生体验和艺术经验的反动，"逸"在这里完成了与文人画的交接。以人为本、以我为本，是一种自娱而非娱人。一切以我为本体和中心，"写胸中逸气"，而不计较"其似与非，叶之繁与疏，枝之斜与直"。这种极度主观的画学理念，是文人画的重要特征，其于绘画中的客观性存在构成了巨大的张力，而主观、客观在构设画面中所占的比例，正是考量"逸品"的一个重要参照系。元人的相关总结性论述尚有饶自然的《绘宗十二忌》，从作法上以举反例的方式对以尊简疏、贬繁密为核心的画学思想进行了有意识的规约。又如杨维祯关于与画品相关的人品之优劣是取决于"天质"而非身世的总结，实际也对郭熙关于人品高者皆是"轩冕""岩穴"上士之说进行了修正。

传统画论不仅对创作主体怀抱"逸"的理想,更从创作论上对画者提出"虚静""澄怀"等要求。如宋人韩拙就曾以"古之学者"闲逸的特殊作画习惯为参照,批评"今之学者""以画为业,以利为图":

> 昔顾恺之夏月登楼,家人罕见其面,遇风雨晦暝,饥饱喜怒,皆不操笔。唐有王右丞,杜员外赠歌云:"十日画一水,五日画一石。能事不受相促迫,王宰始肯留真迹。"……古之冠冕上士,燕闲余裕,以此为清幽自适之乐。唐张彦远云:"书画之术,非闾阎之子可为也。"奈何顷者往往以画为业,以利为图,全乏九流之风,不修士大夫之体,岂不为自轻其术哉!①

这段论说实际接续张彦远的画学思想,张氏在《论画六法》中对疏简空灵的画风表达称赏之后,引出有关绘画主体应贵逸而不当堕于俗贱的议论:

> 若时景融朗,然后含毫;天地阴惨,则不操笔。今之画人,笔墨混于尘埃,丹青和其泥滓,徒污绢素,岂曰绘画!自古善画者,莫匪衣冠贵胄,逸士高人,振妙一时,传芳千祀,非闾阎鄙贱之所能为也。②

不论从批评的角度还是创作方法的角度而言,文艺都不再是仅仅关乎技法的"术",人们对于创作主体人格的高度关注及其相关论述,已使之彻底哲学化。张炎在《词源》中也多次由讨论作词,而引出有关鄙薄熟俗和追慕高逸的表达,因此不仅有批评层面的理论价值,

---

① 《中国古代画论类编》(修订本),第681页。

② 《历代名画记》,第15页。

更有创作方法上的指导意义，评词和论人已然彼此互见、合二为一了：

> 此数家格调不侔，句法挺异，俱能特立清新之意，删削靡曼之词，自成一家，各名于世。(《原序》)①

> 不惟清空，又且骚雅，读之使人神观飞越。(《清空》)②

> 词之赋梅，惟姜白石《暗香》《疏影》二曲，前无古人，后无来者，自立新意，真为绝唱。(《杂论》)③

> 东坡词如《水龙吟》咏杨花、咏闻笛，又如《过秦楼》《洞仙歌》《卜算子》等作，皆清丽舒徐，高出人表。(《杂论》)④

经过数个世纪的积淀和流变之后，文艺批评观念和思想逐渐出现类型化趋向，这与艺术史中强大的摹古、拟古意识及道德伦理传统高度相关。不少论者已经注意到画学领域的这一现象，但仅从"表达的思维方式"角度进行解释，对画论史上人格化批评的类型化问题未有涉论。⑤ 至于词这一文体，其为体式所限，类型化倾向本来相当明显，经过 11 世纪以来一些具有变革精神的词家"以诗为词""以文为词"和"以传奇为词"的改造，词文学史终能呈现出较为丰富的面貌，词学批评与词学思想也较画论更为多元。张炎关于姜夔及

---

① 《词源注　乐府指迷笺释》，第 9 页。
② 《词源注　乐府指迷笺释》，第 16 页。
③ 《词源注　乐府指迷笺释》，第 29—30 页。
④ 《词源注　乐府指迷笺释》，第 30 页。
⑤ 《理学影响下的宋代绘画观念》，第 91、85 页。

其词的人格化批评与理想诉求，在词学思想史上是具有特别意义与价值的。或许正由于张炎本人对绘画和画论的熟悉，使其不自觉地受到画论中人格化批评习惯的影响。因此，《词源》"清空中有意趣"之说不仅拓展了词学话语实践与批评理念的思路，也与画学思想形成参照和互动，实现了画学与文学基于词学批评的另类融通。

第二节 "清空"与"骚雅"的思想归属及其间之互济

一直以来，已有相当多数的研究者对《词源》中最重要的两个范畴——"清空"与"骚雅"进行过详细讨论，但绝大部分均基于词学本位，即围绕张炎及其推崇的姜夔的词句、词法、词境等方面，阐发"清空"和"骚雅"的美学内涵。这些工作极为必要，有助于深入了解姜张一派词学艺术的特点及其对后世词学创作的影响，但由于视点相对集中，而难以全面认识"清空"和"骚雅"及《词源》构设的词学理论体系和思想。两宋之际传统思想经历了深刻的变化，刘子健认为，新儒家提供了改变社会的方式，个人道德修养（或曰"moral reconstruction"）成为两宋文化转型与重构的根本原因。这种转向内在的思想文化潮流自然影响到艺术及其创作思想，作为宋代词学理论的结穴，张炎的《词源》也或隐或显地染上了这种思想底色。本节结合张炎和姜夔的词作词论，对"清空"与"骚雅"这两个范畴的思想归属以及二者之互济略作论析，以期在词学思想史的视野与框架中为阐论姜张词学进一新解。

一、"清""空"在张炎词中的呈现方式

"清空"是张炎词学思想体系中极为重要的概念范畴，这首先表现在《词源》中"清空"作为张炎标举的一种趣尚，其丰富的内涵

得以凸显；而从张炎的词作来看，"清空"之作亦可谓比比皆是，足见张炎词学理论与实践甚为相协。恰如吴则虞所言："疏的一派中的杰出代表就是张炎。从张炎的创作实践看是如此，从张炎的文艺理论看也是如此，从张炎对后世的影响看更是如此。"① 倘要深度理解和认知"清空"在张炎词中的呈现方式，不妨将"清""空"分而论之，继后辨析二者的思想归属，由此进一步解读张炎的词心。

"清""空"二义之中，"空"或更易把握，兹先辨解。从《山中白云词》来看，很容易发现张炎时常会以与"空"相关或暗喻"空"的一些字词短语嵌入词句，借以构设"空"境。试举几例如次：

> 溪燕蹙游丝，漾粼粼、鸭绿光动晴晓。何处落红多，芳菲梦翻入嫩蘋深藻。一番夜雨，一番吟老池塘草。寂历断桥人欲渡，还见柳阴舟小。　和云流出空山，甚年年净洗，花香不了。新绿乍生时，孤村路、犹忆那时曾到。传觞事杳，茂林应是依然好。试问清流今在否，心碎浮萍多少。②

此为《山中白云词》卷一首阕《南浦·春水》之别本，词中"寂历""空山""净洗""孤村""事杳""今在否"等词句，无不隐隐描画和营造出"空"的境地。又，"茂林应是依然好"一作"可怜难咏，兰亭旧事如今少"，"试问清流今在否"一作"赋情谩逐王孙去"，"心碎浮萍多少"一作"门外潮平渡小"，皆见空寂虚无的景象。《解连环·拜陈西麓墓》一词也是如此：

---

① 《山中白云词》，第1页。

② 《山中白云词》，第1—2页。

句章城郭。问千年往事,几回归鹤。叹贞元、朝士无多,又日冷湖阴,柳边门钥。向北来时,无处认、江南花落。纵荷衣未改,病损茂陵,总是离索。　山中故人去却。但碑寒岘首,旧景如昨。怅二乔、空老春深,正歌断帘空,草暗铜雀。楚魄难招,被万叠、闲云迷着。料犹是、听风听雨,朗吟夜壑。①

"无多""离索""故人去却""空老春深""歌断帘空"等皆显示出实际环境与想象维度之"空",词中"空"字二见,尤见深意,结尾"朗吟夜壑"则打开了一个更大更空的空间:"壑"是深谷或深坑,本就是虚空而非充实的所在,"夜"字加深了空间的幽寂、静谧之感,而"朗吟"更以声响打破这种幽静,声音作为一种传播的物质,似乎在探测着"夜壑"的边际。全词于此戛然而止,使得"朗吟"的余响不绝,被引向遥远、深邃之处,不知所之,故而词中所造"空"境显得至大无外、与天地同一。

除此正面呈现"空"景之外,张炎亦常以"有"衬"无",最妙者如《忆旧游》(记开帘过酒)结尾数句:"故乡几回飞梦,江雨夜凉船。纵忘却归期,千山未必无杜鹃。"梦本无着落,"飞"字更增添缥缈虚空之感;江上虽有雨,但雨夜的小船上,只有孤身乃至无人才会感到"凉";句末的杜鹃是实有的存在,但在"千山"的背景下,可以想象其啼声的杳远,这恰是"鸟鸣山更幽"的反衬方法,而偶闻几声"不如归去"引起山客归去的幽思,也给读者以空无清寂的感喟。

《山中白云词》不仅从空间方面表现"空"境,还常常用"当年"与"如今"、"旧时"与"而今"这样的二元结构,从时间方面显示

---

① 《山中白云词》,第22页。

出目下的"空"感。① 这类句子在集中俯拾皆是,如"谁念而今老,懒赋长杨,倦怀休说"(《凄凉犯》)、"十年前事翻疑梦,重逢可怜俱老。水国春空,山城遂晚,无语相看一笑"(《台城路》)、"想如今,绿到西湖。犹记得、当年深隐,门掩两三株"(《渡江云》)、"想如今,燕莺犹说。纵艳游、得似当年,早是旧情都别"(《疏影》)、"乱红飞已无多,艳游终是如今少"(《水龙吟》)、"几回听得啼鹃,不如归去。终不似、旧时鹦鹉"(《祝英台近》)、"桃花远迷洞口,想如今、方信无秦"(《声声慢》)、"且莫把孤愁,说与当时歌舞"(《长亭怨》)、"俯仰十年前事,醉后醒还惊"(《忆旧游》)、"还飘泊,何时尊酒,却说如今"(《甘州》)、"都缘是、那时年少。惊梦回,懒说相思,毕竟如今老"(《解语花》)、"十年旧梦,漫余恍惚云窗,可怜不是当时蝶"(《石州慢》),等等。时间维度上的古今对比,凸显了韶华之易逝、时光之速迫、历史之缥缈和名利之虚无,这种古今的冲突往往被张炎放置在"梦"与"醒"的转换当中,梦中的"有"与醒来的"无"之间形成了巨大的矛盾和张力。因此,由时间而生的"空"感比前举空间层面的"空"境更显深刻,也更具寥落和悲慨。张炎以一旧世家子弟经历亡国之变,其内心的哀惋与苦楚唯以惊伤梦醒、感喟虚无出之,这正是"万不得已""无可奈何"的词心所致。

正是基于这样的内心底色,张炎亦偶在词作中着意表现情感的

---

① 刘少雄认为,词体的抒情特质正表现在以外在时空与内在人情的互动关系,特别是以时间为主轴的叙述中。他在《对比的美感——唐宋词的抒情特性》中分别以"伤春怀远几时穷""物是人非事事休""重来是事堪嗟""古今如梦何曾梦觉"四种情意主题来探索词情的深层涵义。详参氏著《读写之间——学词讲义》,台湾里仁书局,2006年版,第71页以下。吕正惠将此"过去"和"现在"的结构性对比称之为"经验模式",认为周邦彦、姜夔、吴文英、张炎等人词作的经验模式与美学特质近似,且将前人的偶发零星变为固定化的主题。详参氏著《抒情传统与政治现实》,华中师范大学出版社,2011年版,第68页以下。

突然"消退"或"撤离",造成词作结构的断裂和失序——其目的显然仍在构设一种万象归空的物质世界与情感世界,借此表达他的思想处境与人生抉择。最典型的例子如《徵招·听袁伯长琴》:

> 秋风吹碎江南树,石床自听流水。别鹤不归来,引悲风千里。余音犹在耳。有谁识、醉翁深意。去国情怀,草枯沙远,尚鸣山鬼。　　客里。可消忧,人间世寥寥几年无此。杏老古坛荒,把凄凉空指。心尘聊更洗。傍何处、竹边松底。共良夜,白月纷纷,领一天清气。①

词以"秋风吹碎"开一片悲凄之境,"碎"字更增添了悲沉、失望的力量感;虽然鲜有人识"醉翁深意",但张炎自己已经道出其中所蕴含的是"去国情怀",而"尚鸣山鬼"四字更将此情怀转化为声音,使之更加具体,将情感的表达推向高潮。不过,下片最后几句却没有继续这种书写方式,"心尘聊更洗",将情感进行了一番淘沥,接后便出现张炎词中常见的意象:"竹""松""白月""清气",由是境象又复归于"空"。吴则虞评此作云:"仿佛把一切沸腾沉郁的情感蒸发掉了,流于软弱。"② 其实,前后的这种变化并非是所谓"才力不济""流于浅显"所致,而是张炎"清空"趣尚的惯性体现。在悲慨"去国"之际,张炎对自己的情感也进行了"放逐"。姜斐德(Alfreda Murck)在解读宋人雁落平沙主题画作时指出,飞行的鸿雁表示朝臣的秩序,远去的雁群和孤雁则暗示出一种差异,落下的大雁大多暗喻经历蒙冤处罚和时世变迁的人。③ 与之类似,《徵招·听袁伯长琴》

---

① 《山中白云词》,第39页。

② 《山中白云词》,第7页。

③ [美]姜斐德:《宋代诗画中的政治隐情》,中华书局,2009年版,第65—69页。

中"别鹤不归来"和"草枯沙远"等词句也暗含了词人与主流世界疏离的隐喻。不同于雁落平沙表现的是被动流放之无奈,张炎此词显示出的是自我的"主动放逐",那些无可安顿的情绪和情怀虽经感发兴起,却终不免落入"空"境。

至于"清"与"空"的区别,有学者认为"清"是一种幽趣与冷美,是词人个性的自然流露,而"空"表现为空灵,类同王国维所说的"无一语道着",是排除个人情感去体察外物。①但事实可能是,与"空"相比,张炎词中"清"的情感恰恰更淡,意味着一种野逸和枯寂的纯粹境界,甚至连"空"境中的怀古伤今之情都没有,以致极近颇具宗教意味的"圣洁"之境。试看其《木兰花慢·为越僧樵隐赋樵山》一词:

龟峰深处隐,岩壑静,万尘空。任一路白云,山童休扫,却似崆峒。只恐烂柯人到,怕光阴、不与世间同。旋采生枝带叶,微煎石鼎团龙。　　从容。吟啸百年翁。行乐少扶筇。向镜水传心,柴桑袖手,门掩清风。如何晋人去后,好林泉、都在夕阳中。禅外更无今古,醉归明月千松。②

词中多是景语,构设出一派"不似人间"的清景。从空间里的"万尘空",到时间上的"无今古",都是凡俗以外超越世界的特征。又如《一萼红·赋红梅》词云:

倚阑干。问绿华何事,偷饵九还丹。浣锦溪边,餐霞竹里,翠袖不倚天寒。照芳树、晴光泛晓,护么凤、无处认冰颜。露

---

① 黄雅莉:《宋代词学批评专题探究》,台湾文津出版社,2008年版,第670页。
② 《山中白云词》,第11页。

洗春腴,风摇醉魄,听笛江南。　　树挂珊瑚冷月,叹玉奴妆褪,仙掾诗悭。漫觅花云,不同梨梦,推篷恍记孤山。步夜雪、前村问酒,几消凝、把做杏花看。得似古桃流水,不到人间。①

与前引《木兰花慢》类似,全篇一意"神行",清光流溢,引人遐思。《山中白云词》中,此类表现万象简寂之"清"境的词作颇多,内有不少道家意象与语汇,如"寰瀛""太乙真人"(《凤凰台上记吹箫》),"绿蓑青笠玄真子""壶中日月"(《风入松》),"欲问长生""金鼎内""转丹砂"(《南楼令》),等等。这种不为物、景、史、情所滞的写法,虽然令词笔峭拔、词境孤峻,却也带来浅显化和雷同化的弊端,以其情浅而无面目,因此后世不少论词者对之颇加诟病。如周济说其"宅句安章,偶出风致,乍见可喜,深味索然","笔以行意也,不行须换笔。换笔不行,便须换意。玉田惟换笔不换意"。②

不过,张炎这类"清"境之词中形象的缺失和情感的空位,也是有其缘由的。从张炎的身世来看,他前半生是"承平故家贵游少年"③,三十岁时宋亡,此后颠沛漂泊,"牢落偃蹇",游迹南北,居无定所,与姜夔、史达祖、吴文英等人"互相鼓吹春声于繁华世界,飘飘征情,节节弄拍"④。政治和时代等大环境与大背景的变迁,足以令个人的生命履迹和轨道易辙,生命形态与情感底色也必随之变化,如张炎这样敏感的词人,其心灵深处的意识自然趋向恨怅冷寂。不仅如此,作为亡宋遗民,张炎的祖父为元军所杀,家产被抄灭,可谓国恨与

---

① 《山中白云词》,第25页。

② 〔清〕周济:《宋四家词选目录序论》,《词话丛编》,第1644页。

③ 〔宋〕戴表元:《送张叔夏西游序》,《剡源集》卷十三,宜稼堂丛书,第17页。

④ 〔宋〕郑思肖:《玉田词题辞》,见施蛰存主编:《词籍序跋萃编》,中国社会科学出版社,1994年版,第389页。

家仇交织。① 当元廷为笼络旧族而招揽北游的张炎时，他只能是"慨然襆被而归"②——元朝治下的张炎唯以布衣终了，其命运一望可见尽头，由此而生的虚空之感也便透溢在词中。政治与文化上抵制与抗拒，情感和文学精神上则呈现为逃离和高蹈，这正是"清空"趣尚和张炎词学思想的根本基础。③

二、"清""空"的思想归属及其与"骚雅"的关系

史双元曾以张炎《摸鱼儿·高爱山隐居》一词为例，说明宗教精神如何对思想情感和文学表达施加影响："情感越是细腻，个体潜入内心越深，就越容易感受到那种无法言说的孤独，也越容易接近'治心为主'的宗教精神"，"词这种注重表现内在心性，个体情感的特色，使得佛道思想更容易渗入词中"。④ 张炎标举的"清空"或曰"清""空"二字，其宗教思想质素其实很是明显，而此范畴与《词源》所倡的另一趣尚"骚雅"之间也存在互动关联，表明的是张炎词学思想中有关概念对立与风格融济的特点。

在张炎以前，"清"作为一个美学范畴，时常应用于人物品藻、诗学批评等方面。蒋寅对"清"的概念所指进行过详细的分辨，他

---

① 《元史》卷一百二十六："三月丙戌，（廉希贤）至广德军独松关，守关者不知为使，袭而杀之。张濡以为己功，受赏，知广德军。明年宋亡，获张濡杀之，诏遣使护希贤丧归，后复籍濡家赀付其家。"中华书局，1976年版，第3097页。

② 〔宋〕舒岳祥：《赠玉田序》，见《词籍序跋萃编》，第390页。

③ 学界关于"清空"和"质实"的分析已经足够充分，但很少将之联系张炎本人的创作及其生命经历与形态加以讨论。张惠民在《宋代词学审美理想》中尝试从范畴指向的境界来理解张炎和姜夔的心态、情趣和精神理想；朱崇才《词话史》也提出不应只将"清空"作为词的风格来理解，它更多的是一种心灵的追寻和超越人间俗世的精神遨游。这些探讨无疑将词学批评与理论的具体分析引向更广的词学思想的研究中。

④ 史双元：《宋词与佛道思想》，今日中国出版社，1992年版，第29、28页。

认为中国古典诗学的基本概念一般分为"构成性概念"和"审美性概念"两种,"清"则兼有两种概念的内涵,在本质论和创作论两个维度中,历代批评家都有相关论述和阐释。[1]蒋寅的文章还进一步提到,"清"的源头可以追溯到道家的清静理想和哲学追求,从《老子》中关于"清"的叙述(如"清静为天下正")到道教以"三清"为最高尊神,多围绕着"清"展开和建构。[2]

道教在汉魏晋宋之际经历了重大转型,其中最重要的一个方面就是世俗性与政治性的减退乃至消泯。道教在早期原本有比较严密的组织形式,有所谓的"治""方"等组织样式,它和民众间的关系并不单纯,不仅有为之沟通人神的媒介作用,更有"领化"和管理等世俗层面的功能。但在六朝时期,这种本来存在的政治性和军事性功能逐渐被世俗皇权剥夺、垄断,道教的政、教二义分离,只保留了宗教性的祭祀、祈禳等功能。因此,道教只有重新回归并找寻原始宗教中的超越性精神,以与世俗皇权分流而行之。葛兆光将这一现象描述为道教"屈服"的历史,认为道教在此时被主流意识形态和世俗皇权所抑制,被迫屈服,"正是由于中国宗教史上的这种'屈服',中国历史上从来不曾有过与世俗政权相对抗的宗教权力,而中国集神灵、宇宙、伦理道德象征以及政治权力与军事权力于一身的'普遍皇权'(universal kingship)也比西方要更为强大"。[3]犹如在政治威压之下文人的避世隐遁,道教的"屈服"造成了宗教主体精神与

---

[1] 蒋寅:《古典诗学的现代诠释》(增订本),中华书局,2009年版,第58页。

[2] 道教本是不拜神鬼的知识人的宗教,其以"真文"为主要信仰对象,"三清"本是一种虚拟化的对一种神圣境界的描述,后来在宗教变革中实化为三位尊神。关于道教信仰实质的论述,详参龚鹏程《道教新论》,北京大学出版社,2009年版。

[3] 葛兆光:《屈服史及其他:六朝隋唐道教的思想史研究》,生活·读书·新知三联书店,2003年版,第117、10页。

组织形式的转向——这种"屈服"的另一义也即"遁逸"与"超越"。与此同时,道教的遁世又同当时知识界的普遍文化追求产生共振,其远离世俗的清静追求在玄学昌盛的氛围中获得"重生"。① 身处易代之际的张炎和他的词,以及他所激赏的白石词,都体现了对上述"清"的精神的皈依,特别是对"晋宋人物"的向往和追慕。② 这种以道家思想资源为核心和基础的超迈远逸的词学追求,表现在张炎和姜夔的词中,正如本书之前已经分析的那样,既有对时间空间的超越想象和描绘,又常构设出悄无人迹、清净冷寂的圣洁之境,更有词与画互融的浑成美景,让人很容易联想起宗白华所言:"向外发现了自然,向内发现了自己的深情。"③

以禅说诗是文学史上习见的批评方式,南宋严羽《沧浪诗话》为此传统早期的集大成之著。宋人亦多以禅论词者。④ 饶宗颐称词家因此得以开一新途,此后遂有以禅分南北宗喻词有南北宗者,有以法华、

---

① 靳青万、赵国乾指出,汉魏之间,两汉经伦衰颓,魏晋玄学勃兴,而"正始之音"的价值也正在于提供了玄学得以脱离经学而独立存在的方式,即"言意之辩",从而导致了"哲学眼光"由重外在而重内在的变化,魏晋品藻人物即依此原则,此时"清"的出现,就是重"神鉴"取代重"形鉴"的需要,而"清"的审美精神则可分为超群拔俗的风度之美、清远高爽的人格之美和清水芙蓉的艺术之美。详参《"清"与魏晋审美精神》,《海南大学学报》,1997年第1期。

② 薛砺若认为,中国词学自南宋中末期以后,一直是"姜夔的时期"。孙维城据此指出,以姜夔为代表的风雅词派反映的是封建后期士大夫的文化人格,这种文化人格形成的背后的动力即对"晋宋人物"的提倡和推赏、效仿。详参《"晋宋人物"与姜夔其人其词——兼论封建后期士大夫的文化人格》,《文学遗产》,1999年第2期。赵晓岚对此有所辩证,认为姜夔虽有"晋宋人物"飘逸不群的风度和狷洁清冷的气质,但在人格理想、本质情性和思维方式上却是儒家思想占主导地位,见其《也谈"晋宋人物"、"文化人格"及姜夔——与孙维城先生商榷》,《文学遗产》,2000年第3期。本节要说明的正是姜张词派中"骚雅"对"清空"所代表的超越性精神与思想的反拨与矫济。

③ 宗白华:《美学散步》,上海人民出版社,1981年版,第215页。

④ 详参彭国忠:《宋代词学批评中的佛禅话语》,《文艺理论研究》,2008年第6期。

华严、楞严取譬论词者,亦有以外向与内向喻词为儒者禅者等。① 张炎所谓"清空"中的"空"字,显系佛家语。早在印度的奥义书时代,即有与地、水、风、火"四大"并列之第"五大"——空,其义为"无相可表"②。如《唱赞奥义书》云:"所谓此大梵者,此即凡人身外之空。而此身外之空者,即此身内之空。而此身内之空者,即此心内之空。——是圆满者,是无转变者。""维其顶上一门,是为元气。为风,为空。当敬想之为强力,为崇大。"③《自我奥义书》云:"最胜明梵者,常为梵无他;如瓶若破碎,空自还为空。"④《糙供奥义书》云:"三日居水中,三日居火中,三日入空中,一日行风中。"⑤被中国大乘佛教八宗一致奉为祖师的龙树在其《大智度论》中,阐明了"十八空"(内空、外空、内外空、空空、大空、第一义空、有为空、无为空、毕竟空、无始空、散空、性空、自相空、诸法空、不可得空、无法空、有法空、无法有法空)及其含义,是为般若经系统中最为详尽的"空论"。⑥ 与前述具有"构成性概念"和"审美性概念"双重内涵的"清"相比,空宗之"空"的内涵更为丰富,或当从空性、空理、空境和空观四方面来理解。⑦ 实际上,其中最核心的观念仍是空性中的关系论,即"空"不是完全没有,诸法的共同实相因缘而生。

值得注意的是,修炼方式在唐宋之际由外丹转向内丹的道教,于

---

① 《澄心论萃》,第198—206页。

② 徐梵澄译:《五十奥义书》(修订本),中国社会科学出版社,1995年版,第5页。

③ 《五十奥义书》(修订本),第135、137页。

④ 《五十奥义书》(修订本),第776页。

⑤ 《五十奥义书》(修订本),第787页。

⑥ [印度]龙树造,[后秦]鸠摩罗什译:《大智度论》卷三十一,上海古籍出版社,1991年版,第209页。

⑦ 方立天:《佛教"空"义解析》,《中国人民大学学报》,2003年第6期。

此过程中也吸收了佛教关于"空"的说法,发明了内丹学"五空"之说。陈抟《观空篇》即云:"欲究空之无空,莫若神之与慧,斯太空之蹊也。于是有五空焉:其一曰顽空……其二曰性空……其三曰法空……其四曰真空……其五曰不空。"[1] 在其后阐扬内丹学者三教混一说的鼓吹下,陈抟关于庄老哲学方术化的实践被再次纳入学理化的进程中。张伯端关于"真空"的续说也仍然关注到"空"的关系论层面。张炎所处的宋元之际是佛道二教思想深入融合的时代,《词源》中"清空"范畴的提出,实有与此一时代和背景相关的渊源。据许增《山中白云词》跋尾及王昶《山中白云词逸事》所载,张炎于元初曾豫修缮写金字藏事,又尝于佛寺中捐造无尽灯、舍田供养,可知不论是其主动接受佛教思想,还是受到佛教观念的潜在影响,都有足够的可能。[2]

大乘佛教龙树一系的重要文献《中论颂》提出了"中观"之说。所谓"中观",即以观察至中之道作为修持的方式,以远离生灭、断常、一异、来出等二边,由此摧破执空执有的异说。[3] 这一认知和理解方式为张炎所接纳——这也同张炎本人一贯的思想倾向,特别是入元后的政治立场、生活态度有关。杨海明意识到张炎"与当时'左、中、右'三类知识阶层都有接触",而他自己"则基本属于'中间'型",在郑思肖所代表的独厉清操者和赵孟𫖯所代表的屈身新朝者两极的中间,张炎可以视作一个既不反抗也不合作的典型。"从其'不合作'态度来看,他是具有一定的爱国情感的;而从其缺乏反抗精神而言,则又是相当

---

[1] 〔宋〕曾慥编:《道枢》卷十,上海古籍出版社,1990年版,第102页。

[2] 《山中白云词》,第161、159页。

[3] 嘉祥吉藏《中论序疏》以"折中之说"解释"中论",也通过对龙树著述的详细疏解阐述了"空"的思想,相关论析可参印顺:《空之探究》,台湾正闻出版社,1985年版,第137页以下。

软弱和消沉的。"① 从张炎本人的经历和性情来看,他身上有文人优柔清刚矛盾共存的特质,因此接受佛道遁世理想和道家对清静无为、佛家对不执二边的崇尚,似乎并不困难,而后者作为具有不断生发力量的精神资源,也对张炎生命形态和词学思想的塑造发生作用。

张炎虽以"清空"为尚,仍不忘时时强调"骚雅",这种"执其中"的观念不仅源于上述佛教的"中观",更与彼时以儒学为本位的社会思想氛围有关。② 吴熊和认为张炎"《词源》论词,唯重雅正,取径已经十分狭窄。再继之而谈清空,那就愈进愈狭,不甚足取了",甚至觉得"清空"说是宋末词风之弊在理论上的表现,而崇尚"清空"的结果就是词越发衰落。③ 这个说法显得有些苛刻,而且明显忽视了张炎词学理论中"清空"与"骚雅"的互济与裨补。事实上,《词源》原序开篇就提出"雅正"之标的:"古之乐章、乐府、乐歌、乐曲,皆出于雅正。"④ 继而对清真词的"浑厚和雅"以及"善于融化诗句"表达欣赏,但惜其"于音谱且间未有谐"。因此,《词源》尤其注意词的合乐性。所谓"词之作必须合律"⑤,就是张炎为词找寻其作为音

---

① 杨海明:《张炎词研究》,见《杨海明词学文集》第一册,江苏大学出版社,2010年版,第215页。

② 周勋初以《文心雕龙》中的若干篇目为切入点,细致分辨了南朝玄风、儒家礼学、大乘空宗的般若学、中观学派等,认为儒家"折衷"思想与中道观尚有分别,前者用以解决具体问题,后者则是一切归于空无的破而不立。详参《"折衷"=儒家谱系≠大乘空宗中道观——读〈文心雕龙·序志〉篇札记》,《中国文化》,2009年第1期。

③ 吴熊和:《唐宋词通论》,浙江古籍出版社,1985年版,第318页。按,吴氏这种观点显然受到夏承焘的影响,夏氏认为苏、辛等人正视现实,把词从温、韦的末流颓风中提向有阳光的境界,但白石又走向下坡路,到了王沂孙、张炎,白石一派便走向没落之途。见《姜白石词编年笺校》,第10页。不同的是,夏氏只谈白石一派的没落,而吴氏则将宋词整体的衰落归结为张炎对"清空"的提倡与追求。

④ 《词源注 乐府指迷笺释》,第9页。

⑤ 《词源注 乐府指迷笺释》,第26页。

乐文学的历史依据所下的断语。在张炎的理论体系中，首标"清空"，再则强调"骚雅"，正为避免"清空"背后的思想情感"逸"出伦理规范与原则。这种内在思理似非吴熊和所谓"唯重雅正……再继之而谈清空"足以概括。还应看到的是，张炎的生活情趣近于"隐士式的清旷"[①]。自然中的清冷事物为其所注目和留心，而家国的覆亡和时代的改易也给他的心绪、情感、笔触带来了巨大影响。倘若苛责其词学"取径狭窄"，未免有失"同情之了解"。[②]

南宋以来的词坛一直存在"复雅"之势，而在理学门户渐立、鼎盛东南之际，其对文艺的影响亦愈发深入。"诗教"的传统得到重视，词学思想也直接或间接地趋归"雅正"之说。张炎词论中的"骚雅"正是在这样的背景下提出的。他继承的是上至温、韦、冯、晏、欧，下至周、姜、史及张枢、杨缵、周密等人的典雅婉约的词学传统，对柳永、康与之等人的"浇风词"和辛弃疾、刘过等人的"豪气词"一直持批评和反对态度。[③]对此，不少论者认为张炎的审美思想过于偏执，对"俗""豪"之词不能公允评价或接受。[④]其实他们未能认识到，张炎强调"雅正"对南宋后期词坛婉约、豪放二体的末流有

---

① 《杨海明词学文集》第一册，第312页。

② 正像一些论者责备姜夔不能慷慨激昂地向辛派词人那样歌咏时代风云和抗金斗争，刘扬忠对此提出批评："其失在于没有顾及不同的作家在社会生活中不同的处境、遭遇、角色身份以及他们不同的思想意识、审美方式及风格趋向。见《唐宋词流派史》，中国社会科学出版社，2007年版，第390页。

③ 吕正惠指出，周邦彦、姜夔等人的"失意↔怀想"模式实际受到柳永的影响，但柳永基本是在"现实"层面抒写，而周、姜等人则在很大程度上把这一感情应用想象加以转化，从而具有一种"象征"的作用。详参《抒情传统与政治现实》，第78页。

④ 如谢桃坊认为，俗词表现的是新兴市民阶层的审美情趣，而张炎不能理解其在民间有着旺盛艺术生命的真正原因；辛派的豪气词适应了南宋社会现实的需要，张炎也不能认识到其重要的社会功能。详参《中国词学史》，巴蜀书社，2002年版，第131页以下。

着矫弊之功，同时也自某一角度映衬出当时思想世界的格局与面貌。从大慧禅系强调悟道是要斩断聪明道理的盘根错节到二程关于"本天"和"本心"的辩证，从承洛启闽的杨时对"空"的理解与阐释到朱熹对心、性、理三者同一关系的总结，理学逐渐以一种"突破"和"压制"的方式融摄佛学，亦将三教关于内省的观念和意识学说化，人们内心的感受、情思和体认得到正视。以词学的视角来看，《词源》自是反映出两宋之际的抒情化发展历程。① 其中作为儒学要素的"雅正"不仅对代表道释思想的"清""空"概念有所统摄，亦与二者相济和补益，构成同一理论系统，在其本义已然存见的"情""志"二分之外，寻求和发现了更为典雅、更加适合且更契于彼时艺术与批评语境的情感诉求方式。从"清空中有意趣"到"骚雅"的内在逻辑，体现的正是三教思想质素在张炎词学理论与思想体系中融汇、互动而自足的独特情态。

三、"骚雅"的思想内涵与姜夔词的抒情方式

"骚雅"的提出有不可忽视的儒学背景，《复雅歌词序略》首见此词。作者鲖阳居士开篇即述说孟子乐论及诗三百之义，对"郑、卫之音作，诗之声律废"的状况极感遗憾和不满。他还指出，后世"涽糅华夷，焦杀急促，鄙俚俗下，无复节奏，而古乐府之声律不传"是一种很不合理的现象。至于宋代词乐"韫骚雅之趣者，百一二而已"，更引起鲖阳居士的忧虑，因为"以古推今，更千数百岁，其声律亦必亡无疑"。由此，复雅以求易俗移风、资治益政的要求也就自然被提出来。

张炎在《词源》中再拈"骚雅"二字，未必没有"乐与政通""以

---

① 详参本章第一节中部分论述。

乐干政"的传统儒家思想观念。他在《赋情》篇中说：

> 簸弄风月，陶写性情，词婉于诗；盖声出莺吭燕舌间，稍近乎情可也。若邻乎郑、卫，与缠令何异也！如陆雪溪《瑞鹤仙》云："脸霞红印枕，睡觉来冠儿还是不整，屏间麝煤冷。但眉山压翠，泪珠弹粉。堂深昼永，燕交飞风帘露井。恨无人说与相思，近日带围宽尽！　重省，残灯朱幌，淡月纱窗，那时风景。阳台路远，云雨梦，便无准。待归来先指花梢教看，却把心期细问；问因循过了青春，怎生意稳？"辛稼轩《祝英台近》云："宝钗分，桃叶渡。烟柳暗南浦。怕上层楼，十日九风雨。断肠片片飞红，都无人管，凭谁劝啼莺声住！　鬓边觑，试把花卜归期，才簪又重数。罗帐灯昏，哽咽梦中语。是他春带愁来，春归何处，却不解带将愁去！"皆景中带情，而有骚雅。故其燕酣之乐，别离之愁，回文、题叶之思，岘首、西州之泪，一寓于词。若能屏去浮艳，乐而不淫，是亦汉、魏乐府之遗意。[1]

张炎举出辛弃疾的一首《祝英台近》，是为了说明雅词要以"景中带情"、哀而不伤为标准，要以含蓄蕴藉为追尚，而辛弃疾那些粗疏放纵的"豪气词"则为张炎所不喜和诟病，原因正在于它们是"于文章余暇，戏弄笔墨为长短句之诗耳"[2]。

饶宗颐在分析两宋之际词风与词学思想的转变时指出，北宋长久宴安，侧艳词风经过长期流行终于渐渐转衰，北宋末年的词家已经有意识地将词集分为"侧艳"与"雅词"二体，而且视前者非词

---

[1] 《词源注　乐府指迷笺释》，第23页。

[2] 《词源注　乐府指迷笺释》，第32页。

之正体,"到了白石时代,词非另创风格不可了"。[①]饶宗颐又举与姜夔等人唱和的王炎在《双溪诗余》自序之语,说明当时已有不少人期望和尝试在周、柳、苏、辛之外别创一格。张炎在《词源》里对词之"浇风"与"豪气"者的批评,正可见其折中的立场与取径,至于此"中边"之标志,就是"清空"而"骚雅"的姜夔及其词了。张炎词论中提及的"骚雅",多数时候是用于赞颂姜夔词作的。他说:"白石词如《疏影》《暗香》《扬州慢》《一萼红》《琵琶仙》《探春》《八归》《淡黄柳》等曲,不惟清空,又且骚雅,读之使人神观飞越。"[②] 又说:"美成词只当看他浑成处,于软媚中有气魄,采唐诗融化如自己者,乃其所长;惜乎意趣却不高远。所以出奇之语,以白石骚雅句法润色之,真天机云锦也。"[③]那么,究竟什么是"骚雅"的特质?这些特质如何在姜夔词中体现?姜夔词作又如何反映其本人及张炎的词学思想与主张呢?以下试作探究。

"骚雅"实际代表了两类文学传统:"骚"即《离骚》,"雅"出《诗经》。单就"骚"而言,其背后的政治隐喻与寄托已深为读者所明。至于"骚""雅"相合,"揆之作品,就要求立意言天下大事,言王政废兴,但其规讽之旨和忠怨之辞,在艺术表达上要出以'比兴之义'"。[④]饶宗颐发现,北宋词中之所以少见楚骚字句,是因为承平日久,屈原那种愤世嫉俗、悲天悯人的末世感怀很难引起共鸣,更兼其时楚辞学尚不发达,故而北宋词远不如南宋词那样处处可见直引

---

① 《文辙——文学史论集》,第646页。

② 《词源注 乐府指迷笺释》,第16页。

③ 《词源注 乐府指迷笺释》,第30页。

④ 《词学廿论》,第177页。

和化用楚骚句语者。① 南渡之后，词家多感于世事浮沉，心境也上契屈原的离愁忧愤，"而且文人的习惯，很喜欢表示一己志洁行芳的清高品格，因之采用楚辞'纫兰''独醒'一类的辞句，拿来自己比况，那是再适当没有的辞句"。② 姜夔即是一例典型，由于他的布衣身份，视野、经历与襟抱又和出仕的词人颇有不同，因此与现实政治尚存有一定的距离。③ 其"忠怨之辞""规讽之旨"都表达得极为含蓄而委婉，与辛派词人类似主题的作品有很大不同。试看如下几例：

> 淮左名都，竹西佳处，解鞍少驻初程。过春风十里，尽荠麦青青。自胡马窥江去后,废池乔木，犹厌言兵。渐黄昏、清角吹寒，都在空城。　杜郎俊赏，算而今重到须惊。纵豆蔻词工，青楼梦好，难赋深情。二十四桥仍在，波心荡冷月无声。念桥边红药，年年知为谁生。④

这首《扬州慢》可算是姜夔的代表作，最为脍炙人口。词前小序云：

> 淳熙丙申至日，予过维扬。夜雪初霁，荠麦弥望。入其城则四顾萧条，寒水自碧。暮色渐起，戍角悲吟。予怀怆然，感慨今昔，

---

① 详参饶宗颐：《楚辞与词曲音乐》，选堂丛书，1958年线装自印本，第4、15页。

② 《楚辞与词曲音乐》，第5页。

③ 在12世纪最后的三年中，姜夔曾两度向朝廷进献《大乐议》《琴瑟考古图》《圣宋铙歌十二章》等，得"免解"而直接参加礼部考试，但皆未中选。这些行为和事实似乎并不符合我们对于姜夔形象的想象，但即便是表达政治理想、谋求政治地位，姜夔也是以音乐这样高雅的事物为媒介，这一点非常耐人寻味。美国学者赵如兰在20世纪50年代收集了八十余种宋代的音乐资料，在此过程中关注到姜夔的音乐创作及其记述的文献，对之有所析论。详参 Song Dynasty Musical Sources and Their Interpretation, Hong Kong: The Chinese University Press, 2003, pp.33-38.

④ 《姜白石词编年笺校》，第1页。

因自度此曲。千岩老人以为有黍离之悲也。①

金人兵扰扬州、大肆劫掠，带给民众巨大灾难，也对词人精神造成创伤，姜夔写作此词时内心虽不免哀痛，但出语温厚深婉，从"名都""佳处"一路而下，清健沉俊，显然有所克制和寄托。结尾独写二十四桥、冷月和红药等事物，此即张炎所谓"景中带情"的写法：桥边无主红药不知为谁而开，旧日繁华一逝不能返矣。陈廷焯谓"犹厌言兵"四字最有韵味，正是看到了"厌"字背后怨而不发、哀而不伤的情感形态，以及"厌言兵"的特殊表情方式——中正平和之间不忘雅的本色。②再如张炎甚为推赏、认为最具"清空"之美的《暗香》：

旧时月色，算几番照我，梅边吹笛。唤起玉人，不管清寒与攀摘。何逊而今渐老，都忘却春风词笔。但怪得竹外疏花，香冷入瑶席。　江国，正寂寂。叹寄与路遥，夜雪初积。翠尊易泣，红萼无言耿相忆。长记曾携手处，千树压西湖寒碧。又片片、吹尽也，几时见得。③

开篇四字"旧时月色"，将词境引入古今新旧交叠的时空纽带之中，"旧时"为时间，"月色"为空间，而"旧"的背后又隐含"虚空"，"月"的背后又衬出"清冷"，因此已有自怜自伤的微慨。由忽然联想起的"梅边吹笛"往事，想到知音的"玉人"，寒夜之中攀梅听奏，本来十分美好的场景，却被"何逊而今渐老"的现实打碎，身世之叹扑面袭来。

---

① 《姜白石词编年笺校》，第1页。
② 见《白雨斋词话》卷二："'犹厌言兵'四字，包括无限伤乱语。他人累千百言，亦无此韵味。"人民文学出版社，1959年版，第29页。
③ 《姜白石词编年笺校》，第48页。

下片"江国"似写往日行经之地，亦有对杭州朝廷之喻指，"寂寂"既是相思成忧的心灵写照，更是忧怨国中无人。能将有关家国与个人的伤怀浑融为一，正是雅词之"骚"的所在和妙处。

姜夔词"骚雅"的另一种呈现形式，乃是在对物的强烈关注中以比兴的方式忘我抒情。对此，林顺夫花费过大量笔墨进行描述和讨论。他认为王国维对姜夔《暗香》《疏影》的批评，实际上正揭示出姜夔创造出一种新的艺术形式，即以所咏之物作为一个结构要素和人物情感在词中的坐标点——只有不再提物，物才会替代人成为抒情主体。① 他又举辛弃疾的《贺新郎》（绿树听鹈鸠）、《贺新郎·赋琵琶》和姜夔的《疏影》为例，说明这种抒情方式的独特性，而姜夔的用典习惯，也明显受到辛弃疾和黄庭坚的影响。② 从上举几首作品可以看出，词人情感多存于比喻之中，比兴的内涵之得以丰厚，也缘于对典故——那些因累世重复叠加而形成固定内涵与隐喻的事物与传说——的运用。"骚雅"之含蓄，是不明确地表述一种情感和意见，而能够具有这种效果的表述方式，无疑就是写出那些人们已熟知其

---

① ［美］林顺夫：《中国抒情传统的转变——姜夔与南宋词》，上海古籍出版社，2005年版，第112—114页。关于王国维的批评，见《人间词话》："咏物之词，自以东坡《水龙吟》为最工，邦卿《双双燕》次之。白石《暗香》《疏影》，格调虽高，然无一语道着，视古人'江边一树垂垂发'等句何如耶？"详参《蕙风词话　人间词话》，人民文学出版社，1960年，第209页。

② 《中国抒情传统的转变——姜夔与南宋词》，第125页。饶宗颐在《楚辞与五代两宋词》中指出，南宋词家中最喜用楚辞字句和模仿楚辞文体的便是辛弃疾，不少词人效仿其作风，其中提到姜夔《水调歌头·富览亭永嘉作》、张炎《国香·赋兰》等作，并认为各人虽皆取材于骚，但因性格、学养、遭遇不同，故而造境亦迥。详参《楚辞与词曲音乐》，第5页以下。又，沈曾植尝谓白石词如诗之有江西派，饶宗颐亦以为姜夔不仅以诗为词，也复以词为诗。姜夔早年学诗即由江西派入手，对山谷诗法下过很大功夫，其词将"熟事虚用得妙"，也是江西诗派"活法"的手段，直到认识萧德藻、范成大、杨万里等人后，才在他们的影响下舍江西而趋晚唐，但受江西派的影响，词中仍有"生硬"处。详参《文辙——文学史论集》，第643—646页。

意且与需要表述的对象有相类关联的典故。

王国维在《人间词话》中对姜夔颇有微词,但仍然发自内心地承认他的格调之高。所谓"南宋词人,白石有格而无情,剑南有气而乏韵"①,其"无情"的原因或许正在于姜夔那种冷静、克制与含蓄,以及在词中类似张炎那样"自我放逐",由此让人感到"隔"而难以亲近。更有意味的是,王国维还把姜夔置于儒家语境中,将他和另一些词人对比:"苏辛,词中之狂。白石犹不失为狷。若梦窗、梅溪、玉田、草窗、西麓辈,面目不同,同归于乡愿而已。"②在孔子的眼中,"中行"最可称道,但"不得中行而与之",则以狂狷为尚,所谓"狂者进取,狷者有所不为"③,最不可取的便是"乡愿"。姜夔的狷,是他作为一个词坛隐者最本然的气质,通过其词的"清空"表现晋宋之逸,又以"骚雅"及对之理解和呈现的方式依于"中行"。某种程度上,倒与"孔子岂不欲中道哉?不可必得,故思其次也"④相似。姜夔的狷洁,背后同样掩藏着前贤心中的无奈与苦闷,这是姜夔词学思想同于其诗学思想的缘由,更是他的词学境界与人格精神浑化为一的成因。⑤

回到关于词之"骚雅"的讨论,其实早在生活年代稍晚于姜夔

---

① 《蕙风词话 人间词话》,第213页。

② 《蕙风词话 人间词话》,第213—214页。

③ 〔宋〕朱熹:《论语集注》卷七,《四书章句集注》,中华书局,1983年版,第147页。

④ 〔宋〕朱熹:《孟子集注》卷十四,《四书章句集注》,第374页。

⑤ 邓乔彬谓:"姜夔的诗论实是其词论,所以他词作的'骚雅'与传统'诗教'的'温柔敦厚''思无邪'密切相关,抑扬中乎节,缠绵合乎情,十分合度中节。"见《词学廿论》,第179页。又,孙维城在《"晋宋人物"与姜夔其人其词——兼论封建后期士大夫的文化人格》中指出,狷洁正是封建后期士大夫文化人格的变形结晶,曲折地反映出他们的审美人生理想。详参《文学遗产》,1999年第2期。

的柴望笔下,白石词"骚雅"的真正涵义就已条具。他在其《凉州鼓吹自序》中说:

> 夫词,起于唐而盛于宋,宋作尤莫盛于宣靖间。美成、伯可,各自堂奥,俱号称作者。近世姜白石一洗而更之,《暗香》《疏影》等作,当别家数也。大抵词以隽永委婉为尚,组织涂泽次之;呼嗥叫啸,抑末也。惟白石词,登高远眺,慨然感今悼往之趣,悠然托物寄兴之思,殆与古西河《桂枝香》同风致,视青楼歌红窗曲万万矣。①

"托物寄兴"显然是"骚"的内涵,"隽永委婉"则指向了"雅"。二者共隐于"感今悼往"之中:"隽永"是有余味,"委婉"则是含蓄蕴藉,它们是雅词的必要条件。经过探讨姜夔词作,能够发现"骚"与"雅"之间亦有互渗,在体现"骚"的义旨之时,姜夔的写作手法显得相当内敛,而隽永典雅的余韵则往往通过比兴寄托获得。姜斐德在研究中认为:"淳熙年间(12世纪80年代),朝政稳定,政治宽松,否定的批评日益稀少。在道教和禅宗的影响下,对自我修养的热衷也削弱了怨讽的急迫性。"她又举《朱子语类》中论文的一段话,指出朱熹所代表的儒生们主张诗词要体现节制与平和,而当朱熹本人遭受刺激时,"对公开和隐讳的怨讽方式都十分在行"。② 这恰好也说明三教思想对文学思想的影响是以一种"博弈"的方式展开的——词论中分属三家而又存在复杂互动的"清空"和"骚雅"之间的关系,对此正有所印证。

---

① 朱孝臧辑校:《彊村丛书》,广陵书社,2005年版,第1085页。
② 《宋代诗画中的政治隐情》,第202页。

结语 "秩序"的突破、维护与重勘

宋神宗熙宁八年（1075）冬天，因不满王安石变法新政而自请出京任职的苏轼到达密州未久，即值当地遭遇严重旱灾。除组织民众救灾以外，苏轼还到城南的常山祭天求雨，归途中，也许是为了遣兴和放松，苏轼和另外一位姓枚的官吏带领着随从，来到黄毛冈一个叫"铁沟"的地方打猎，事后便有了那首著名的《江城子·密州出猎》。应该认识到，《东坡乐府》中所谓"婉约"之作还是占多数，"豪放"并非苏轼的常态，但这一阕高歌猛进的杰作实在太有精神魅力，以致后世言苏轼必谈此词，言豪放词必引斯作，称其为东坡的代表作品似乎也并不为过。

那么，苏轼自己如何看待这首被后世视为其代表作的词呢？在当年写给好朋友鲜于侁（字子骏，1018—1087）的一封信中，苏轼这样说道：

> 忝厚眷，不敢用启状，必不深讶。所惠诗文皆萧然有远古风味，然此风之亡也久矣，欲以求合世俗之耳目，则疏矣。但时独于闲处开看，未尝以示人，盖知爱之者绝少也。所索拙诗，岂敢措手？然不可不作，特未暇耳。近却颇作小词，虽无柳七郎风味，亦自是一家。呵呵！数日前猎于郊外，所获颇多。作得一阕，令东州

壮士抵掌顿足而歌之，吹笛击鼓以为节，颇壮观也。写呈取笑。[1]

苏轼对诗文的判断有自己的标准，他肯定了鲜于侁"有远古风味"的"萧然"之诗，由于"此风之亡也久"，故而觉得友人的作品更值得珍视。话题一转，谈及自己新作的《江城子·密州出猎》，苏轼首先想到的是与柳永之别，而且他特别自矜于这"自是一家"的风格——那一声"呵呵"的背后，满含无尽的情感和意味。

作为一个时常持不同政见者，苏轼在文学风格上所造成和坚持的突破显得更为强烈，他对柳永的鄙薄很大程度上是由于其词"欲以求合世俗之耳目"，这是士大夫和文化精英所不能认同和接受的。即使词在当时是一种被视为边缘化的文体，苏轼觉得自己仍有必要对之进行有效和有限度的改造，毕竟他也是这一文体的频繁使用者。东坡词的作法及其观念引起了苏门学士之间的争论，他们在文坛影响力之大自不待言，针对词"本色"与"变体"的聚讼由此开始从小圈子逐渐扩大，随着南渡以后政治格局的变化和"苏学"北行，苏轼的政治地位与文化身份时有升降浮沉，他的词学思想也对南宋金元词史产生了不可忽视的影响——所有这些变化与状况，大约都是当年的苏轼所未尝想到的。

近代以前，中国社会的发展"基本上遵循一种'在传统中变'（change within tradition）的模式"[2]，文学的发展也是如此。本书尝试将南宋时期人们有关词的看法、认知、体会、表现、批评和理想等，梳理出可以把握的脉络和理路，发现和描述在其进程中出现的不稳

---

[1] 《苏轼全集校注》，第5847页。

[2] 这是罗志田在谈论近代思想世界的变迁时所引用柯睿格（E. A. Kracke, Jr.）的说法，柯氏正是为了描述宋代社会的形态和变化才提出这一概念。详参陶晋生等译：《宋史论文选集》，台北编译馆，1995年版。

定因素和"思想返潮"现象，判析原因，找寻理由。针对上述目的，全书内容围绕五个主题展开：一是关于词的本体的辩证，二是关于词的品格的讨论，三是关于词学批评的文本属性，四是关于词的表现方式及其美感特质，五是关于词学范畴的内涵。我们最终如同预计那样地发现：在南宋词学思想的世界中，充满了各种非文学意涵的质素；世俗的现实和传统的价值观之间的矛盾也让写作者和批评者取舍艰难；随着词的功能因循时代而产生变化，词的表达对象、方式和目的也都与此前有所区别；对词文学的主流看法和实际的呈现与有意借助这一边缘文体表达隐衷的作者之间的关系，由此显得十分微妙；词与词学批评的抒情化转向不仅与当时的视觉艺术风尚的移易合轨，也显露了嗣后文化与思想内向式发展的消息和表征。总之，在12至13世纪晚期的词学世界里，都能看到"秩序"[①]的缔设者、维护者和突破者、颠覆者共相角逐的身影。

　　本书第一章讨论的主要对象是李清照的《词论》，它对苏门诸子的词学思想有所勘定，为北宋晚期的"本色论"注入了新的内涵和精神。对李清照词学思想的观照，实不能不联系她特殊的身份。作为词史上第一位同时也是最富才情的女词人，她的遭际、声名和文学造诣之间存在着各种难以避免的不平衡，而词作为一种近似女性表达的专属文体，相对于李清照的意义显然要超过其他男性作者，如何规设词的本体，认定"正""变"，也成为李清照主动面对也必须面对的问题。可以说，李清照的词学思想，既是对"本色"的词

---

① 这里使用"秩序"而非"传统"来进行描述，主要是因为前者的所指尤其强调一种人为性，南宋时代的政治与思想学术的暧昧关系不言自明，而文学创作和文学批评也都深深地遭受到其影响。虽然本书并不注重也无力谈论两宋的政局与学术史形貌，但那时的文化精英往往借助谈论文学来对政治表达意见，或者在文学创作和批评中自觉不自觉地带入政见，因此对描述文学秩序的话语权的争夺虽不显得十分激烈，却也是无时不在、无处不有的。

学秩序的维护和坚持,也是对苏轼否定柳永范式之再否定,同时还是对"花间传统"的承衍与重新评定,而此后词学思想发展过程中"正""变"二式超越简单对立关系,从理论层面而言也渊源于此。因而《词论》可以看作两宋词学思想史中的一个关键节点。

与北宋词话相比,南宋的词学专著和词学批评文本在数量上要丰富很多,而且更具逻辑性和系统性,学理上自有承续,审美标准和价值立场也很成熟。[1]面对这些重要的理论结晶和词学思想载体,应细绎其理路,书中第二章选择以鲖阳居士《复雅歌词序略》、王灼《碧鸡漫志》和沈义父《乐府指迷》为中心,分析和论述这些词论家及其著述所认为的词的品格究竟应当如何。由于深受时代政治和诗学传统的影响,鲖阳居士和王灼在论词时带入众多成见和非关文学的观念,因此他们提出的"雅正"并非纯粹的审美概念,而是有关充斥着意识形态意味的一种既有的秩序的表达,故其尊苏抑柳等基本主张,本是现实和实用意味相当强烈的思想。尽管如此,以"雅正"为宗之旨,也持续影响着此后的词学创作与批评。沈义父、胡仔和风雅词派对其抽象的继承催进了词的雅化进程及此一传统的形成,而王灼所强调的情性,以及他在《碧鸡漫志》中"说明唐宋歌词,实与古歌、乐府同出于人心之感物"[2],不仅上承苏、黄等词家之说,也为后来南宋咏物词等提供了一种有关创作的"提示性"。

南宋时期的词话,据邓子勉《宋金元词话全编》所辑,计370余家2980余则,足以看出南宋词学的兴盛除表现为词家、词集、词选涌现外,"人们品评词作的兴趣也日渐浓厚",相关文本"仍以记

---

[1] 《宋金元词话全编》所辑北宋人词话共收入60余家540余则,其中黄庭坚、苏轼所作数量最多。见邓子勉编:《宋金元词话全编》前言,凤凰出版社,2008年版,第3页。

[2] 《碧鸡漫志校笺》自序,第2页。

载本事为主,有辨析,有考证,也有论理"。[①]本书第三章即试图对词话和词学批评文本的形态和内涵加以探索和归纳,首先从词话及其所记本事,论述这一"随机呈现"的文体的形态和功能——除此之外,"系统呈现"的词学专论、"专一呈现"的词集序跋也在关注和考察之列。应该说明的是,本书对作为"客观呈现"的词作选本未加注意,无法提出更多新见,不过学界对之已有不少全面而成熟的研究,若再勉强置喙反为不美,故暂付阙如亦无可遗憾。

本书不无用心地将稼轩词和南宋咏物词并置于第四章进行讨论,是想通过举出最能代表南宋词创作成就和特点的作品,体味其背后蕴含的情感和思想。实际主要选取了若干阕稼轩词以及朱敦儒、姜夔、吴文英、王沂孙的代表作。这首先当然是因为词本身情感表达的类型化倾向,使我们常常遍览某家别集,只觉千词一面,而往往唯有极少数最能代表其水准者,尤见特出,兼备众善;其次是考虑到论题中设有"'比''兴'视阈"这样的前提,因此须当遴选最具特色最富亮点之作加以研讨。关于稼轩词的表现手段及其蕴含的思想,书中已有详述,这里还想对南宋咏物词再做一点补充说明:许伯卿根据《宋词题材电脑检索系统》进行统计,查得全宋词中共有咏物词3011首,占已知宋词总数的14.2%,而所咏之物达到250余种,更以创作于南宋者居多。[②]"物"与"事"同义,作动词亦有观察品鉴的意思。早在《诗经》时代,咏物之作即已繁盛,孔子也认为有助于观察事物、了解名物知识是学"诗"的重要目的和动机,在楚辞的世界中,原本并未与"咏者"发生深度联系的"物",逐渐成为情志的象征。随着汉魏六朝和唐五代咏物诗词的发展,不少物的形象

---

① 《宋金元词话全编》前言,第11页。

② 详参许伯卿:《宋词题材研究》,中华书局,2007年版,第110页。

和内涵之间的对应关系逐渐确立和固定下来，这些连同早期咏物词对修辞手法的探索，为南宋咏物词提供了丰富的知识资源和技法支持。南宋咏物词之所以值得关注和研究，数量可观固然是一个因素，更重要者在其对已然由熟入俗而渐滥的咏物方式和模式有所校正或改变。首先，从文学生产的整体生态来看，应歌的"代人言"渐少于应社的"发己言"。其次，咏物者面对前辈和时人的同题佳作，唯当更加深入感会品察题咏对象之特质方能出新生变。再者，两宋和宋元之际的时事剧变使咏物者所咏之物多染悲情，这类主题词作天然地具有一种深沉和崇高之感。最后，由于特殊的政治环境或其他原因，迫使咏物者出语和造句必须更为隐晦。正缘于此，南宋时期的那些咏物词——包括部分稼轩词，蕴藏着浓郁的家国身世之慨，汇入到比兴传统的文学长流中去，只有充分理解当时的政治文化背景和词人遭际与心理之后，才可能认识南宋词"工""深"和"变"的状态与原因。因而，这一部分的讨论也在提示我们，旧有的词学秩序有时并未因为形式上的"破"而遭到颠覆，反而可能由于上述变化而与更强势的大传统接轨合流，呈现出一种建立在不稳定基础上的稳定状态。

与学术史和理论史不同，思想史上，学者和批评家对于散落资源的整合常常是无意识的，张炎及其《词源》无疑就是这样。因此，对于这样一部重要的著作，应予多重维度的审视和观照。本书第五章所作的相关尝试显得颇为大胆。以张炎和姜夔为代表的风雅词派，本身也体现了"本色化"与"变体化"进程中矛盾的弥合，是对旧有秩序的一种重置和刷新，因此他们更有进行深度阐释和比对"他者"的必要。

对于复杂现象和问题的诠释，固然出于我们思维的欲求，但试图通过一些典型、杰作和突出现象来概论全体，总有不易令人察觉的风险潜藏。就南宋词学思想的全貌来看，本书的观点是，很难借助一条单一的脉络和路径轻易描述其形态发展及其间各种质素的互相作用，即使分列若干专题讨论，各部分之间也因交集太多而使针对它们所作的具体分析并不特别奏效，遂更让论题复杂化。不过，思想世界的问题本来就十分复杂，寄望三言两语或直陈式的概述就能讲清楚它们，当然不啻说梦——文学思想亦莫能外，在政治和文化上的转变逐渐加速和深化的南宋时代的词学思想更是如此。

参考文献

一、基本文献

杨伯峻译注：《论语译注》，中华书局，1980年版

〔汉〕许慎：《说文解字》，中华书局，1963年版

〔汉〕郑玄注，〔唐〕孔颖达疏：《礼记正义》，龚抗云整理，王文锦审定，北京大学出版社，2003年版

〔汉〕王逸章句，〔宋〕洪兴祖补注，〔宋〕朱熹集注，夏剑钦，吴广平校点：《楚辞章句补注　楚辞集注》，岳麓书社，2013年版

〔晋〕陆机著，张少康集释：《文赋集释》，人民文学出版社，2002年版

〔印度〕龙树造，〔后秦〕鸠摩罗什译：《大智度论》，上海古籍出版社，1991年版

〔梁〕钟嵘著，陈延杰注：《诗品注》，人民文学出版社，1961年版

〔梁〕刘勰著，周振甫注：《文心雕龙注释》，人民文学出版社，1981年版

〔唐〕皎然著，李壮鹰校注：《诗式校注》，人民文学出版社，2003年版

〔后蜀〕赵崇祚辑，李一氓校：《花间集校》，人民文学出版社，1958年版

任半塘编著：《敦煌歌辞总编》，上海古籍出版社，1987年版

林玫仪编校：《敦煌曲子词斠证初编》，台湾东大图书股份有限公司，1986年版

张璋、黄畲编：《全唐五代词》，上海古籍出版社，1986年版

秦仲文、黄苗子点校：《历代名画记》，人民美术出版社，1963年版

唐圭璋编：《全宋词》，中华书局，1965年版

孔凡礼辑：《全宋词补辑》，中华书局，1981年版

〔宋〕郭思编：《林泉高致》，中华书局，2010年版

〔宋〕苏轼著，石声淮、唐玲玲笺注：《东坡乐府编年笺注》，华中师范大学出版社，1990年版

〔宋〕贺铸著，钟振振校注：《东山词》，上海古籍出版社，1989年版

〔宋〕李之仪：《姑溪居士全集》，中华书局，1985年版

〔宋〕李清照著，王仲闻校注：《李清照集校注》，人民文学出版社，1979年版

〔宋〕汪元量撰，孔凡礼辑校：《增订湖山类稿》，中华书局，1984年版

〔宋〕胡仔纂集，廖德明校点：《苕溪渔隐丛话》，人民文学出版社，1962年版

〔宋〕朱熹：《四书章句集注》，中华书局，1983年版

〔宋〕黎靖德编：《朱子语类》，中华书局，1986年版

〔宋〕辛弃疾撰，邓广铭笺注：《稼轩词编年笺注》（增订本），上海古籍出版社，1993年版

〔宋〕黄昇：《花庵绝妙词选》，上海扫叶山房，1933年版

〔宋〕谢维新编：《古今合璧事类备要》，文渊阁四库全书本，台湾商务印书馆，1986年版

〔宋〕王灼著，岳珍校正：《碧鸡漫志校正》，巴蜀书社，2000年版

〔宋〕俞文豹撰，张宗祥校订：《吹剑录全编》，中华书局，1959年版

〔宋〕张邦基，范公偁，张知甫撰，孔凡礼点校：《墨庄漫录　过庭录　可书》，中华书局，2002年版

〔宋〕岳珂撰，吴企明点校：《桯史》，中华书局，1981年版

〔宋〕赵令畤，彭□辑撰，孔凡礼点校：《侯鲭录　墨客挥犀　续墨客挥犀》，中华书局，2002年版

〔宋〕王明清：《挥麈录》，上海书店出版社，2001年版

〔宋〕吴曾：《能改斋漫录》，上海古籍出版社，1979年版

〔宋〕曾慥编：《道枢》，上海古籍出版社，1990年版

〔宋〕魏庆之编，王仲闻点校：《诗人玉屑》，中华书局，2007年版

〔宋〕吴文英著，吴蓓笺校：《梦窗词汇校笺释集评》，浙江古籍出版社，2007年版

〔宋〕王沂孙著，吴则虞笺注：《花外集》，上海古籍出版社，1988年版

〔宋〕王沂孙著，蔡起贤整理，詹安泰笺注：《花外集笺注》，广东人民出版社，1995年版

邓乔彬编选：《吴文英　王沂孙集》，凤凰出版社，2013年版

〔宋〕戴表元：《剡源集》，宜稼堂丛书，清道光刻本

〔宋〕张炎撰，吴则虞校辑：《山中白云词》，中华书局，1983

年版

〔宋〕张炎，沈义父著，夏承焘校注，蔡嵩云笺释：《词源注　乐府指迷笺释》，人民文学出版社，1963年版

夏承焘笺校：《姜白石词编年笺校》，上海古籍出版社，1981年版

〔宋〕叶寘，周密，陈世崇撰，孔凡礼点校：《爱日斋丛抄　浩然斋雅谈　随隐漫录》，中华书局，2010年版

〔宋〕孟元老等：《东京梦华录（外四种）》，古典文学出版社，1956年版

〔宋〕释惠洪著，〔日〕释廓门贯彻注，张伯伟，郭醒，童岭，卞东波点校：《注石门文字禅》，中华书局，2012年版

〔宋〕普济著，苏渊雷点校：《五灯会元》，中华书局，1984年版

〔宋〕李心传：《建炎以来系年要录》，上海古籍出版社，2008年版

〔宋〕李心传，徐规注解：《建炎以来朝野杂记》，中华书局，2000年版

〔宋〕徐梦莘：《三朝北盟会编》，上海古籍出版社，1987年版

〔元〕刘壎：《隐居通议》，上海商务印书馆，1937年版

〔元〕脱脱等：《宋史》，中华书局，1985年版

〔明〕宋濂等：《元史》，中华书局，1976年版

〔明〕吴讷编：《百家词》，天津市古籍书店，1992年版

〔清〕何文焕辑：《历代诗话》，中华书局，1981年版

〔清〕张思岩辑：《词林纪事》，古典文学出版社，1957年版

〔清〕冯煦：《宋六十一家词选》，扫叶山房，1910年石印本

〔清〕永瑢等：《四库全书总目》，中华书局，1965年版

顾学颉校点：《介存斋论词杂著　复堂词话　蒿庵论词》，人民文学出版社，1959年版

〔清〕陈廷焯：《白雨斋词话》，人民文学出版社，1959 年版

〔清〕陈廷焯著，屈兴国校注：《白雨斋词话足本校注》，齐鲁书社，1983 年版

〔清〕刘熙载：《艺概》，上海古籍出版社，1978 年版

〔清〕刘熙载撰，袁津琥校注：《艺概注稿》，中华书局，2009 年版

〔清〕朱祖谋校，蒋哲伦增校：《尊前集（附〈金奁集〉）》，江西人民出版社，1984 年版

〔清〕朱孝臧辑校：《彊村丛书》，广陵书社，2005 年版

〔清〕况周颐，王国维：《蕙风词话　人间词话》，人民文学出版社，1960 年版

〔清〕况周颐原著，孙克强辑考：《蕙风词话　广蕙风词话》，中州古籍出版社，2003 年版

赵万里辑：《校辑宋金元人词》，中央研究院历史语言研究所，1931 年排印本

俞剑华编著：《中国古代画论类编》（修订本），人民美术出版社，2005 年版

施蛰存主编：《词籍序跋萃编》，中国社会科学出版社，1994 年版

徐梵澄译：《五十奥义书》（修订本），中国社会科学出版社，1995 年版

唐圭璋编：《词话丛编》，中华书局，1986 年版

唐圭璋编著：《宋词纪事》，上海古籍出版社，1982 年版

金启华，王恒展，张惠民，张宇声，王增学编：《唐宋词集序跋汇编》，江苏教育出版社，1990 年版

张惠民编：《宋代词学资料汇编》，汕头大学出版社，1993 年版

蒋述卓，洪柏昭，魏中林，王景霓，刘绍瑾编著：《宋代文艺理论集成》，中国社会科学出版社，2000年版

邓子勉编：《宋金元词话全编》，凤凰出版社，2008年版

葛渭君编：《词话丛编补编》，中华书局，2013年版

二、国内相关研究著述

徐珂：《清代词学概论》，上海大东书局，1926年版

辛梅臣编，龙沐勋订补：《辛稼轩年谱》，1929年铅印本

吴梅：《词学通论》，商务印书馆，1932年版

邓广铭：《辛稼轩年谱》，商务印书馆，1947年版

张相：《诗词曲语辞汇释》，中华书局，1953年版

任二北：《敦煌曲初探》，上海文艺联合出版社，1954年版

饶宗颐：《〈人间词话〉平议》，选堂丛书，1955年线装自印本

夏承焘：《唐宋词论丛》，古典文学出版社，1956年版

饶宗颐：《楚辞与词曲音乐》，选堂丛书，1958年自印本

饶宗颐：《词籍考》，香港大学出版社，1963年版

夏承焘：《瞿髯论词绝句》，中华书局，1979年版

沈祖棻：《宋词赏析》，上海古籍出版社，1980年版

夏承焘：《唐宋词欣赏》，百花文艺出版社，1980年版

王锳：《诗词曲语辞例释》，中华书局，1980年版

宗白华：《美学散步》，上海人民出版社，1981年版

任半塘：《唐声诗》，上海古籍出版社，1982年版

夏承焘：《天风阁学词日记》，浙江古籍出版社，1984年版

汤擎民整理：《詹安泰词学论稿》，广东人民出版社，1984年版

陶晋生：《宋辽金元史新编》，香港中国史学社，1984年版
俞陛云：《唐五代两宋词选释》，上海古籍出版社，1985年版
济南市社会科学研究所编：《李清照研究论文集》，中华书局，1985年版
黄宽重：《南宋史研究集》，台北新文丰出版公司，1985年版
吴调公：《古典文论与审美鉴赏》，齐鲁书社，1985年版
吴熊和：《唐宋词通论》，浙江古籍出版社，1985年版
印顺：《空之探究》，台湾正闻出版社，1985年版
施议对：《词与音乐关系研究》，中国社会科学出版社，1985年版
杨海明：《唐宋词风格论》，上海社会科学院出版社，1986年版
邓乔彬：《爱国词人辛弃疾》，上海人民出版社，1986年版
《王静芝先生七十寿庆论文集》，台北文史哲出版社，1986年版
缪钺，叶嘉莹：《灵谿词说》，上海古籍出版社，1987年版
杨海明：《唐宋词史》，江苏古籍出版社，1987年版
袁行霈：《中国诗歌艺术研究》，北京大学出版社，1987年版
杨海明：《唐宋词论稿》，浙江古籍出版社，1988年版
马积高：《宋明理学与文学》，湖南师范大学出版社，1989年版
叶嘉莹：《唐宋词十七讲》，岳麓书社，1989年版
朱庸斋：《分春馆词话》，广东人民出版社，1989年版
杨海明：《张炎研究》，齐鲁书社，1989年版
王兆鹏：《张元干年谱》，南京出版社，1989年版
马兴荣：《词学综论》，齐鲁书社，1989年版
叶嘉莹：《中国词学的现代观》，岳麓书社，1990年版
刘庆云：《词话十论》，岳麓书社，1990年版
刘扬忠：《辛弃疾词心探微》，齐鲁书社，1990年版
王筱芸：《碧山词研究》，南京出版社，1991年版

饶宗颐：《文辙——文学史论集》，台湾学生书局，1991年版

孙崇恩，傅淑芳主编：《李清照研究论文集》，齐鲁书社，1991年版

程千帆，吴新雷：《两宋文学史》，上海古籍出版社，1991年版

饶宗颐：《词集考：唐五代宋金元编》，中华书局，1992年版

蒋述卓：《佛教与中国文艺美学》，广东高等教育出版社，1992年版

史双元：《宋词与佛道思想》，今日中国出版社，1992年版

冒广生著，冒怀辛整理：《冒鹤亭词曲论文集》，上海古籍出版社，1992年版

饶宗颐：《画颢——国画史论集》，台北时报文化出版企业有限公司，1993年版

张海鸥：《两宋雅韵》，北京师范大学出版社，1993年版

金启华，萧鹏：《周密及其词研究》，齐鲁书社，1993年版

邓乔彬：《有声画与无声诗》，上海社会科学院出版社，1993年版

龚鹏程：《诗史本色与妙悟》，台湾学生书局，1993年版

赵汀阳：《论可能生活》，生活·读书·新知三联书店，1994年版

张惠民：《宋代词学审美理想》，人民文学出版社，1995年版

陶晋生等译：《宋史论文选集》，台北编译馆，1995年版

王运熙，顾易生主编：《中国文学批评通史：宋金元卷》，上海古籍出版社，1996年版

王昆吾：《隋唐五代燕乐杂言歌辞研究》，中华书局，1996年版

马兴荣，吴熊和，曹济平主编：《中国词学大辞典》，浙江教育出版社，1996年版

胡晓明编：《澄心论萃》，上海文艺出版社，1996年版

顾易生，蒋凡，刘明今：《宋金元文学批评史》，上海古籍出版社，

1996 年版

吴熊和:《吴熊和词学论集》,杭州大学出版社,1999 年版

许总:《宋明理学与中国文学》,百花洲文艺出版社,1999 年版

赵维江:《金元词论稿》,中国社会科学出版社,2000 年版

方勇:《南宋遗民诗人群体研究》,人民出版社,2000 年版

陈祖美:《李清照新传》,北京出版社,2001 年版

刘绍瑾:《复古与复元古——中国古代复古文学理论的美学探源》,中国社会科学出版社,2001 年版

范立舟:《理学的产生及其历史命运》,陕西人民出版社,2001 年版

程国赋:《唐五代小说的文化阐释》,人民文学出版社,2002 年版

苏桂宁:《宗法伦理精神与中国诗学》,上海三联书店,2002 年版

谢桃坊:《中国词学史》,巴蜀书社,2002 年版

孙维城:《宋韵——宋词人文精神与审美形态探论》,安徽大学出版社,2002 年版

邱世友:《词论史论稿》,人民文学出版社,2002 年版

黄雅莉:《宋词雅化的发展与嬗变》,台北文津出版社有限公司,2002 年版

张伯伟:《中国古代文学批评方法研究》,中华书局,2002 年版

邓乔彬:《中国绘画思想史》,贵州人民出版社,2002 年版

葛兆光:《屈服史及其他:六朝隋唐道教的思想史研究》,生活·读书·新知三联书店,2003 年版

颜翔林:《宋代词话的美学研究》,湖南师范大学出版社,2003 年版

邓乔彬:《古代文艺的文化观照》,上海教育出版社,2003 年版

范立舟:《宋代理学与中国传统历史观念》,陕西人民出版社,

2003年版

葛兆光：《思想史的写法——中国思想史导论》，复旦大学出版社，2004年版

中国唐代文学学会主编：《唐代文学研究》（第十辑），广西师范大学出版社，2004年版

刘再复：《沧桑百感》，香港天地图书公司，2004年版

李方元：《〈宋史·乐志〉研究》，上海音乐学院出版社，2004年版

范立舟：《宋代思想学术思想史论稿》，澳亚周刊出版有限公司，2004年版

王兆鹏：《词学史料学》，中华书局，2004年版

方智范，邓乔彬，周圣伟，高建中：《中国古典词学理论史》，华东师范大学出版社，2005年版

蒋述卓，刘绍瑾，程国赋，魏中林：《二十世纪中国古代文论学术研究史》，北京大学出版社，2005年版

路成文：《宋代咏物词史论》，商务印书馆，2005年版，

沈家庄：《宋词的文化定位》，湖南人民出版社，2005年版

刘庆云，陈庆元主编：《稼轩新论》，海风出版社，2005年版

邓乔彬：《词学廿论》，上海古籍出版社，2005年版

刘复生：《中国古代思想史·宋辽西夏金元卷》，广西人民出版社，2006年版

李剑亮：《宋词诠释学论稿》，人民文学出版社，2006年版

朱崇才：《词话史》，中华书局，2006年版

刘少雄：《读写之间——学词讲义》，台湾里仁书局，2006年版

马志嘉，章心绰编：《吴文英资料汇编》，中华书局，2006年版

邓乔彬：《宋代绘画研究》，河南大学出版社，2006年版

刘扬忠：《唐宋词流派史》，中国社会科学出版社，2007年版

叶坦，蒋松岩：《宋辽夏金元文化史》，东方出版中心，2007年版

徐安琪：《唐五代北宋词学思想史论》，人民文学出版社，2007年版

许兴宝：《唐宋词别论》，巴蜀书社，2007年版

杨柏岭：《唐宋词审美文化阐释》，黄山书社，2007年版

彭国忠：《唐宋词学阐微》，安徽大学出版社，2008年版

黄雅莉：《宋代词学批评专题探究》，台湾文津出版社有限公司，2008年版

葛兆光：《汉字的魔方：中国古典诗歌语言学札记》，复旦大学出版社，2008年版

龚鹏程：《中国诗歌史论》，北京大学出版社，2008年版

石守谦：《风格与世变——中国绘画十论》，北京大学出版社，2008年版

张春义：《宋词与理学》，浙江大学出版社，2008年版

周宪，徐兴无编：《中国文学与文化的传统及变革》，南京大学出版社，2008年版

葛兆光：《增订本中国禅思想史》，上海古籍出版社，2008年版

龙榆生：《龙榆生词学论文集》，上海古籍出版社，2009年版

王兆鹏：《宋南渡词人群体研究》，凤凰出版社，2009年版

邓子勉：《宋金元词籍文献研究》，上海古籍出版社，2009年版

龚鹏程：《道教新论》，北京大学出版社，2009年版

肖鹏：《群体的选择：唐宋人词选与词人群通论》，凤凰出版社，2009年版

洛地：《词体构成》，中华书局，2009年版

沈文雪：《文化版图重构与宋金文学生成研究》，光明日报出版社，2009年版

蒋寅：《古典诗学的现代诠释（增订本）》，中华书局，2009年版

段炼：《诗学的蕴意结构——南宋词论的跨文化研究》，台北秀威出版社，2009年版

卞东波：《南宋诗选与宋代诗学考论》，中华书局，2009年版

吴熊和：《唐宋词通论》，浙江古籍出版社，1985年版

徐习文：《理学影响下的宋代绘画观念》，东南大学出版社，2010年版

刘再复：《双典批判》，生活·读书·新知三联书店，2010年版

孙维城：《千年词史待平章——晚清三大词话研究》，安徽大学出版社，2010年版

杨海明：《杨海明词学文集》，江苏大学出版社，2010年版

吕正惠：《抒情传统与政治现实》，华中师范大学出版社，2011年版

吴承学：《中国古典文学风格学》，北京大学出版社，2011年版

欧明俊：《词学思辨录》，人民出版社，2011年版

杨铸：《中国古代绘画理论要旨》，昆仑出版社，2011年版

金国正：《南宋孝宗词坛研究》，上海人民出版社，2011年版

王祎：《〈礼记·乐记〉研究论稿》，上海人民出版社，2011年版

彭玉平：《诗文评的体性》，北京大学出版社，2012年版

薛永武，牛月明：《〈乐记〉与中国文论精神》，社会科学文献出版社，2012年版

张晖：《中国"诗史"传统》，生活·读书·新知三联书店，2012年版

刘中玉：《混同与重构：元代文人画学研究》，人民出版社，2012年版

许芳红：《南宋前期诗词之文体互渗研究》，中国社会科学出版社，

2012年版

魏中林等:《古典诗歌学问化研究》,中国社会科学出版社,2012年版

上海博物馆编:《翰墨荟萃——细读美国藏中国五代宋元绘画珍品》,北京大学出版社,2012年版

吴承学:《中国古代文体形态研究》,北京大学出版社,2013年版

朱良志:《南画十六观》,北京大学出版社,2013年版

何俊:《南宋儒学建构》,上海人民出版社,2013年版

陈中林,徐胜利:《苏门词人群体概论》,湖北人民出版社,2014年版

周明秀:《词学审美范畴研究》,上海古籍出版社,2014年版

崔英超:《宰相群体与南宋孝宗朝政治》,暨南大学出版社,2014年版

赵树功:《古代文学习用批评范式研究》,中国社会科学出版社,2014年版

马强才:《中国古代诗歌用事观念研究》,中国社会科学出版社,2014年版

俞陛云:《南宋词境浅说》,北京出版社,2016年版

孙克强:《唐宋词学批评史论》,河南大学出版社,2017年版

管琴:《词科与南宋文学》,北京大学出版社,2018年版

陶尔夫,刘敬圻:《南宋词史》,北方文艺出版社,2019年版

黄宽重:《艺文中的政治:南宋士大夫的文化活动与人际关系》,北京大学出版社,2020年版

三、国外相关研究著述

［日］林谦三著，郭沫若译：《隋唐燕乐调研究》，上海商务印书馆，1936 年版

［丹麦］勃兰兑斯：《十九世纪文学主流》，人民文学出版社，1980 年版

［日］村上哲见：《唐五代北宋词研究》，陕西人民出版社，1987 年版

［美］刘子健：《两宋史研究汇编》，台湾联经出版事业股份有限公司，1987 年版

［美］哈罗德·布鲁姆：《影响的焦虑》，生活·读书·新知三联书店，1989 年版

［罗马尼亚］米尔希·埃利亚德：《神秘主义、巫术与文化风尚》，光明日报出版社，1990 年版

王水照，［日］保苅佳昭编选：《日本学者中国词学论文集》，上海古籍出版社，1991 年版

［法］谢和耐：《蒙元入侵前夜的中国日常生活》，江苏人民出版社，1995 年版

［英］柯林武德：《历史的观念》，商务印书馆，1998 年版

［英］阿诺德·汤因比：《历史研究》，上海人民出版社，2000 年版

［英］莫里斯·弗里德曼：《中国东南的宗族组织》，上海人民出版社，2000 年版

［美］施坚雅主编：《中华帝国晚期的城市》，中华书局，2000 年版

Rulan Chao Pian. *Song Dynasty Musical Sources and Their Interpretation*, The Chinese University Press, 2003.

［美］杜赞奇:《文化、权力与国家：1900—1942年的华北农村》，江苏人民出版社，2003年版

［美］方闻:《心印：中国书画风格与结构分析研究》，陕西人民美术出版社，2004年版

［美］宇文所安:《追忆：中国古典文学中的往事再现》，生活·读书·新知三联书店，2004年版

［德］雷德侯:《万物：中国艺术中的模件化和规模化生产》，生活·读书·新知三联书店，2005年版

［美］林顺夫:《中国抒情传统的转变——姜夔与南宋词》，上海古籍出版社，2005年版

［美］裴宜理:《华北的叛乱者与革命者（1845—1945）》，商务印书馆，2007年版

［美］巫鸿:《中国古代艺术与建筑中的纪念碑性》，上海人民出版社，2009年版

［美］姜斐德:《宋代诗画中的政治隐情》，中华书局，2009年版

［美］余英时:《朱熹的历史世界：宋代士大夫政治文化的研究》，生活·读书·新知三联书店，2011年版

Richard Edwards. *The Heart of Ma Yuan: The Search for a Southern Song Aesthetic*, Hong Kong University Press, 2011.

范景中，高昕丹编选:《风格与观念：高居翰中国绘画史文集》，中国美术学院出版社，2011年版

［美］刘子健著:《中国转向内在：两宋之际的文化转向》，江苏人民出版社，2012年版

［美］包弼德:《历史上的理学》，浙江大学出版社，2012年版

［美］毕嘉珍:《墨梅》,江苏人民出版社,2012年版

［日］浅见洋二:《距离与想象——中国诗学的唐宋转型》,上海古籍出版社,2013年版

［美］艾朗诺:《美的焦虑:北宋士大夫的审美思想与追求》,上海古籍出版社,2013年版

［美］余英时:《论天人之际:中国古代思想起源试探》,台湾联经出版事业股份有限公司,2014年版

陈国球,王德威编:《抒情之现代性:"抒情传统"论述与中国文学研究》,生活·读书·新知三联书店,2014年版

［美］田晓菲:《留白:秋水堂论中西文学》,天津人民出版社,2014年版

［美］王宇根:《万卷:黄庭坚和北宋晚期诗学中的阅读与写作》,生活·读书·新知三联书店,2015年版

［美］蔡涵墨:《历史的严妆:解读道学阴影下的南宋史学》,中华书局,2016年版

［美］艾朗诺:《才女之累:李清照及其接受史》,上海古籍出版社,2017年版

四、学位论文(含博士后出站报告)

陈淑美:《稼轩词用典分析》,台湾大学硕士论文,1966年
黄淑慎:《宋代女词人研究》,中国文化大学硕士论文,1966年
王伟勇:《南宋遗民词初探》,东吴大学硕士论文,1979年
徐信义:《碧鸡漫志校笺》,台湾师范大学博士论文,1981年
王伟勇:《南宋词研究》,东吴大学博士论文,1987年

李扬：《宋代词学批评研究》，南京师范大学博士学位论文，1998年

余意：《论宋代文人雅词的审美品格》，华中师范大学硕士学位论文，2001年

陈毓文：《论白石咏物词的主体性特征》，华东师范大学硕士学位论文，2003年

徐拥军：《唐宋隐逸词史论》，苏州大学博士学位论文，2010年

曹利云：《宋元之际词坛格局及词人群体研究》，南开大学博士学位论文，2010年

Tan, Shi Hui. 论《稼轩词》的女性抒写. Final Year Project, Universiti Tunku Abdul Rahman, 2011.

Cheong, Chi Kheng. 宋代词坛"尊体"意识之研究, Final Year Project, Universiti Tunku Abdul Rahman, 2012.

殷学明：《中国缘事诗学纂论》，山东师范大学博士学位论文，2013年

徐拥军：《唐宋词体研究》，暨南大学博士后出站工作报告，2013年

王玫：《词体诗化进程研究》，暨南大学博士学位论文，2014年

五、期刊论文

吴世昌：《草堂诗余跋——兼论宋人词集与话本的关系》，《大公报》，1973年8月27日

吴小如：《比兴，寄托和比附》，《北京晚报》，1982年6月24日

张式铭：《论"花间词"的创作倾向》，《文学遗产》，1984年第1期

方智范：《论苏轼与南宋初词风的转变》，《华东师范大学学报》，1984年第2期

邓魁英：《宋词与江西诗派》，《江汉论坛》，1984年第2期

肖鹏：《〈乐府补题〉寄托发疑——与夏承焘先生商榷》，《文学遗产》，1985年第1期。

费秉勋：《李清照〈词论〉新探》，《西北大学学报》，1985年第2期

费秉勋：《李清照〈词论〉的几个问题再议》，《西北大学学报》，1985年第2期

程杰：《姜夔咏物词与江西诗派咏物诗》，《文学遗产》，1985年第3期

陈应时：《再谈"变"与"闰"》，《音乐艺术》，1987年第1期

卫军英：《稼轩词的悲剧效应及崇高意义》，《文学评论》，1987年第6期

伍立杨：《辛词比喻谈片》，《人民日报》，1988年4月20日

方智范：《论宋人咏物词的审美层次》，《词学》，第六辑

邓魁英：《辛稼轩的俳谐词》，《词学》，第六辑

吴惠娟：《论漱玉词的女性意识与情感特征》，《上海大学学报》，1990年第2期

程继红：《稼轩词"笑"的研究》，《上饶师专学报》，1992年第3期

冯剑平：《试论南宋词风的变化》，《黑龙江教育学院学报》，1992年第4期

褚良，宋衍义：《稼轩词用典管窥》，《黑龙江社会科学》，1992年第5期

邓乔彬：《论碧山词的寄托》，《词学》，第十辑

程国赋：《〈莺莺传〉研究综述》，《文史知识》，1992 年第 12 期

崔海正：《宋词与宋代理学》，《文学遗产》，1994 年第 3 期

戴武军：《稼轩词与理学》，《天府新论》，1994 年第 6 期

王兆鹏：《论宋代咏物词的三种范型》，《中国诗学》，第三辑

吴永江：《宋代寿词初论》，《中国韵文学刊》，1996 年第 2 期

段学俭：《〈碧鸡漫志〉在宋代词论中的位置》，《中国韵文学刊》，1996 年第 2 期

陈永宏：《试论宋词对唐诗的化用及其文化解读》，《文学遗产》，1996 年第 4 期

邓魁英：《两宋词史上的滑稽词派》，《中国文化研究》，1996 年第 4 期

靳青万，赵国乾：《"清"与魏晋审美精神》，《海南大学学报》，1997 年第 1 期

李剑国：《文言小说的理论研究与基础研究》，《文学遗产》，1998 年第 2 期

吴帆：《论宋人咏物词的审美范式》，《长白学刊》，1998 年第 3 期

赵维江：《从十二世纪下半叶历史文化背景看稼轩词的爱国精神》，《中国韵文学刊》，1998 年第 3 期

王力坚：《清初"本位尊体"词论辨析》，《文学评论》，1998 年第 4 期

程继红，汲军：《辛弃疾与带湖研究》，《上饶师专学报》，1998 年第 4 期

赵维江：《稼轩词与金源文化》，《江海学刊》，1998 年第 7 期

王金寿：《易安词女性意识再评价》，《西北师大学报》，1999 年

第 2 期

王维国:《宋代词论和审美思想与宋词的发展》,《青海师专学报》,1999 年第 2 期

窦玉玺:《论辛词起句的造思》,《古典文学知识》,1999 年第 2 期

李扬:《论〈碧鸡漫志〉的词学批评蕲向》,《克山师专学报》,1999 年第 2 期

孙维城:《"晋宋人物"与姜夔其人其词——兼论封建后期士大夫的文化人格》,《文学遗产》,1999 年第 2 期

段学俭:《江湖诗人与南宋后期词论》,《孔孟学刊》,1999 年第 3 期

段学俭:《理学家与宋代词论》,《孔孟学刊》,1999 年第 6 期

颜翔林:《论〈苕溪渔隐词话〉的词学思想》,《中国文学研究》,2000 年第 2 期

程继红,汲军:《辛弃疾与瓢泉研究》,《上饶师专学报》,2000 年第 2 期

吴帆:《论苏轼与宋人的咏物词》,《文学遗产》,2000 年第 3 期

朱崇才:《〈时贤本事曲子集〉新考订》,《文献》,2000 年第 3 期

赵晓岚:《也谈"晋宋人物"、"文化人格"及姜夔——与孙维城先生商榷》,《文学遗产》,2000 年第 3 期

吴承学:《论宋代檃括词》,《文学遗产》,2000 年第 4 期

赵维江:《"补天"原型与稼轩词》,《齐鲁学刊》,2000 年第 7 期

赵维江:《12—13 世纪的南北词派及其关系》,《中国人民大学学报》,2001 年第 9 期

赵维江:《北宋后南北词坛互动关系之考论》,《暨南学报》,2001 年第 11 期

陈毓文：《白石咏物词的物我关系》，《福州师专学报》，2002年第4期

孙维城：《从比较中看吴文英词的密实》，《南阳师范学院学报》，2002年第5期

方立天：《佛教"空"义解析》，《中国人民大学学报》，2003年第6期

朱崇才：《李清照〈词论〉写作年代辨》，《南京师大学报》，2003年第6期

徐胜利：《从〈小山词序〉看宋代词学寄托论的产生》，《九江学院学报》，2005年第4期

沈松勤：《论宋词本体的多元特征》，《南开学报》，2005年第6期

张红，饶毅：《刘壎诗学思想初探》，《中南大学学报》，2006年第3期

张晖：《重读〈本事诗〉："诗史"概念产生的背景与理论内涵》，《杜甫研究学刊》，2007年第2期

李东宾：《试论小山词的"诗人句法"——兼论黄庭坚诗论对小山词创作的影响》，《广播电视大学学报》，2008年第3期

邓子勉：《〈词论〉作者小议》，《古典文学知识》，2008年第5期

彭国忠：《宋代词学批评中的佛禅话语》，《文艺理论研究》，2008年第6期

陈中林，徐胜利：《论宋代咏物词创作的寄托手法》，《鄂州大学学报》，2008年第6期

黄海：《宋南渡时期的词学思想》，《江汉论坛》，2008年第9期

周勋初：《"折衷"＝儒家谱系≠大乘空宗中道观——读〈文心雕龙·序志〉篇札记》，《中国文化》，2009年第1期

赵维江：《论唐宋词中的纪时体》，《中山大学学报》，2010年第2期

彭国忠：《试论李清照词中的花草意象——兼论李清照词创作的低俗倾向》，《中国文学研究》，2011年第1期

诸葛忆兵：《"以诗为词"辨》，《北京大学学报》，2011年第1期

赵维江，夏令伟：《论元好问以传奇为词现象》，《文学遗产》，2011年第2期

孙克强，刘少坤：《〈乐府指迷〉的理论价值及其词学史意义》，《徐州师范大学学报》，2011年第2期

李扬：《论〈碧鸡漫志〉的词学批评薪向》，《克山师专学报》，1999年第2期

迟乃鹏：《王灼〈碧鸡漫志〉"中正"音乐思想探源》，《西华大学学报》，2004年第2期。

彭玉平：《词学史上的"潜气内转"说》，《文学评论》，2012年第2期

路成文：《中国古代咏物传统的早期确立》，《中国社会科学》，2013年第1期

朱刚：《北宋士大夫的审美思想与追求：从焦虑到传统》，《文汇报》，2014年3月26日

彭国忠：《〈乐记〉：宋代词学批评的纲领》，《文学遗产》，2014年第5期

彭玉平，向娜：《论词学批评中的"以诗比词"》，《江海学刊》，2015年第2期

赵维江，刘慧宽：《论混一背景下的元词复雅思潮》，《中山大学学报》，2018年第6期

彭玉平：《论词之修择观》，《中南大学学报》，2019年第1期

宋学达：《不滞于物：宋代咏物词的物象空间与意蕴空间》，《南阳师范学院学报》，2021年第2期

王冉，巩本栋：《南宋复雅词集的编纂与文化绍兴》，《清华大学学报》，2021年第6期

后　记

　　2015年秋天，我从广州暨南大学毕业后，来到北京生活和工作。社科院为入站的博士后研究人员安排的宿舍，据说分散在各区八个不同的地方，被戏称为"八大处"。前一人何时出站搬离，后一人何时便可入住，因此居于何所，事属随机。我初来时，即被指引至位于通州区华兴园的宿舍楼中，与从南开中文系毕业的李明兄共住一室。转眼已过去八年多了，我因各种原因换了几回住处，不过也一直都在通州区域之内，向着大运河不断靠近。

　　北京的城市总体规划是东向开发和拓展，"副中心"由概念而成为明确的功能定位和建设目标后，通州这些年真可用"日新月异"来形容。饱食许多基建土灰，始知自己的居住地已是北京平原区首个"国家森林城市"。行走在大运河的北起点和城市绿心森林公园，我常常回忆起十年前在东吴大学交换学习时，每天漫步外双溪的无限惬意。台北市中心还是过于喧闹，士林区已远嚣尘，东吴大学依山近水，又紧挨着台北故宫博物院，真是至为清静又绝不荒芜的所在。

　　全长近1800公里的京杭大运河，历史也足够悠久，就在2022年，它实现了百年来首次全线通水。有关空间的想象，往往也交织着有关时间的想象，当站在这条动脉的一端，会很自然地神游到它的另一端去，那座城市有着别样的风物景致和世态人情，也曾作为中国的首善之区而为世界所熟知，那已是八九百年前的"旧事"了。

如何评价在"临安"的希望和现实中度过152年的南宋，是历史学者一个很难轻易完成的工作。疆域和版图已殊为狭小，经济总量竟能占当时世界的十分之六；内陆受限难以发展，却由此拓展通道，以"海上丝绸之路"开辟古代东西方交流的新纪元；思想和学术看似强烈束缚和压抑着人性，实际则形塑了以儒学为中心的东亚文化共同体。透过种种矛盾，或许能更深入地认识一个对象，而将种种矛盾综汇，也成为我们认识对象的前提和基础。

这本《妙理与高情：南宋词学思想研究》是我认识"南宋世界"的一次尝试，它当然是基于一个相当狭窄的视角所作的窥测，但在过程中已调动起倍值的资源和力量，思想的形状实在是难以描摹的，即使像"词"这样类型化特征极强的文体，当深入到由它及其身后的"人"所共同编织和制造的空间里，我们仍然会因为面临诸多变化和可能性而变得手足无措。十多年以前，刚刚确定将"南宋词学思想"作为博士阶段研究的课题之际，我信誓旦旦地列出了很多计划、设想和目标，并坚信能够一一落实于论述之中，事实却是，它最终以我并未完全预料到的方式呈现出来，其中固然也有些许意外收获，但更多的还是因个人思力、学力、笔力不济而造成的阙漏和遗憾。导师赵维江教授是一位深具智慧和慈悲的贤者，他以巨大的善意包容我的任性、浮躁和浅薄，他并不以标准化的论文生产期待和要求我的写作，而是鼓励自出机杼，以见"活泼泼"的生气。现在回看拙稿，析论前人思想貌若头头是道，潜藏于文字背后的动力、信心和所受启发之源，正是赵师的宽仁。

两宋和词学，都是历来无数名家深耕的学术领域，经典著述世代不乏，我自小对之抱有浓厚兴趣，大学期间跟从孙维城教授研学宋词，及入暨大，则以此为专业在赵师指导下攻读学位，其间负笈旅台数月，随王次澄教授、苏淑芬教授学习了一个学期的专题课程。很长一段时间内，两宋和词学确是我最主要的关注对象。在研治两宋文史诸家之中，我最钦服的是刘子健先生，体现他独特视野和识见的名作《中国转向内在：两宋之际的文化转向》，虽只薄薄一册，却为传统宋史研究开出新境，此著及刘先生的《两宋史研究汇编》，是使我深感获益的著作，结撰此稿亦可谓受惠于是。相比现在多数学者，作为词学专家的吴熊和先生，他的著述似乎并不显得格外宏富，但无不是厚积薄发、金针度人的经典之作，我常在重温吴先生的论著之时得到特别的启示，他的一些论说影响着我对相关问题的判断。时隔多年，回顾写作这本书稿的过程，当时经历的那些愁困、兴奋、疑惑、释然，仿佛又在我身上发生了一遍，书中仍然存有不少轻易可见的稚嫩、倔强和贫乏，但它保留了最为真实的思考痕迹，至少让作为作者的我看到自己很多想法生长发芽、逐渐成熟的经过。在此，还要特别感谢当年参加我的博士论文答辩会的吴承学教授、彭玉平教授、戴伟华教授、黄仕忠教授和魏中林教授，全稿在修订之时，对先生们的宝贵意见多有参考和吸收。

这本勉强可算"成果"的小书有机会得以"示众"，实赖浙江古籍出版社总编辑钱之江先生的错爱，一部以南宋词学为内容的著作能由浙古社梓行，当然是书本身也是作者的幸运。责编孙科镂老师深耕唐宋文学领域甚久，承他倾力审校，匡我不逮者多矣。恩师赵维江先生又亲撰长文揄扬，勉励鞭策之心恳挚，我接读既毕，真是汗流浃浃，深恐拙稿卑陋有污业师清名。乞望更多前辈、同道和读者的指正！

2023年对我而言有着特别的意义，我在人生的第三个本命年组建了自己的家庭，"妙理与高情"，是我对这本小书所论主题的概括，也未尝不可视为理想生活的质素。希望我们的生活中情理充沛,大概也唯有这样,我们才能更真实深刻地理解自己、理解和自己并不遥远的古人。

谷　卿

癸卯甲辰之交于京郊十弓书舍